Niko Tackian
Böser Engel

W0015707

PIPER

Zu diesem Buch

Tomar Khan, Ermittler bei der Pariser Mordkommission, trägt nicht umsonst den Spitznamen »Pitbull«: Er hat die Statur eines Boxers, ist unerbittlich und verbeißt sich so lange in seine Fälle, bis die Wahrheit ans Licht kommt. Dabei scheut er auch nicht davor zurück, die Grenzen des Gesetzes zu übertreten. Als die Leiterin eines Kindergartens ermordet wird, ist Tomar mit seinem Team sofort zur Stelle. Was zunächst wie ein Mord im Affekt aussieht, stellt sich schon bald als perfide Tat heraus, deren Aufklärung Tomar alles abverlangt. Gleichzeitig tauchen Geister aus Tomars Vergangenheit auf, die sein Leben zu zerstören drohen. Denn sie kennen sein finsteres Geheimnis, das niemals ans Licht kommen darf …

Niko Tackian, geboren 1973, studierte Jura und Kunstgeschichte. Er arbeitete zunächst als Journalist und Drehbuchautor und veröffentlichte mehrere Graphic Novels, bevor er sich ganz dem Schreiben packender Thriller widmete. Er lebt mit seiner Familie in Paris.

Niko Tackian

BÖSER ENGEL

Thriller

Übersetzung aus dem Französischen
von Anja Mehrmann

PIPER

Mehr über unsere Autoren und Bücher:
www.piper.de

MIX
Papier aus verantwortungsvollen Quellen
FSC® C083411

Deutsche Erstausgabe
ISBN 978-3-492-31250-9
November 2018
© Calmann-Lévy 2017
Titel der französischen Originalausgabe:
»Toxique«, Éditions Calmann-Lévy, Paris 2017
© der deutschsprachigen Ausgabe:
Piper Verlag GmbH, München 2018
Umschlaggestaltung: zero-media.net, München
Umschlagabbildung: FinePic®, München; arcangel/Karina Vegas
Satz: Uhl + Massopust, Aalen
Gesetzt aus der Minion Pro
Druck und Bindung: CPI books GmbH, Leck
Printed in the EU

Für Jeanine und Arty
Ihr habt mich in dieses unglaubliche Abenteuer
namens Leben gerufen.
Ein Kind vergisst niemals, wer seine Eltern sind.

Der Minotaurus lebte nicht in völliger Dunkelheit. Eine winzige Lichtquelle war ihm geblieben. Gerade genug, dass es ihn schmerzte, niemals die Sonne zu sehen. Gerade genug, dass er sich den Flug der Vögel ausmalen konnte.

Murielle Szac,
Le feuilleton de Thésée,
Bayard Jeunesse, 2011.

1

Vergeblich schloss er die Augen, in seinen Eingeweiden nagte es wie eh und je. Kälte und Hunger. Der Junge flitzte zwischen grauen Wänden entlang, sein dichter Haarschopf war schweißgetränkt. Er rannte so schnell, dass ihm die Luft wegblieb. Scharfkantige Kiesel drückten sich in die nackten Fußsohlen. Er erinnerte sich nicht mehr, wann es begonnen hatte. War er zwei Jahre alt gewesen oder drei? Er wusste nicht einmal mit Sicherheit, ob er je die Wärme eines Mutterleibs erfahren hatte. Sein Leben war ein einziger Kampf, endlos und erschöpfend. Um nicht im Wahnsinn zu versinken und ohne sich auch nur einmal umzudrehen, flüchtete er immer weiter durch die Gänge des Labyrinths. Hinter ihm die Bestie, die ihn unaufhörlich hetzte. Sobald er langsamer wurde, spürte er ihren ekelhaften Atem im Nacken. Er wusste – wenn er aufgab, würde sein kleiner Körper mit Füßen getreten und windelweich geprügelt werden, bis er nur noch aus Schmerzen bestünde. Also rannte er weiter, immer weiter. Das Labyrinth aus Gängen führte ihn nie in die Freiheit, sondern mündete stets in einen verlassenen Garten, in dessen Mitte ein riesiger blühender Kirschbaum aufragte. An diesem verdammten Zufluchtsort konnte er endlich innehalten. Seine mageren Beine voller Blutergüsse trugen ihn nicht mehr. Auf dem von faulen Früchten übersäten Erdboden fiel er auf die Knie und scharrte die Krume auf. Seine Fingernägel brachen ab, doch er nahm es kaum wahr. Vermischt mit dem Fruchtfleisch, ergab der rote Saft der Kirschen eine widerwärtige breiige Masse, doch in Gedanken war er ohnehin woanders … Endlich hatte er das helle Holzkästchen ausgegraben. Es war in einen Lumpen eingewickelt, den er nun ganz vorsichtig öffnete. Hinter ihm hämmerte die Bestie ihre Schritte in einer Wolke aus rotem Staub in den Boden. Er wusste, jede Sekunde zählte, und es gab kein Zurück mehr. In dem Kästchen lagen zwei Gegenstände: ein zerbrochener Spiegel und eine Pistole. Die Waffe beachtete er nicht. Gegen das Monster, das ihm auf den Fersen war, vermochte sie nichts auszurichten. Vorsichtig nahm er den Spiegel heraus, den ein langer Riss in zwei Teile gespalten hatte, wie ein Omen für ein Leben voller Unglück. Er hielt ihn vor das Gesicht, um sein zerstückeltes Bild zu betrachten. Erst in diesem Augenblick sah er die Bestie. Aus dem langen Maul hing ein dünner Faden aus Speichel und Blut. Ihre himmelwärts gebogenen schwarzen Hörner umrahmte ein Büschel aus schwarzem Fell. Vor allem aber waren da die riesigen Augen mit den milchigen Pupillen. Der Junge hätte gern Hass und Mordlust darin gelesen, doch er entdeckte nichts als Kälte und Angst. Und dann begriff er, dass dieses Gesicht sein eigenes war. Er legte den Spiegel in das Kästchen zurück und zögerte, griff erneut nach der Waffe und richtete sie auf die schmutzige Stirn. Aber der Moment war noch nicht gekommen. Bevor es so weit war, hatte er noch viel zu tun. Sehr viel.

2

Das rote Licht der Neonröhren ergoss sich über den feuchten Asphalt. L'Étoile filante, so hieß die Bar, in der Charline mit Freundinnen ihren Geburtstag feierte. In dieser Nacht im Januar 2016 war Paris voller Merkwürdigkeiten. Zum Beispiel gab es dieses Straßencafé, das trotz der Kälte ungewöhnlich voll war, und viele der jugendlichen Gäste lachten zwar, sahen sich aber dennoch hin und wieder besorgt um. Am Wartehäuschen einer Bushaltestelle prangte in stolzen weißen Lettern auf schwarzem Grund der Wahlspruch des Stadtwappens von Paris: *Fluctuat nec mergitur.* Genau dort, wo wenige Monate zuvor noch ein schlichtes Werbeplakat gehangen hatte. Mehr denn je wehrte sich Paris gegen die tiefe Beklommenheit, die nach den Terroranschlägen vom dreizehnten November von der Stadt Besitz ergriffen hatte. Charline hingegen dachte fast gar nicht mehr an die Attentate und die Hunderte von Opfern. Sie wollte sich einfach nur amüsieren, ein Gläschen trinken und sich – warum nicht? – vielleicht von einem der Typen abschleppen lassen, die ihren Tisch umkreisten wie die Motten das Licht. Auf der anderen Straßenseite war der Dönerladen Village d'Anatolie noch immer rappelvoll. Es war fast zwei Uhr nachts, und um diese Zeit verließen die ersten hungrigen Partygäste die Clubs, um den Rest der Nacht in einem anderen Viertel zu verbringen. Am Straßenrand standen Taxis in einer Reihe und warteten auf

Fahrgäste. In einem der Wagen, einem schwarzen 4er BMW mit getönten Scheiben, saß Bob Müller. Er rauchte in aller Ruhe eine Zigarette und beobachtete dabei die Terrasse des Étoile filante. Alles lief wie geplant. Den Wagen hatte er bei Budget unter falschem Namen und unter Vorlage eines gefälschten Führerscheins gemietet. Keine halbe Stunde hatte er gebraucht, um das beleuchtete Taxischild anzubringen, und dann hatte er sich sogar den Luxus gegönnt, eine Schar amerikanischer Touristen durch die Gegend zu kutschieren, *just for fun.* Das Rentnerpärchen wunderte sich, weil er kein funktionsfähiges Taxameter besaß, und das aus gutem Grund, denn er hatte das Gerät in einem Laden für Scherzartikel gekauft. Für die Fahrt hatte er ihnen einen lächerlich geringen Preis berechnet. Beim Gedanken daran lächelte Bob und zog an seiner Marlboro light. Mit diesem *normalen* Job hätte er sein Budget mühelos aufbessern können. Aber er fuhr nicht Taxi, um sich schwarz ein bisschen was dazuzuverdienen. Er hatte andere Pläne, viel aufregendere, und heute Abend trugen diese Pläne den Namen Charline. Bob konnte den Blick nicht vom Körper der jungen Frau abwenden. Sie trug einen eng anliegenden, kurzen schwarzen Rock über einer blickdichten Strumpfhose und eine taillierte Lederjacke, die oberhalb der Hüften endete. Was für eine Figur! Dieses Mädchen erregte ihn schon jetzt, aber er musste Ruhe bewahren und wachsam bleiben, bis er mit ihr allein und ungestört war. Dann endlich durften Begierde und Gewalt aus ihm hervorbrechen. Er warf einen flüchtigen Blick auf den Beifahrersitz, auf dem nebeneinander eine Rolle Klebeband, ein Taser mit einer Spannung von siebentausend Volt und ein Küchenmesser lagen. Auf der anderen Straßenseite stand Charline gerade auf und bestellte sich ein letztes Bier. In weniger als einer halben Stunde würde die Bar schließen. Als Bob seine Kippe wegwarf und die getönte Scheibe wieder hochfuhr, unterhielt das Mädchen sich noch lachend mit den Freundinnen. Sollte sie ihre Sorglosigkeit noch ein bisschen auskosten. Bald würde er sie ihr für immer nehmen.

3

Nach dem Bier hatte Charline sich noch einen letzten Mojito für unterwegs bestellt, und gegen drei Uhr nachts trennten sich die Freundinnen. Bob spürte, wie der innerliche Druck wuchs. Mehrmals hatte er alkoholisierte Jugendliche wegschicken müssen, die es eilig hatten, nach Hause zu kommen. Einer von ihnen hatte ihm vor Frust sogar auf die Windschutzscheibe gespuckt. Er hätte das kleine Arschloch gern getasert, durfte aber nicht auffallen. Als er sah, dass Charline die Bar verließ und in die schmale Straße zum Auktionshaus einbog, entspannte er sich wieder. Das Parkhaus Drouot lag mehrere Hundert Meter entfernt, und er musste sich beeilen. Gleich ist es so weit, dachte er und ließ den BMW an, um sich in der Nähe der Einfahrt zu postieren. Charlines schwankende Gestalt kam näher. Das Mädel hatte es mit dem Alkohol offenbar ein wenig übertrieben. Genau damit hatte er gerechnet, und es kam seinen Plänen entgegen. Als sie am Kassenautomaten angelangt war, fuhr er die Rampe hinunter ins zweite Untergeschoss und in die Parklücke, die er Stunden zuvor mit einem Warnkegel blockiert hatte. Ein praktisches Hilfsmittel, im Internet gekauft, und immer wieder hatte es sich als beängstigend wirkungsvoll erwiesen. Die Leute sind wie Schafe: Sosehr sie auch blöken, sich beklagen und von morgens bis abends ihren Unwillen bekunden – am Ende beugen sie sich stets den Regeln.

Bob wusste das, die Politiker wussten es, jeder wusste es, und dennoch war und blieb es so – praktisch unausweichlich, notwendig, um das Gleichgewicht zwischen Starken und Schwachen zu wahren. Von seinem Parkplatz aus hatte er Charlines Auto im Blick, einen weißen Twingo mit verbeultem rechtem Kotflügel. Schlechte Fahrerin, die Kleine, dachte er und vergewisserte sich ein weiteres Mal, dass der Taser funktionierte. In wenigen Sekunden würde sie an der Tür des Treppenhauses ihm gegenüber auftauchen. Bob schloss die Augen und malte sich die Ereignisse aus, die sich sehr bald abspielen würden. Es war das dritte Mal, dass er einem Mädchen in einem Parkhaus, dem besten Ort für diese Art der Jagd, eine Falle stellte. Sobald sie bei ihrem Wagen angelangt war, würde er leise aussteigen und sich von hinten anschleichen. Wegen des Alkoholpegels im Blut würde sie nichts hören, während sie konzentriert in ihrer Handtasche nach dem Autoschlüssel suchte. Danach hatte Bob zwei Möglichkeiten. Entweder jagte er ihr die Projektile gleich in den Rücken, dicht unterhalb der Lederjacke, wo ihre Haut nur von dünnem Stoff bedeckt war. Oder er schlang die Arme um sie, damit er ihren Körper fühlen konnte, bevor er sie paralysierte. Bob spürte, wie seine Erektion wuchs. Nein, er musste warten und sich beruhigen, durfte keine böse Überraschung riskieren. Zwar wäre die Kleine seinen neunzig Kilo kaum gewachsen, aber einmal war er tatsächlich auf ein Mädchen gestoßen, die sich zu verteidigen wusste, weil sie ein Fan irgendeiner verdammten Selbstverteidigungsart war, Krav Maga oder so was Ähnliches. In dem Augenblick, als er sie gepackt hatte, hatte sie ihm ein Knie in den Unterleib gerammt und war schreiend davongelaufen. Das hatte ihm seine erste Täterbeschreibung bei den Bullen und mehrere Monate eingebracht, in denen er seinen Trieb nicht befriedigen konnte. Darum entschied er sich jetzt für die sichere Methode. Sobald die siebentausend Volt ihren Rücken trafen, würde Charline ihm in die Arme sinken. Dann musste er schnell sein, sie zum Kofferraum seines Wagens tragen, ihr Klebeband um Hände und Füße wickeln und ihr sorgfältig den Mund zukleben. Wenn sie zu laut flennte, würde er sie mit dem Messer bedrohen, damit sie aufhörte, das funktionierte immer. Danach würde er sie in die stille Ecke bringen, die er ausfindig gemacht hatte, und dann konnte der Spaß beginnen. Das Geräusch einer zufallenden Tür riss ihn aus seinen Gedanken. Charline kam aus dem Treppenhaus und näherte sich mit unsicheren Schritten ihrem Twingo. Zwanzig Meter, noch fünfzehn, noch zehn ... Bob öffnete die Tür und setzte einen Fuß auf den Asphalt. Wie vorhergesehen, blieb Charline hinter dem Kofferraum stehen und wühlte in ihrer Handtasche. Die Falle schnappte zu, schon schlich Bob sich an wie eine Raubkatze, den geladenen Taser in der rechten Hand. Er musste nur die Fahrbahn überqueren. Noch zwei oder drei Sekunden, und sie wäre kein durchschnittliches Mädchen mehr, sondern würde sich in seine Sklavin verwandeln. Plötzlich hörte er hinter sich ein dumpfes Geräusch. Rasch drehte er den Kopf zur Seite, wurde aber mitten in der Bewegung niedergestreckt. Der erste Schlag traf ihn heftig im Nacken, der zweite an der Schläfe. Kein richtiger Schmerz, eher das dumpfe Gefühl, gegen eine Betonmauer geschleudert zu werden. Vor seinen Augen verschwamm alles, und dann umgab ihn nichts als Dunkelheit.

4

Als Bob aufwachte, lag er da, die Knie an den Oberkörper gepresst, Hände und Füße zusammengebunden, eine Strumpfmaske über dem Kopf. Er hatte keine Ahnung, wo er sich befand. Aus weit aufgerissenen Augen versuchte er, durch die Maschen des Gewebes zu spähen, konnte aber keine Lichtquelle erkennen. Heftige Schmerzen pulsierten in seiner linken Schläfe, zweifellos an der Stelle, wo er geschlagen worden war. Er brauchte mehrere Minuten, um sich alles wieder ins Gedächtnis zu rufen… Jemand hatte sich von hinten angeschlichen und ihn überfallen. Dabei war er felsenfest überzeugt gewesen, dass sich in dem Parkhaus kein Mensch aufhielt. Bob überließ nie etwas dem Zufall. Mehrere Tage lang hatte er seinen *Plan* vervollkommnet, indem er Charline auf Schritt und Tritt beobachtete. Er hatte alle nötigen Vorkehrungen getroffen, und dennoch war er selbst in die Falle getappt. Sein Körper kippte leicht nach vorn, gleichzeitig hörte er unter seinem Kopf ein mechanisches Quietschen. Also lag er im Kofferraum eines Wagens. Der Scheißkerl, der ihn angegriffen hatte, musste ihn mit seinem eigenen Klebeband gefesselt haben. Ein Geräusch wie von einer zufallenden Tür war zu hören, und Bob glaubte, Schritte zu hören. Seine Schläfe brannte so stark, dass er die gefesselten Hände hob, um sie zu massieren. Dabei bemerkte er, dass ihm eine lauwarme Flüssigkeit aus dem Ohr rann. Womit hatte der Typ ihn geschlagen? Mit einem Holzknüppel oder einer Eisenstange? Der Kofferraum sprang auf, und Bob spürte, dass zwei starke Arme ihn hochhoben wie ein Fliegengewicht. Dann prallte er hart auf dem Boden auf und stieß sich am Stoßdämpfer des Wagens den Kopf. Eine Schlinge zog sich um seinen Hals zusammen und übte so heftigen Druck aus, als wollte ihm der Unbekannte die Halswirbel brechen. Aber er zwang ihn nur zum Aufstehen und scheuchte ihn vor sich her.

»Vorwärts, Arschloch!«

Die Stimme klang hart und strahlte so große Autorität aus, dass Bob auch ohne die Schmerzen kein Wort des Widerspruchs gewagt hätte. Der Mann ging schnell und trieb seinen Gefangenen weiter vor sich her. Nachdem sie ungefähr hundert Meter durch schlammigen Untergrund gewatet waren, packte er ihn an der Schulter und signalisierte ihm, dass er stehen bleiben sollte. Unvermittelt versetzte er ihm einen heftigen Faustschlag in den Bauch. Bob ging in die Knie, rang nach Luft, und plötzlich riss ihm jemand die Maske vom Kopf. Der Mann war etwas über eins achtzig groß, trug verwaschene graue Jeans, Motorradstiefel aus schwarzem Leder und einen Militärparka mit großer Kapuze. Sein Gesicht hatte er unter einer Strumpfmaske verborgen, nur seine Augen waren zu erkennen und funkelten in der Dunkelheit.

»Hier«, sagte er und warf ihm einen kleinen Militärspaten vor die Füße. »Schätze, du weißt, was du damit machen sollst.«

Bob zögerte einige Sekunden lang und sah sich um. Sie standen im Wald, umgeben von den gewaltigen Stämmen riesiger Bäume. Der feuchte Boden war mit totem Laub und Kastanienschalen übersät.

»Los, beeil dich!«, schnauzte der Mann und stieß mit dem Fuß gegen den Spaten.

»Was soll ich machen?«

»Eine Schaufel, ein Wald … fang an zu graben!«

»Warum?«, brachte Bob mühsam hervor. Vor Angst verkrampfte sich sein Magen.

»Was glaubst du wohl, warum?«, fragte der andere ohne jede Gefühlsregung.

»Wollen Sie mich umbringen?«

Auf die Frage bekam er keine Antwort. Der Mann führte eine Hand an den Gürtel, zog ein kleines Messer aus einem Futteral und klappte es auf.

»Gut, verstehe … es ist wegen des Mädchens … aber ich habe doch gar nichts gemacht!«, flehte Bob und versuchte, den Blick des Mannes auf sich zu ziehen.

Doch der trat hinter ihn und durchschnitt die Fesseln an Bobs Handgelenken.

»Halt's Maul und fang an zu graben!«

Mindestens zwei Stunden lang musste Bob seine ganze Kraft aufwenden, um den feuchten Boden zu bearbeiten. Der Mann beobachtete jeden Handgriff. Verschwitzt und schmutzig von der Erde, die durch die Luft flog, ähnelte Bob bereits einer Leiche, die ihrem Grab entstiegen war.

»Hör auf!«, befahl der Mann. »Es ist tief genug.«

Er richtete sich vor Bob auf, der die Schaufel noch in der Hand hielt. Er hätte damit auf ihn einschlagen können, denn abgesehen von dem Messer am Gürtel schien sein Gegner nicht bewaffnet zu sein. Aber irgendetwas sagte ihm, dass er sich heftige Gegenwehr eingehandelt hätte. Bob war diesem Mann nicht gewachsen. Deutlich spürte er etwas Animalisches in ihm.

»Laura, Émilie, Charlotte, Zaïa … sagen dir die Namen etwas?«

Bob schwieg.

»Éloïse, Sophia … soll ich weitermachen?«

»Ich … ich bin krank.«

Kaum merklich beugte der Mann sich über ihn. Ein Rascheln war zu hören, gefolgt von einem dumpfen Krachen, als sein Kieferknochen unter einem kraftvollen Schlag zerbarst.

»Du bist nicht krank, Arschloch. Du bist nur ein beschissener Perverser, der junge Mädchen vergewaltigt. Spar dir deinen Atem! Bis jetzt bist du damit durchgekommen, aber ich weiß, wer du bist. Ich weiß sogar, wo du wohnst. Kapiert?«

Bob wollte antworten, doch die Zunge gehorchte ihm nicht mehr. Durch den Schlag war sein Unterkiefer aus dem Gelenk gesprungen, und der Mund stand ihm offen. Er brachte einen gurgelnden Laut hervor und erbrach einen Schwall Blut und Schleim.

»Siehst du das Grab dort? Es gehört dir. Beim nächsten Mal beerdige ich dich. Dies ist deine letzte Chance, du mieses Schwein.«

Der Mann schob eine behandschuhte Hand in die Tasche seines Militärparkas und holte den Taser heraus. Entsetzen überkam Bob, als er spürte, wie die elektrischen Kontakte die Schleimhaut in seinem Mund berührten.

»Vergiss diese Nacht niemals!«, sagte der Mann und löste den elektrischen Lichtbogen aus.

5

Kurz vor sechs Uhr morgens war Tomar bei ihr aufgekreuzt. Er hatte seinen Parka abgestreift, den Holstergürtel geöffnet und sich ausgezogen, um zu ihr ins Bett zu schlüpfen. Rhonda wusste nicht, warum er in ihrem Leben eine so große Rolle spielen durfte. Sie ertrug ihn schon den ganzen Tag bei der Mordkommission und bekam häufiger blöde Bemerkungen von ihm zu hören, als dass er sie verschwörerisch angelächelt hätte. Dennoch hatte sie ihm die Schlüssel zu ihrer Wohnung an der Place Clichy zugesteckt. Sie hatte ihn in ihr Bett gelassen und wies ihn niemals ab, wenn er überraschend bei ihr aufkreuzte. Jedes Mal schien er ein anderer zu sein als der Flic mit den schlechten Manieren, mit dem sie es in der Öffentlichkeit zu tun hatte. Wenn er sie berührte, war er stets sanft und strahlte eine Zurückhaltung aus, die nicht recht zu seinen bulligen Schultern passte. Sie spürte die Wärme seines Körpers, sobald er sich an ihren Rücken schmiegte, seinen Unterleib an ihren Hintern presste und den Arm um sie legte. Sie wollte ihm sagen, dass das so nicht weiterging, dass er nicht einfach im Morgengrauen bei ihr auftauchen konnte, weil er Lust zum Vögeln hatte. Wirklich, sie wollte es ihm sagen, aber die Hitze dieses Körpers hüllte ihren Geist in einen Nebelschleier aus Verlangen, in dem sich jeder Gedanke an Rebellion in Wohlgefallen auflöste. Sie spürte seinen harten Penis auf dem Gewebe ihres Slips, und bei dieser Berührung gab sie ihre Zurückhaltung endgültig auf. Sie drehte sich zu ihm und näherte ihre Lippen seinem Mund. Er schmeckte scharf, nach Eisen. Er küsste sie lange, ließ dann die Lippen an ihrem Hals entlangwandern und setzte seine Reise weiter unten fort. Sehr zärtlich reizte er ihre Brustspitzen, und sie spürte, wie er gleichzeitig mit einer Hand in ihren Slip glitt. Seine Küsse wurden fordernder, während seine Finger ihre intimsten Stellen erforschten, mit den Falten ihrer Lippen spielten. Das Verlangen wurde unerträglich, und sie rollte sich herum, bis sie auf ihm lag. Mit einer Hand zog sie den Stoff zur Seite, mit der anderen führte sie seinen Schwanz in ihr Inneres ein. Ein intensives Lustgefühl überwältigte sie, als er in sie eindrang. Sie war es, die den Rhythmus vorgab, erst langsam, um jede Empfindung auszukosten, dann immer schneller, je intensiver die Lust wurde. Schließlich spürte sie, wie Hitze ihren Körper überflutete, und sie kam auf ihrem Liebhaber zum Orgasmus. Seine starken Arme umfingen sie, er presste sie an sich und blieb in ihr, während sie sich eine Weile erholte. Dann rollten sie sich eng umschlungen auf die Seite und sahen sich an.

»Guten Tag, Tomar«, sagte sie lächelnd.

Er küsste sie wortlos, und sie schliefen beide ein, nutzten die kurze Zeit, die ihnen bis zum Morgen noch blieb.

6

»He, pass auf!«, knurrte Tomar. Er hatte die Zähne hinter dem Mundschutz fest zusammengebissen. Ungewohnter Schmerz hämmerte auf sein Trommelfell ein. Er machte die Erschöpfung der letzten Tage dafür verantwortlich. Nach der Nacht im Wald hätte er sich bei Rhonda einfach der heilsamen Kraft des Schlafs hingeben können, aber seine wöchentliche Verabredung mit Goran war ihm heilig.

Während er den Schlägen seines kleinen Bruders auswich, dachte Tomar an die Ereignisse der vergangenen Wochen. Er hatte Bob auf dessen Streifzug verfolgt und beobachtet, wie er seine Falle aufstellte. In einer Ecke des Parkhauses versteckt, hatte er auf ihn gewartet. Ein einziger Schlag in den Nacken hatte genügt, damit Bob in sich zusammensank wie der Drecksack, der er war. Erleichtert hatte Tomar die junge Frau in ihren Wagen steigen sehen. Sie würde den Namen ihres Schutzengels niemals erfahren, ihr würde nicht einmal bewusst werden, dass sie dem Grauen nur um Haaresbreite entronnen war. Dieses Glück hatten Bobs zehn vorherige Opfer nicht gehabt; Tomar war nicht da gewesen, um sie zu retten. Bob war ein kranker Typ, der nur lebte, um Frauen zu vergewaltigen. Nicht einmal die Justiz schaffte es, ihm das Handwerk zu legen. Also nahm Tomar die Sache in die Hand und sorgte dafür, dass dem Typen die Lust verging, wehrlose junge Frauen anzugreifen. Er hatte das auf seine Art erledigt, ohne jeden

Kompromiss, und er empfand keinerlei Gewissensbisse. Als er sich reflexhaft und schnell wie eine Raubkatze nach hinten beugte, überfiel ihn erneut der Schmerz.

Ein dumpfes Geräusch war zu hören, und Tomars behandschuhte Hände fingen einen kraftvollen Haken auf der Höhe seiner Schläfe ab.

In der Haupthalle des Boxing Clubs war es um diese morgendliche Stunde verhältnismäßig ruhig. Der Club befand sich in der Rue de la Grange-aux-Belles im zehnten Arrondissement, wenige Minuten vom Quai de Jemmapes und dem Hôtel du Nord entfernt. Es war ein altes Lagerhaus mit einer riesigen gläsernen Fensterfront und mit Betonmauern, die durch eindringendes Wasser rissig geworden waren. Die Halle bestand aus zwei Bereichen. Auf einer Seite befanden sich die Fitnessgeräte, auf der anderen umgab eine Reihe von Boxsäcken einen großen Ring, der auf einem Podest ruhte. Kaum Schmuck an den Wänden, nur ein paar Bilderrahmen, in denen die Legenden der edlen Kunst der Siebzigerjahre zu sehen waren: Muhammad Ali, Joe Frazier, Roberto Durán. Es herrschte eine besondere Atmosphäre von hoher Konzentration und extremer Intensität zugleich. »Eine Gebetsstätte«, behauptete Goran häufig. Sein kleiner Bruder war gerade fünfunddreißig geworden. Er hatte ein schmales Gesicht, die schwarzen Haare reichten ihm bis in den Nacken. Wenn er gegen ihn in den Ring stieg, hatte Tomar den Eindruck, einen Teil der starken Verbindung wiederzufinden, die sie in der Kindheit gehabt hatten. Er erinnerte sich an die Zeit, als er ihn in den kleinen Park mitgenommen hatte, damit ihre Mutter sich eine Weile ausruhen konnte. Goran war das sanftmütigste ihrer Kinder. Er ließ sich anschreien und das Spielzeug wegnehmen, denn er hatte nicht den Mut, sich zur Wehr zu setzen. Der ideale Kandidat für einen Prügelknaben, der auf dem Schulhof ständig angegriffen wird. Aber Tomar wusste dies zu verhindern, und niemand traute sich, Goran anzufassen. Tomar passte auf den Bruder auf, selbst auf die Gefahr hin, zur Verteidigung die Fäuste gebrauchen zu müssen.

Auf flachen Fußsohlen glitt Tomar vorwärts, das Gewicht gleichmäßig auf beide Beine verteilt, die Brust leicht zur Seite gedreht, um möglichst wenig Angriffsfläche zu bieten. Er wagte sich zu seinem Gegner vor und zwang ihn, nach rechts auszuweichen, wollte er nicht in den Seilen landen. Goran war etwas kleiner als er, auch leichter, und er versetzte Tomar einige linke Geraden, um ihn auf Abstand zu halten. Die meisten Schläge landeten auf Tomars Handschuhen. Einige trafen ihn an der Stirn, verstärkten den Anflug von Migräne, aber im Grunde kümmerte ihn das nicht weiter. Sein Ziel bestand darin, Goran vor seine Rechte und damit in die Falle zu locken. Boxen ist ein Sport für Strategen. Es geht darum, die Technik zu beherrschen, den Abstand einzuhalten und ein Gefühl für den Rhythmus zu entwickeln. Musiker sind schlechte Boxer, sie bewegen sich zu gleichmäßig, zu vorhersehbar, während Tänzer oftmals das Zeug zum Champion haben. Unter allen Umständen das Gleichgewicht wahren, aktiv werden und jeden Schlag mit gleicher Intensität ausführen, das machte im Ring den entscheidenden Unterschied. Goran startete eine schöne Serie von Schlägen, zwei Gerade auf den Körper, dann ein kraftvoller rechter Haken, dem Tomar durch eine schnelle Drehung auswich. Allmählich entwickelte er ein Bewusstsein, und genau das wollte Tomar erreichen. Er wechselte in die Rechtsauslage und vollführte mit dem linken Arm einen langen Haken, der heftig auf Gorans Handschuhe prallte. Durch die Wucht des Schlags wich Goran zurück und taumelte genau zu der Stelle, an der Tomar ihn haben wollte. Der rechte Haken traf ihn in die Rippen, die sich in schnellem Rhythmus hoben und senkten. Der Schmerz hatte Gorans Aufmerksamkeit geschwächt, wofür er sogleich von einer Geraden mitten ins Gesicht bestraft wurde. Ende des Angriffs.

»Ich hab dir doch gesagt, du sollst aufpassen!«, wiederholte Tomar in scherzhaftem Ton und nahm den Mundschutz ab.

Die beiden Männer schlugen die Handschuhe gegeneinander.

»Sag mal, solltest du mich nicht hin und wieder mal gewinnen lassen?«

»Glaubst du etwa, das tue ich nicht längst, kleiner Bruder?«

Sie verließen den Ring, um die Umkleide aufzusuchen und vor dem Anziehen kurz zu duschen. Soeben hatte sich Goran vor dem Spiegel das Hemd mit dem römischen Kragen zugeknöpft. Sein rechtes Auge war leicht gerötet und schwoll an. Er schlüpfte in eine schwarze Jacke, an deren Revers ein unauffälliges silbernes Kruzifix befestigt war. Tomar dachte an den Tag, als Goran ihm seine Entscheidung verkündet hatte. Er wollte Priester werden und schien mit dem Bruder über die Wahrhaftigkeit seiner Berufung diskutieren zu wollen. Dann aber erklärte er nur, dass er Tomars Schutz nun nicht mehr brauche. In Zukunft werde Gott mit ihm sein, und das reiche aus. Tomar hatte sich gefühlt wie nach einem Aufwärtshaken in die Magengrube. Es hatte eine Weile gedauert, bis er begriff, dass sein Bruder nicht mehr der zerbrechliche kleine Junge war, den er von Geburt an beschützt hatte. Mittlerweile war er ein glücklicher Mann, erfüllt von seiner Arbeit und voller Engagement für seine Familie. Genau das Gegenteil von Tomar, der eine Reihe von Niederlagen hatte einstecken müssen. Ihn hatte niemand beschützen können …

»Ziemlich seltsamer Look für einen Priester«, sagte er und betrachtete Gorans geschwollenes Auge.

»Und du arbeitest für einen Polizisten nicht besonders viel.«

»Meine Arbeitszeit hat sich nur verschoben. Gestern Abend hatte ich Dienst …«

»Kommst du am Sonntag zum Abendessen zu uns? Die Kinder würden sich freuen. Und Isabelle natürlich auch.«

»Ich weiß noch nicht, Bruderherz, das hängt von der Arbeit ab«, antwortete Tomar mit freudloser Stimme.

Er hätte sich gern begeisterter gezeigt, aber er hasste die sonntäglichen Mahlzeiten, die sein Bruder organisierte. Zwar verstand er sich mit Isabelle, seiner Schwägerin, aber diese zwanglosen Stunden *im Kreis der Familie* waren ihm irgendwie unangenehm. Sein Leben als Polizist hatte mit Gorans Leben nichts gemeinsam, und er vermied es lieber, die Harmonie seines Zuhauses durch seine Anwesenheit zu stören.

»Ja, ich weiß, es hängt immer von der Arbeit ab. Vielleicht kannst du's ja trotzdem einrichten.«

Tomar sah, wie sein Bruder auf die Tür zu den Umkleidekabinen zusteuerte, und vor seinem geistigen Auge tauchte ein Bild auf. Das Bild eines kleinen Hauses auf dem Land, mit grauen Mauern und mit einem Dach aus roten

Ziegeln. Das Bild eines verlassenen kleinen Gartens, in dessen Mitte ein riesiger blühender Kirschbaum aufragte. Er vertrieb das Bild aus seinem Geist und zog sich fertig an. Der Tag würde lang werden.

7

Seit fast zwei Monaten schon befand sich das Land im Ausnahmezustand. In den veralteten Diensträumen am Quai des Orfèvres 36 ging es lebhafter zu denn je, vor allem in den Verschlägen der SAT, der Antiterroreinheit, die wegen der Novemberattentate mit drei zusätzlichen Ermittlungsgruppen ausgestattet worden war. Hunderte von sensiblen Akten wurden in diesem Augenblick unter die Lupe genommen. Die sorgfältige Arbeit würde es ihnen vielleicht erlauben, unschuldige Leben zu retten. Längst waren die Zeiten vorbei, in denen die Jungs der Antiterrortruppe als Faulpelze galten, die sich um undurchsichtige Fälle fernab jener Gewaltverbrechen kümmerten, die das Geschäft der Kriminalpolizei ausmachten. Natürlich hatten auch sie mit Blut zu tun. In Strömen war es durch die Straßen von Paris geflossen und hatte die Jugend eines Landes mit sich gerissen, das noch nicht recht wusste, wie es sich je davon erholen sollte. Also verließ man sich darauf, dass diese Männer mit vollem Körpereinsatz Schutz bieten würden, sollte es erneut zu Massenschießereien kommen. Denn in einem Punkt waren die Spezialisten der Terrorabwehr sich einig: Irgendwann würde der Kugelhagel erneut über sie hereinbrechen … aber wann?

Nach seinem morgendlichen Training war Tomar auf die Île de la Cité zurückgekehrt, in den alten Kasten, den er so liebte. Fünf Stockwerke zu Fuß bis zu dem Treppenabsatz, hinter dem sich die Büros der Kripo befanden. Hunderteinunddreißig Stufen, über die sich kein Flic beklagte, denn niemand hatte es eilig, die ultramodernen neuen Diensträume einzuweihen, die zurzeit im Quartier des Batignolles eingerichtet wurden.

»Verdammt, die Nummer sechsunddreißig ist einfach was Besonderes! Wollen die uns wirklich in einem Turm am Stadtrand einsperren? Dann kriegen wir statt Kähnen nur noch alte Karren zu sehen«, hatte Ivan Dorval ausgerufen, der Chef der Kripo, als er die Neuigkeit erfuhr. Ja, alles würde den Bach runtergehen. Die alte Dame am Quai des Orfèvres 36 lag in den letzten Zügen, aber sie war fest entschlossen, in Schönheit zu sterben und auf dem einen oder anderen Scheißkerl noch ihren dornigen Abdruck zu hinterlassen. *Wer nicht hören will, muss fühlen* – eine Devise, die Commandant Tomar Khan, Chef der Gruppe 3 für Kapitalverbrechen, förmlich auf den Leib geschrieben war. Sollten die Jungs von der Antiterroreinheit ruhig durch die Gegend rennen und *Terroristen* jagen. Er für seinen Teil musste dafür sorgen, dass die Raubtiere, die überall in der Stadt umherstreiften, möglichst wenig Schaden anrichteten. Die Aufmerksamkeit der Medien und der Öffentlichkeit konzentrierte sich auf Syrien, den Irak oder Afghanistan, aber das änderte nichts daran, dass es nach wie vor Dutzende von Mordakten gab, von denen einige auf seinem Schreibtisch landeten. Für die Polizisten der Mordkommission waren Weihnachten und Silvester ohne Zwischenfälle verlaufen, während Tomar auf dem schwarzen Linoleumboden der Flure hin und her getigert war und darauf gewartet hatte, dass es wieder losging. Bingo! In der zweiten Januarwoche flatterten ihm gleich zwei Fälle auf den Schreibtisch. Jemand war in einem unter dem Zubringer Porte d'Asnières zur Ringautobahn abgestellten Wagen einfach abgeknallt worden. Auf den ersten Blick eine Abrechnung. Und dann war da noch der Mord in einem Kindergarten in Fontenay-sous-Bois, der mächtig an Tomars Nerven zerrte.

»Ein Kindergarten, das ist doch genau deine Kragenweite«, hatte Sektionschef François gescherzt und ihm die Akte auf den Tisch geknallt. Tomar hatte lange zur Brigade für Jugendschutz gehört, bevor er die Karriereleiter bis zur Kripo hinaufgeklettert war. Alle wussten, dass er in Fällen von Gewalt gegen Kinder und Frauen äußerst gründlich vorging, und der Chef profitierte von Tomars Begabung, solche Fälle schnell und gut zu lösen. Der Pitbull, wie Tomars Spitzname in der Mordkommission lautete, ließ seine Beute niemals los. Er stand im Ruf, ein hitziger, unerbittlicher Typ zu sein. Nicht einmal die Muskelprotze von der Such- und Eingreifbrigade arbeiteten gern mit ihm zusammen. Seine Siegesliste auf der Kampfsportmatte und im Boxring verlieh ihm die Aura eines Champions, darin waren sich alle einig.

Als er in sein Büro zurückkehrte, begegnete er Rhondas Blick. Sie gähnte und tippte auf der Tastatur ihres Computers herum. Vor seinem inneren Auge sah Tomar, wie sie wenige Stunden zuvor auf ihm geritten war. Wie Wellen ergossen sich die langen blonden Haare über ihre Schultern, ihr Blick wirkte leer. Er erinnerte sich an ihre Hände auf seinem Oberkörper, an die Hitze ihrer Hüften.

»Hallo, Chef«, begrüßte sie ihn mit einem kleinen Lächeln.

Sie trug wieder die Uniform einer Polizistin und hatte

sich das Haar zu einem Knoten hochgesteckt, der ihr ein strenges Aussehen verlieh. Tomar erwiderte ihren Gruß, ohne sich die geringste Gefühlsregung anmerken zu lassen. Privates niemals mit Beruflichem vermischen, so lautete die Regel, die er aufgestellt hatte, und Rhonda hatte nichts dagegen einzuwenden gehabt.

In einer Ecke des Zimmers stand Lieutenant Dino Laval auf einem Stapel Akten und rauchte unter dem offen stehenden Spalt des Velux-Fensters eine Kippe.

»Und? Was Schlimmes?«, fragte er und wedelte mit der Hand, um den Rauch zu vertreiben.

»Ja, was Schlimmes«, antwortete Tomar gut gelaunt.

»Na endlich, verdammt, ist schon viel zu lange her, dass wir Blut gerochen haben.«

Dino war Anfang vierzig, hatte ein paar Kilo zu viel auf den Hüften und eine ausgeprägte Vorliebe für T-Shirts in grellen Farben. Er nahm einen letzten Zug von seiner Zigarette und ließ den Rauch ausströmen, bevor er die Kippe in einem Aschenbecher ausdrückte, der die Form eines Cannabisblatts hatte.

»Wollen wir los?«

»Und ob.«

Rhonda stand auf und zog ihre Lederjacke an, während Dino sich hinter seinen Schreibtisch schob, um die Dienstwaffe an sich zu nehmen.

»Übrigens, Chef, gerade ist ein Anruf für dich gekommen«, sagte er und deutete gleichzeitig auf einen Papierstapel.

Tomar warf einen Blick auf das neongelbe Post-it, auf dem ein Name und eine Uhrzeit vermerkt waren: Ara Khan, zehn Uhr dreißig.

Als er die Stufen der Haupttreppe zur Tiefgarage hinunterstieg, spürte er ein beklemmendes Gefühl in der Brust. Seine Mutter rief ihn nie im Büro an. Das verhieß nichts Gutes.

8

Das Schulzentrum Ost in Fontenay-sous-Bois vereinte Kindergarten und Grundschule in mehreren roten Backsteingebäuden, die durch eine schmale Straße voneinander getrennt waren. Der Einsatz im Schulmilieu, erst recht in einem Kindergarten, erforderte eine gewisse Diskretion, und Tomar hatte alles Nötige veranlasst, um die berittene Polizei fernzuhalten. Darum kamen am Tatort neben kriminaltechnischen Experten nur einige Männer seiner Gruppe zum Einsatz. Die Leiche war im Büro der Kindergartenleitung im Erdgeschoss entdeckt worden, wenige Meter vom Eingang des Gebäudes entfernt. Es handelte sich um eine Frau, ungefähr vierzig Jahre alt, bekleidet mit einer beigefarbenen Hose und einer blassrosa Bluse mit rundem Ausschnitt. Sie lag ausgestreckt auf der Seite inmitten eines Durcheinanders von Papieren, Farbstiften und Aktendeckeln. Ein dunkler Fleck auf dem Boden und die Scherben eines Kaffeebechers erweckten den Eindruck, dass sie im Augenblick des Angriffs Kaffee getrunken hatte. Unter dem aufmerksamen Blick von Francky, dem Pedanten der Einsatzgruppe, der damit beauftragt war, sämtliche Befunde zu protokollieren, stellten die Techniker an heiklen Stellen nummerierte Reiter auf. Alle trugen weiße Kittel und Masken, mit denen sie wie Enten aussahen. Da das Zimmer recht groß war, brauchten sie wahrscheinlich eine Stunde, um die Arbeiten abzuschließen, und eine weitere, um Abdrücke im Eingangsbereich des Kindergartens zu nehmen und den Abtransport der Leiche zu organisieren. Es war zehn Uhr dreiundvierzig, die Kinder hielten sich in ihren Gruppenräumen auf. Mittags würde die Polizei dafür sorgen, dass sie die Schule durch den Hintereingang verließen, damit sie auf dem Weg in die Kantine nicht zu Zeugen der Polizeiarbeit wurden. Seit den Anschlägen und der Ausrufung des Notstands fand der Plan Vigipirate verstärkt Anwendung im Bereich von Schulen und Kindergärten, und den Eltern war der Zugang zu den Räumlichkeiten untersagt worden. Das verringerte die Anzahl möglicher Verdächtiger deutlich.

Vom Flur aus, der zum Büro der Leiterin führte, beobachtete Tomar die Arbeit der Beamten, während Rhonda sich mit einer kleinen Frau in dunklem Kostüm unterhielt, der Assistentin des Bürgermeisters.

Dino stürmte die Treppe zu den Gruppenräumen hinauf und gesellte sich zu Tomar. Er war schweißgebadet, und obwohl er ein T-Shirt darunter trug, hatten sich auf seinem ausgewaschenen Jeanshemd große Flecken gebildet. Tomar hatte mehrmals versucht, den Kollegen ins Fitnessstudio zu locken, damit er wieder in Form kam, aber das war eindeutig nicht Dinos Fall. Er war ein Computerfreak, verrückt nach allem, was mit Informatik und neuen Technologien zu tun hatte. US-Fernsehserien und Videospiele nahmen seine gesamte Freizeit in Anspruch. Aber er war ein Könner auf seinem Gebiet. Ein Meister der Datenbanken und der Analyse von Rohdaten, um den ihn sämtliche Gruppen der Nummer 36 beneideten. Wenn seine Neuronen ein zusammenhangloses Bündel von Indizien in die Mangel nahmen, wurde daraus eine deutliche, verwertbare

Spur. Dino war der Typ, der in der Lage war, in Rekordzeit die Nadel im Heuhaufen zu finden, und Tomar war stolz darauf, ihn eingestellt zu haben.

»Was die Identität des Opfers angeht, die steht fest. Es handelt sich um Clémence Seydoux, Leiterin des Kindergartens«, erklärte er und hielt Tomar eine Karteikarte hin. »Wir haben alle Infos über sie. Das hier habe ich von der Verwaltung bekommen.«

Ein kleines farbiges Stück Papier mit Foto und Angaben zur Person klebte oben rechts auf der Karte: eine hübsche Frau mit offenem Lächeln, lockigem blondem Haar und einem freundlichen Gesicht.

»Nach Aussage ihrer Kollegen war sie als Leiterin der Einrichtung sehr beliebt. Sie hat den Posten fast fünf Jahre lang bekleidet.«

»Sehr beliebt … aber offenbar nicht bei allen.«

Das war der in solchen Situationen übliche Kommentar.

»Hast du die Überwachungskameras überprüft?«, fragte Tomar und ahnte bereits, wie die Antwort lauten würde.

»Es gibt keine! Wir sind hier in einem Kindergarten. Was sollen die damit? Die Blagen dabei erwischen, wie sie Karamellriegel klauen?«

Tomar drehte sich zu Francky um. Der war mit dem Fotografieren des Leichnams der Frau beschäftigt. Seit fast drei Jahren arbeiteten sie nun schon zusammen, und Francky war ein Elitepolizist, ein richtiger Experte. Tomar wusste, dass sein Kollege nichts dem Zufall überließ. Wenn er ihn über das Opfer, über *sein* Opfer, gebeugt sitzen sah, fühlte er förmlich die intensive Konzentration in Franckys Schädel, die dafür sorgte, dass er kein Indiz vergaß, kein Element übersah, das die Ermittlungen vielleicht voranbrachte. In einigen Stunden würde er den Experten der Kriminaltechnik zum Rechtsmedizinischen Institut folgen und an der Obduktion der Toten durch den Gerichtsmediziner teilnehmen. Tomar vertraute ihm rückhaltlos.

»Wir brauchen eine Liste aller Mitarbeiter, und wir müssen überprüfen, ob heute Morgen jemand gefehlt hat«, antwortete er.

»Ich kümmere mich darum, Chef.«

»Und denk dran, die Zentrale zu informieren! Wir müssen einen Psychologenstab organisieren. Den werden sie brauchen, die Armen.«

Wie zur Bestätigung seiner Worte entstand plötzlich Unruhe in der Eingangshalle. Eine Frau in einer blauen Bluse schluchzte laut, und die Assistentin des Bürgermeisters legte ihr tröstend einen Arm um die Schultern. Die beiden standen neben einer üppig dekorierten großen Tanne, die einen kläglichen Anblick bot. Der Geist der Weihnacht hatte sich von diesem Ort zweifellos verabschiedet. Rhonda linste zu Tomar herüber und verzog den Mund. Er begriff, dass sie die Situation keinesfalls zum Lachen fand.

Auf ihn wirkte der Kindergarten trotz allem friedlich. In seiner Kindheit hätte er eine solche Einrichtung gern besucht. Auf der anderen Seite der Eingangshalle gab eine große Fensterwand den Blick auf den Spielplatz frei, auf dem rings um einen Kastanienbaum mit kahlen Ästen Klettergerüste aufgebaut waren. Das Licht von draußen wurde plötzlich dunkler. War es nur eine Wolke, die sich vor die Sonne geschoben hatte, oder bekam Tomar nun die Auswirkungen der anstrengenden vierundzwanzig Stunden zuvor zu spüren? Ein Junge saß draußen und schien zu warten, ganz allein mitten auf dem Spielplatz. Er hatte braunes Haar und dunkle Augen, aus denen er Tomar durchdringend musterte. Eine Windböe versetzte die Äste des Kastanienbaums in Bewegung, ohne dass der Junge sich auch nur einen Zentimeter von der Stelle rührte. Er hielt einen zerbrochenen Spiegel in der Hand.

»Diesen Fall haben wir sicher bald gelöst.«

Franckys heisere Stimme riss Tomar aus seiner Erstarrung, und er drehte sich pflichtschuldig zu ihm um.

»Sie war um neun Uhr mit einem gewissen Gilles verabredet. Ich schätze, ungefähr zu der Zeit hat jemand sie erwürgt. Nach der Obduktion kann ich dir Genaueres sagen«, fuhr er fort und setzte seinen weißen Schlapphut wieder auf.

»Dieser Gilles kommt also zur Verabredung, erwürgt sie und verschwindet in aller Ruhe durch den Vordereingang?«, fragte Tomar mit skeptischer Stimme.

»Ja, ungefähr so. Wenn er noch dazu hier arbeitet, haben wir auch seine Adresse. In vierundzwanzig Stunden ist die Sache geritzt, verlass dich drauf!«

Erneut warf Tomar einen Blick auf den Spielplatz, aber der Junge war verschwunden.

In vierundzwanzig Stunden? Das bezweifelte er.

Er schob eine Hand in die Tasche seines Parkas und holte sein Handy heraus. Ein weiterer Anruf in Abwesenheit von seiner Mutter. Er musste sich für etwa zwei Stunden entschuldigen …

9

Bleigrauer Himmel bedeckte die Zinkdächer der Hauptstadt. Tomar stellte sein Motorrad ab, eine alte Triumph, die er im McDo ergattert hatte, der Werkstatt der Polizeipräfektur. Er befestigte das u-förmige Schloss am Hinterrad und blickte sich dabei um. Wenige Meter weiter, an der Ecke Rue Bichat und Rue Alibert, lagen die beiden Café-Restaurants, von deren Existenz seit den Terroranschlägen im November ganz Frankreich wusste. Einige Meter mit verwelkten Blumen übersäter Asphalt, vom Regenwasser gelöschte Kerzen, hoffnungsvolle Botschaften und Kinderzeichnungen, die an den Schaufenstern des Petit Cambodge und des Carillon klebten. Jeden Tag zog eine Prozession Neugieriger durch diesen Stadtteil, in dem sich sonst kein Tourist blicken ließ. Für eine Straße mitten in Paris war es hier ungewöhnlich still wie in einer Kirche. Wer zum Himmel aufblickte, entdeckte zwischen den Fenstern der Gebäude Bänder mit Wimpeln, wie sie in buddhistischen Tempeln zu finden sind. Eine Bürgerinitiative des Viertels hatte den Vorschlag zu dieser Dekoration gemacht, die der Straße wieder mehr Farbe und Leben verleihen sollte. Jemand hatte einen eingetopften Baum mitten zwischen den Blumenleichen abgestellt. »Allmählich haben wir die Nase voll von toten Pflanzen«, hatte seine Mutter eines Tages zu ihm gesagt, als er sie zum Markt begleitet hatte, der jeden Sonntagmorgen entlang der Mauer des Hôpital Saint-Louis abgehalten wurde. »Das kommt mir fast so vor, als würden wir auf einem Friedhof leben.« Seit den Anschlägen boten ziemlich viele Anwohner ihre Wohnungen zum Verkauf an oder hatten sich anderswo eine neue Bleibe gesucht. Nichts hielt die Menschen davon ab, vor der Gewalt zu fliehen, auch wenn dies völlig sinnlos war. Am Abend der Anschläge hatte seine Mutter ihn angerufen und ihm erzählt, dass jemand in die Menge schoss. Sie hatte sich zwar eine Straße vom Schauplatz entfernt aufgehalten, aber das Geräusch der automatischen Schusswaffen hatte sie sofort erkannt. Mit ihren fast achtzig Jahren hatte Ara mehr Gewalt erlebt als Tomar in seiner gesamten Polizeikarriere. Sie war Kurdin, geboren 1940 in der Türkei, und von den Straßen Istanbuls, wo sie sich auf Demonstrationen für die Anerkennung der Rechte ihres Volks engagiert hatte, bis zur syrischen Wüste, in der sie für die PKK gekämpft hatte, war Ara eine Kriegerin gewesen, eine Peschmerga, wie ihre Waffenschwestern sie nannten. Tomar stieg die Stufen in die dritte Etage zu seiner Wohnung hinauf und dachte daran, wie seine Mutter zeit ihres Lebens allen Schwierigkeiten getrotzt hatte. Ihr politisches Engagement bis hin zum bewaffneten Kampf, dann ihr Aufbruch nach Frankreich und die Begegnung mit seinem Vater, der ihr einen noch härteren Kampf aufzwang. Während er den Schlüssel ins Schloss steckte, sah er die Fotos wieder vor sich, die Ara in einem Schuhkarton aufbewahrte. Darauf war eine winzige Frau mit dunklem Haar und großen grünen Augen zu sehen, in Militäruniform, eine Kalaschnikow in Händen. Sie war von anderen jungen Frauen umgeben, die an den Gräueln des Kriegs nicht zerbrochen waren und noch immer lächeln konnten.

»Bist du's, mein Sohn?«

Ara saß in ihrem Sessel am Fenster, ein Buch auf den Knien. Sie liebte es, sich an diesem Platz niederzulassen und den Vormittag mit der Lektüre eines Kriminalromans zu verbringen. Nach jedem Kapitel warf sie einen Blick auf die Straße hinunter und beobachtete den Verkehr.

»Ich habe Kaffee gekocht. Nimm dir eine Tasse!«

Wenn Tomar seine Mutter besuchte, ergriff ihn stets ein ganz besonderes Gefühl. Seit seiner Jugend hatte sich hier nichts verändert. Weder das im Lauf der Jahre bunt zusammengewürfelte Mobiliar noch die Dekoration mit den zahlreichen Fotos, auf denen zwei pausbäckige, hübsche kleine Jungen, sein Bruder und er, selig lächelten. In wie vielen Wohnungen hatte Ara gelebt, bevor sie es geschafft hatte, sich endgültig hier einzurichten? Ein Dutzend? Tomar erinnerte sich nicht mehr. Nach dem Näherungsverbot hatte sich das Familienleben zunächst auf die Flucht von einer Unterkunft zur anderen beschränkt, um dem Vater zu entkommen. Diese Wohnung war schließlich Tomars einziges echtes Zuhause geworden.

In einer Ecke hingen ein Wandteppich, der mit heiligen Schriften auf Persisch bestickt war, und ein billiges Gemälde, auf dem die Kuppeln von Istanbul zu sehen waren. An einem niedrigen marokkanischen Tischchen lehnte eine alte Wasserpfeife. Auf der Herdplatte in der Küche stand eine Cezve, eine arabische Mokkakanne aus Aluminium. Das Aroma des türkischen Kaffees, den seine Mutter von jeher liebte, hing in der Luft und mischte sich mit dem Wohlgeruch von Gewürzen, sodass die Wohnung wie ein orientalischer Markt wirkte. Für Tomar war dies der Duft einer Kultur, die er im Grunde nie wirklich kennengelernt hatte, die aber stark in ihm nachklang. Keiner entkommt eben seiner Herkunft.

»Ich möchte den Kaffee *orta*, bitte.«

Tomar hob die Kanne hoch und achtete darauf, seine Hand mit einem Geschirrtuch zu bedecken, damit er sich nicht verbrannte. Er goss Kaffee in zwei Tassen und suchte nach dem kleinen Kristallbehälter, in dem seine Mutter den Rohrzucker aufbewahrte. Ein Löffel, um die Bitterkeit zu mildern, zwei, um ihn zu süßen, *orta*, wie seine Mutter den Kaffee am liebsten mochte. Eine Tasse in jeder Hand, gesellte er sich wieder zu ihr ins Wohnzimmer, wo sie noch immer saß, eingehüllt in ein dickes Dreieckstuch. Ara hatte ein schmales Gesicht und für ihr Alter erstaunlich wache Augen. Das graue Haar bildete einen hübschen Kontrast zu ihrem dunklen Teint. Unzählige Falten durchzogen ihr Gesicht und verliehen ihr ein vornehmes, anmutiges Aussehen. Tomar fand sie schön, und das hätte er ihr gern gesagt, aber die Worte blieben ihm in der Kehle stecken. Wie immer, wenn es darum ging, über seine Gefühle zu sprechen. Für seine Mutter galt das noch viel mehr – ihre Beziehung zueinander hätte er als schamhaft, aber aufrichtig bezeichnet.

»Ich habe deine Nachrichten bekommen«, sagte er leise.

»Natürlich, sonst wärst du ja nicht hier.«

Tomar hätte ihre Worte als vorwurfsvoll empfinden können, aber er wusste, dass das nicht Aras Art war. Sie beugte sich vor, um nach ihrer Kaffeetasse zu greifen, und lächelte ihn an.

»Ich necke dich nur, mein Sohn. Du bist immer für mich da, das weiß ich doch.«

»Ist etwas passiert?«

Tomar fiel es schwer, seine Besorgnis zu verbergen.

Sie führte die Tasse zum Mund und trank einen Schluck Kaffee. Er spürte, dass seine Mutter Zeit gewinnen wollte. Was immer sie ihm zu sagen hatte, war mit Sicherheit eine Zerreißprobe.

»Gestern bin ich ohne mein Handy einkaufen gegangen. Ich hatte es in der Schublade in meinem Schlafzimmer vergessen …«

Er wagte nicht, sie zu unterbrechen, obwohl sie offensichtlich den Augenblick hinauszögerte, in dem sie ihm den Grund ihres Anrufs erklären würde.

»Die Spruchbänder sind eine hübsche Idee, nicht wahr?«, sagte sie und wechselte das Thema.

»Ja, Maman … Aber ich bin doch sicher nicht hier, um darüber mit dir zu reden … Oder täusche ich mich?«

»Nein, mein Sohn.«

»Also, dann sag mir bitte, worum es geht!«

Ara trank einen weiteren Schluck, bevor sie fortfuhr.

»Als ich von meinem Spaziergang zurückkam, habe ich gesehen, dass jemand eine Nachricht hinterlassen hatte.«

Tomars Gesicht versteinerte, als er begriff, was sie ihm gleich mitteilen würde.

»Sie war von ihm … von Jeff.«

Dieser Name hatte auf ihn dieselbe Wirkung wie ein Dolchstoß in den Bauch. Dreißig Zentimeter Stahl, die einen durchbohren wie ein kalter Blitz. Er war unfähig, etwas zu entgegnen.

»Was wirst du jetzt tun, mein Sohn?«, fragte sie und nahm seine Hände in ihre.

Zum ersten Mal seit langer Zeit spürte er Angst hinter Aras Worten. Wie zu der Zeit, als er noch ein kleiner Junge gewesen war, damals, als sein Vater sie beide geschlagen hatte.

»Mach dir keine Sorgen, Maman! Ich kümmere mich darum.«

Ara wandte sich um und blickte in den grauen Himmel. Das Funkeln in den Augen ihres Sohns sah sie nicht. Es war das Funkeln des Zorns.

10

Die schmale Fassade des Modern Hotel ragte auf Höhe der Hochbahn und der Rue La Fayette auf den Canal Saint-Martin hinaus. Es war ein kleines Zweisternehotel, von dessen minimalistischer Rezeption aus der Zugang zur Treppe kontrolliert wurde, die zu den zwölf Zimmern in den oberen Etagen führte. Die Kundschaft bestand größtenteils aus Ausländern ohne gültige Aufenthaltsgenehmigung, Junkies auf der Suche nach einem ruhigen Platz, um sich einen Druck zu setzen, und Prostituierten, die eine Straße weiter auf Kundenfang gingen. Monsieur Raymond, der Geschäftsführer, stellte keine Fragen und begnügte sich damit, die Zimmermiete in bar einzustecken. Von Zeit zu Zeit benachrichtigte er die Flics der Drogenfahndung, die ihn im Gegenzug einfach in Ruhe ließen. Alles war gut in der besten aller Welten. Jeff stand in einem der heruntergekommenen Zimmer im dritten Stock am Fenster, rauchte seelenruhig eine Zigarette und betrachtete den Kanal. Der Anblick war durchaus überraschend. Zum ersten Mal seit fünfzehn Jahren hatte man ihn vollkommen geleert, und seine Eingeweide waren den Blicken zahlreicher Schaulustiger ausgesetzt. Es war kein schöner Anblick. Ein langer gräulicher Schlammstreifen, der nach faulen Eiern roch, zog sich an den Schutzwänden entlang, die die Pariser Stadtverwaltung hatte anbringen lassen. Tonnen von Müll kamen zum Vorschein und bildeten eine unwirkliche, apokalyptische Kulisse. Irgendwo lag ein Leihfahrrad von Vélib' neben einer Kloschüssel. Ein Stück weiter lehnte das Wrack eines Motorrollers an einem Bürostuhl und schien sich auszuruhen. Es gab keine Leichen, keine Waffen und keine Autos mehr im Kanal. Die Polizisten hatten ihn als Erste durchkämmt, um peinliche Spuren zu beseitigen. Der Canal Saint-Martin war auf jeder Postkarte von Paris abgebildet, die Touristen sollten den Mist nicht sehen, der sich darin verbarg.

Jeff lächelte und warf seine Kippe auf den Asphalt des Boulevards. Er mochte diese Stadt. Obwohl sie sich allmählich in ein Museum für alte Damen verwandelte, gab es für Kenner immer noch Möglichkeiten, sich zu amüsieren. Außerdem fiel man hier nicht auf, und keiner ging einem auf den Geist. Es war eine Stadt für anonyme Menschen, die anonym bleiben wollten. Er sah zum Bett hinüber und erblickte sein Spiegelbild. Er war über siebzig. Die Haut über seinem dicken Bauch war knittrig, und die Muskeln erschlafften allmählich. Ineinander übergehende Tätowierungen bedeckten seinen Körper mit finsteren, unscharfen Motiven. Sein weißes Haar war noch dicht und lag ihm in wilden Wirbeln auf dem Kopf. Seine Visage hingegen erinnerte an ein Schlachtfeld, rissig, voller Gräben und Granattrichter. Von seiner Jugend waren ihm nur noch die hellblauen Augen geblieben, wie Perlen, die in einem Berg aus vertrocknetem Fleisch steckten. Irgendwie ähnelte er diesem beschissenen Kanal. Allerdings hatte der ihm etwas voraus. Auch er war müde und hätte eine gründliche Überholung gebrauchen können.

»Neunzig … in Ordnung?«, fragte die Chinesin und musterte ihn vom Bett aus. Sie schien schon über vierzig zu sein, hatte aber den Körper eines jungen Mädchens. Sie neigte den Kopf zur Seite und wartete sichtlich auf eine Antwort.

»Ja, in Ordnung«, sagte Jeff und stieß einen leisen Pfiff aus, während er sie von Kopf bis Fuß gründlich musterte.

Bis auf ihren kleinen Slip war sie nackt und wartete mit übereinandergeschlagenen Beinen auf dem Bett. Jeff hatte sie eine Stunde zuvor auf dem Boulevard de la Villette aufgelesen. Sie hatten es einmal miteinander getrieben. Nicht gerade ein Kracher, aber auch nicht wirklich schlecht. Jeff hatte Glück, in dieser Hinsicht funktionierte bei ihm noch alles. Jetzt hieß es bezahlen.

Er ging zu dem kleinen pissgelben Sessel, auf dem er seine Hose abgelegt hatte, und holte sein Portemonnaie heraus. Mit zwei Fünfzigeuroscheinen in der Hand näherte er sich der Chinesin.

»Kannst du wechseln?«

Sie nickte und holte ein kleines Bündel zusammengerollter Geldscheine aus ihrer Handtasche. Jeff bemerkte den Zylinder eines Pfeffersprays zwischen den Lippenstifthülsen. Lieber vorsichtig sein bei den ganzen Perversen, die herumliefen. Jeff verstand das nur zu gut.

Er nahm den Zehneuroschein entgegen und steckte ihn ins Kleingeldfach seines Portemonnaies. Ein Foto fiel aufs Bett. Darauf waren ein Junge mit dunklem Haar und eine schöne Frau mit hellen Augen zu sehen, die ein Baby im Arm hielt. Die Chinesin nahm das Foto und betrachtete es eine Weile, bevor sie es ihm zurückgab.

»Deine Familie?«, fragte sie und lächelte mechanisch, als mache ihn die bloße Tatsache, dass er Familie hatte, zu einem ehrenwerten Mann.

»Gib her, du blöde Kuh!«, schnauzte Jeff und riss ihr das Bild aus den Händen.

Sie rutschte von der Bettkante und zog sich eilig an, während sich Jeff vor dem Fenster noch eine Zigarette anzündete.

Wie lange hatte er sie nicht mehr gesehen? Dreißig Jahre? O ja, das würde ein überschwängliches Wiedersehen geben. Vor allem mit dem Jungen … Er war Polizist geworden, einer von der harten Sorte, soweit Jeff wusste. Die Verhandlungen würden kompliziert werden … Beim Hinausgehen knallte die Chinesin die Tür hinter sich zu, und Jeff war wieder allein in seinem Zimmer über dem Kanal. Eine verdammt schöne Stadt, dachte er und starrte wieder auf den Schlamm.

11

Die vierte Etage der Nummer 36 war in hellem Aufruhr. Gerade hatten sie einem jungen Kerl ein Hackmesser aus der Hand und einen gefakten Sprengstoffgürtel von den Hüften gerissen, weil er das Polizeirevier in der Rue de la Goutte d'Or im achtzehnten Arrondissement angegriffen hatte. »Ein krankhafter Lügner«, lautete der Kommentar der Jungs von der Antiterroreinheit. Die *Echten* liefen nicht mit Farbsprühdosen anstelle von Sprengstoff herum, die zogen ihr Ding durch bis zum Schluss. Allerdings hatte sich der Typ eine Fahne der bewaffneten islamischen Gruppe G.I.A. gebastelt. Das Motiv hatte er vermutlich auf Wikipedia gefunden, und nun trug er die Fahne sorgfältig zusammengelegt in einer Innentasche mit sich herum. Grund genug, die Antiterroreinheit in den Fall einzubeziehen. Ein halbes Dutzend Polizisten würde das Leben des Fantasten durchleuchten, um einen konkreten Zusammenhang mit dem Islamischen Staat zu finden, und sie zweifelten schon jetzt an dem Ergebnis, das dabei herauskommen würde. Die Welt lebte inzwischen in Angst vor dem Daesh, dem bärtigen schwarzen Mann, und noch der letzte hirnlose Spinner nutzte das aus, um seinen Hass in aller Öffentlichkeit zum Explodieren zu bringen.

Aber Tomar war aus einem anderen Grund beunruhigt. Unaufhörlich hatte er darüber nachgedacht, was seine Mutter ihm mitgeteilt hatte.

Jeff, dieser Dreckskerl, war wieder da, fast dreißig Jahre nachdem sie eine Abmachung mit ihm getroffen hatten. Nicht damit zufrieden, einfach das Geld zu kassieren, das Tomar ihm jeden Monat zukommen ließ, verletzte er nun die wichtigste Klausel ihres Vertrags. Niemand durfte von der geheimen Übereinkunft erfahren, die sie aneinanderband, Jeff sollte für immer im Verborgenen bleiben. Tomar musste die Sache unbedingt regeln, bevor sein ganzes Universum wie ein Kartenhaus in sich zusammenbrach. Im Augenblick würde er sich auf seine Ermittlungen konzentrieren, denn so konnte er seinen Gedanken eine Richtung geben. Er stieß die Tür zum Büro der Einsatzgruppe auf und gesellte sich zu seinen Männern, die sich um Rhonda versammelt hatten. Sie hielt ein Blatt Papier in der Hand und las mit lauter Stimme die Schlussfolgerungen des Gerichtsmediziners vor. Die Obduktion der Kindergartenleiterin war am Vorabend unter Franckys wachsamem Blick durchgeführt worden und ließ keinen Zweifel mehr zu. Zahlreiche Blutergüsse am Hals, ein zerschmetterter Kehlkopf und geplatzte Blutgefäße … sie war heftig an der Kehle gepackt und zu Tode gewürgt worden. Mehrere Flecken in ihrem Gesicht zeigten, dass sie sich gewehrt hatte, und der Gerichtsmediziner hatte Hautfetzen unter ihren Fingernägeln gefunden, ein Beweis, dass sie den Angreifer gekratzt hatte, bevor sie das Bewusstsein verlor. Geradezu ein Paradebeispiel.

Rhonda legte den Bericht auf den Tisch und händigte jedem Kollegen eine Kopie des polizeilichen Formulars zur Identitätsfeststellung aus. Ein Mann um die dreißig, langes mittelbraunes Haar, das angenehme, ausdrucksvolle Gesicht eines fröhlichen Burschen: Gilles Lebrun, leitender Betreuer im Hort von Fontenay-sous-Bois. Mit ihm war die Leiterin zum Zeitpunkt der Mordtat verabredet gewesen, und er war von der Bildfläche verschwunden. Ein ernst zu nehmender Verdächtiger.

»Wie seine Kollegen glaubhaft versichern, ist er nett zu den Kindern und unterhält beste Beziehungen zu allen Mitarbeitern der Einrichtung«, erklärte Dino und überflog seine Einträge in dem kleinen schwarzen Notizbuch, in dem er alles niederschrieb.

»Der Typ ist verschwunden. Wir geben eine Vermisstenanzeige auf, machen einen DNA-Abgleich, und schon ist die Sache erledigt. Vierundzwanzig Stunden, ich sag's euch«, erwiderte Francky.

»Und seine familiäre Situation?«, fragte Tomar und blickte Rhonda in die Augen.

»Verheiratet, eine zweijährige Tochter, seine Frau ist hochschwanger. Ziemlich übel also.«

»Nun gut. Welchen Grund könnte er gehabt haben, die Frau anzugreifen? Dino, du hast da doch sicher etwas Verwertbares.«

»Nein, eigentlich nicht. Er hatte einen Termin bei der Chefin, weil er den Beginn seines Vaterschaftsurlaubs festlegen wollte. Kein Grund, ihr den Hals umzudrehen. Vielleicht war es ja eine komplizierte Liebesaffäre.«

»Clémence Seydoux, die Leiterin ... das war nicht ihre Art ... zweiundvierzig Jahre alt, kein Ehemann, kein Freund, offenbar auch keine Affären ... Sie hat ihr Leben in der Schule verbracht«, fügte Rhonda hinzu.

»Und Lebruns Frau?«

»Die weiß über den Mord Bescheid. Sie rief uns an und teilte uns mit, dass ihr Mann gestern Abend nicht nach Hause gekommen war.«

»Nun, dann statte ich ihr einen Besuch ab. Rhonda, du kommst mit. Ihr anderen arbeitet die Liste der Mitarbeiter ab, die zum Tatzeitpunkt in der Einrichtung waren. Ich will das komplette Bild.«

»Im Ernst? In dem Laden ist 'ne Menge los, von den Grundschullehrerinnen über die Aushilfserzieherinnen bis zum fest angestellten Betreuungspersonal. Das sind mindestens zwanzig Leute, die vernommen werden müssen«, gab Dino zu bedenken und seufzte.

»Verdammt, Tomar!«, fügte Francky hinzu. »Du willst doch keinen halben Tag warten, bis wir diesen Typ mithilfe seiner DNA erwischen! Die Sache ist geritzt. Außerdem hat François uns etwas von einem anderen Fall erzählt, den ich viel netter finde. Ein Toter wurde im Wald von Montmorency gefunden, halb beerdigt, ein mehrfach vorbestrafter Vergewaltiger. Dem hat einer den Schädel eingeschlagen. Man hat ihm sogar die Fresse getasert. Das ist doch genau dein Ding, oder etwa nicht?«

Tomar musterte Francky, ohne zu antworten. Der Beschreibung nach zu urteilen, sprach er wahrscheinlich von Bob, dem Vergewaltiger. Aber Bob war nicht tot … er hatte ihn zwar übel zugerichtet, aber … Tomar spürte, wie ihn Unbehagen beschlich. Konnte dieser Scheißtag nicht endlich zu Ende gehen?

Er wandte sich zu dem kleinen Eckfenster um, das auf den Innenhof der Mordkommission hinausging. Zwei Polizisten schoben Wache und kontrollierten akribisch die Fahrzeuge, die durch die Sicherheitsschleuse fuhren, um vor dem Dienstboteneingang zu parken. Einen Moment lang hatte Tomar den Eindruck, die reglose Silhouette des kleinen Jungen mitten auf dem Hof stehen zu sehen, erstarrt bis in alle Ewigkeit, ein dunkler Vorbote des Todes.

»Darum kümmern wir uns später«, sagte er und verscheuchte das Bild aus seinem Kopf.

12

Die Lebruns wohnten in einem Einfamilienhaus in einer ruhigen Straße in Fontenay-sous-Bois. Die Anhörung von Anaïs, einer hübschen Frau mit lockigem Haar, rosigem Teint und rundem Schwangerschaftsbauch, hatte weniger als eine Stunde gedauert und war von den Schluchzern ihrer zweijährigen Tochter untermalt worden. »Es tut mir leid, sie ist heute Morgen nicht gut drauf«, hatte Anaïs sich entschuldigt und Rhonda eine Tasse grünen Tee serviert. Während seine Assistentin sie befragte, inspizierte Tomar das Haus. Es war geschmackvoll und mit eher bescheidenen Mitteln eingerichtet. Die Atmosphäre war heiter; alles wirkte wohlgeordnet. Gilles und Anaïs waren ein Mittelschichtspaar und hatten – den gerahmten Fotos nach zu urteilen, die hier und dort standen – schon eine Weile zusammengelebt, bevor sie Kinder bekamen. Gilles liebte es, in seiner Freizeit Musik zu machen, jedenfalls genug, um eine Gitarre und einen Verstärker zu besitzen, die in einer Ecke des Elternschlafzimmers standen. Als er ein Foto von Gilles mit seiner kleinen Tochter auf dem Arm betrachtete, konnte Tomar sich kaum vorstellen, dass dieser Mann seine Chefin erwürgt hatte. Doch seine jahrelange Erfahrung bei der Kripo hatte ihn gelehrt, niemals nach dem Schein zu urteilen. Gilles Lebrun, der brave, liebende Familienvater, der tatkräftige, entgegenkommende Kollege, konnte sich sehr wohl in einen Mörder verwandeln. Es genügte, dass gewisse Umstände zusammenkamen. Tomar sollte herausfinden, wie die Umstände in diesem Fall beschaffen waren, und weiterem Schaden vorbeugen. Als Rhonda mit Anaïs Lebruns Befragung fertig war, verließen sie das Haus und drehten eine Runde zu Fuß, um die Atmosphäre des Viertels in sich aufzunehmen. Wie wir so Seite an Seite über den Bürgersteig schlendern und jedes Haus genau betrachten, könnte man uns für ein junges Paar auf Wohnungssuche halten, dachte Tomar. Rhonda blies sich in die Handflächen, um sich ein wenig aufzuwärmen.

»Nette Gegend hier. So 'ne Bude kostet vermutlich ein Vermögen«, sagte sie und musterte eingehend ein hübsches Kalksteinhaus mit einem Dach aus dunklen Ziegeln.

»Bestimmt. Mit deinem Gehalt als Capitaine kannst du das jedenfalls vergessen«, antwortete Tomar wie auf ein Stichwort hin.

»Ich bleibe ja nicht mein Leben lang Capitaine, mein Großer.«

»Nein, bestimmt nicht, du kleine Streberin.«

Rhonda blieb ernst, und Tomar bereute den missglückten Scherz sofort. Ihm war ganz klar, dass sie keine Karrieristin war – bei ihren Fähigkeiten hätte sie längst in seiner Position sein können. Vor allem aber wusste er, dass das Thema heikel war. Tomar hatte echt einen schrägen Humor. Immer der falsche Witz zum falschen Zeitpunkt. Das war sein Markenzeichen.

»Stimmt, aber jetzt mal im Ernst. Das könnte ich mir gut vorstellen. Abends vor dem Kamin sitzen und ein Glas Wein trinken, während mein Mann das Abendessen zubereitet.« Offenbar hatte Rhonda ihm seine Bemerkung nicht übel genommen. »Aber bevor ich mir so eine Bude kaufe, müsste ich erst mal den richtigen Mann finden, oder?«

Tomar antwortete nicht. Sie schien ein bisschen enttäuscht, versuchte das aber zu überspielen, indem sie die Kapuze ihres Parkas absetzte. Was wollte sie eigentlich von ihm? Sollte er so tun, als gäbe er ihrer Beziehung eine Zukunft? Rhonda war jung, viel jünger als er. Sie hatte noch das ganze Leben vor sich und fände sicher irgendwann einen Kerl, bekäme Kinder und würde ihre Träume verwirklichen. Tomar hingegen träumte nur noch davon, seine Ermittlungen fortsetzen zu können. Den Weg der Wahrheit zu finden, Tag für Tag, bis zum Schluss. Das waren keine Projekte, die Paare gemeinsam in Angriff nahmen.

Und dann war da noch Zellale. Seit drei Jahren schon waren sie getrennt, aber Tomar konnte sie einfach nicht vergessen. Zellale war die Frau seines Lebens, und die Tatsache, dass sie ihn nach fünf gemeinsamen Jahren verlassen hatte, änderte nichts daran. Er war dazu verdammt, den Rest seiner Tage in Dunkelheit zu verbringen. Nur sie verfügte über das Licht, das ihm den Weg weisen konnte. Aber sie wollte ihn nicht mehr sehen. »Du bist ein giftiger, kranker Typ«, war einer ihrer zahlreichen Vorwürfe gewesen, mit denen sie ihren Weggang begründet hatte. Und er musste ihr recht geben.

Nach ihrer Runde durch das Viertel waren sie wieder zurückgefahren. Den als Privatwagen getarnten Renault Mégane hatten sie sich in der Zentrale ausgeliehen. Rhonda hatte den Motor angelassen und die Heizung voll aufgedreht, bevor sie den Digitalrekorder aus der Tasche geholt und ins Handschuhfach gelegt hatte.

»Den gebe ich Francky, aber es ist nichts Interessantes

drauf. Dieser Gilles Lebrun ist nur ein braver Familienvater. Seine Frau hat nichts Verdächtiges bemerkt, sie haben keine Schulden und auch sonst keine größeren Sorgen. Er hat auch nicht versucht, gleich nach dem Mord zu ihr zu fahren. Es deutet also nichts auf ihn als Täter hin.«

»Aber er hat schon allzu lange kein Lebenszeichen mehr von sich gegeben. Francky hat recht, er ist sicher der Täter.«

»Dann geben wir also die Fahndung raus.«

»Ja … und wir schicken einen vom Labor hin, damit er eine DNA-Probe von ihm nimmt.«

»Und dann steht seine Frau allein mit den Kindern da«, seufzte Rhonda und kuschelte sich tiefer in ihren Parka.

»Da ist sie nicht die Erste … leider.«

Erneut seufzte Rhonda, und ihre Gesichtszüge wirkten angespannt.

»Ja, ich weiß … tut mir leid«, sagte sie leise.

»Du musst dich nicht entschuldigen, so sind nun mal die Vorschriften.«

Eine Zeit lang hatte Tomar sich selbst Vorwürfe gemacht, dass er ihr zu viel über seine Vergangenheit erzählt hatte. Rhonda wusste über seinen Vater Bescheid, über die ständige Gewaltanwendung, das Näherungsverbot und über seine Kindheit, die er in einer Reihe wechselnder *Schutzwohnungen* verbracht hatte. Aber weder von Jeff noch vom ganzen Rest wusste sie etwas … Und dabei musste es auch bleiben.

»Ich weiß nicht … Manchmal glaube ich, es liegt nur an dieser Vergangenheit, dass du dich nicht weiter auf mich einlassen willst«, antwortete Rhonda und blickte ihm in die Augen.

»Aber es ist doch auch so schon super, oder?«

»Nein, ist es nicht«, antwortete sie und ließ den Motor an. »Und ich wollte dich etwas fragen … kannst du mir bitte meinen Wohnungsschlüssel wiedergeben?«

Ohne jedes weitere Wort fuhren sie zum Revier zurück.

13

Marie-Thomas Petit beobachtete die Kinder, die im Freien spielten. Sie hatte einen Stapel Mitteilungshefte für die Eltern auf dem Arm und wollte sie gerade auf die Fächer in der Eingangshalle des Kindergartens verteilen. Das Büro der Chefin lag nur wenige Meter davon entfernt, gelbes Klebeband versiegelte die Tür.

»Ich kann es einfach nicht glauben«, jammerte Amina, ein großes Mädchen mit malischen Wurzeln, das in der Kantine arbeitete. »Madame Seydoux war so nett.«

Solche Sympathiebekundungen gingen Marie-Thomas dermaßen auf die Nerven, dass ihr beinahe schlecht wurde.

»Ja, wirklich, es ist grausam«, sagte sie mit ausdrucksloser Stimme.

»Und ausgerechnet Gilles! Anscheinend hatte er einen Termin bei ihr.«

Genau das war das Problem. Ihre Kolleginnen redeten über nichts anderes mehr. Der liebenswerte, verführerische und in jeder Hinsicht anständige Gilles Lebrun war verschwunden, und die Polizei suchte mit Hochdruck nach ihm. Was war nur in ihn gefahren, dass er diese verdammte Frau erwürgt hatte? Seit Monaten schon beschäftigte sich Marie-Thomas mit Gilles' Akte. Seit seiner Ankunft sah sie in ihm die ideale Schachfigur, um ihre Pläne in die Tat umzusetzen. Er war beliebt, die Kinder mochten ihn so sehr, dass sie am liebsten im Hort geblieben wären, statt nach

Hause zu gehen. Er war freundlich, ausgeglichen in seiner Rolle als Vater und Ehemann, und vor allem war er bereit, Freundschaften zu schließen. Mit ihrer Fassade einer leicht altjüngferlichen und stets hilfsbereiten Aushilfserzieherin war es Marie-Thomas leichtgefallen, seine Sympathie zu gewinnen. Dann war die Phase gekommen, in der sie Informationen sammelte. Sie musste alles über ihn erfahren, über seine Freunde, seine Verwandten, sein Privatleben, um die eine Schwachstelle zu finden, die sie ausnutzen konnte, wenn die Zeit dafür gekommen war. Schon bald hatte sie diese Lücke gefunden und sich hineingedrängt, um ihn zu manipulieren … Und alles war verlaufen wie geplant. Er, der seine Überzeugungen und seine Angehörigen verriet, sie, die sich im Verborgenen hielt und ihn führte wie eine Marionette. Bis zu dem Morgen, als alles den Bach hinuntergegangen war.

»Hat die Polizei dich schon vernommen? Ich habe eine Vorladung bekommen«, sagte Amina mit besorgter Stimme.

»Warum sollten sie mich vernehmen? Ich war krankgeschrieben.«

»Ich glaube, sie wollen alle anhören … um zu verstehen, was passiert ist.«

Das fragte sich auch Marie-Thomas. Was hatte dieser Idiot sich nur dabei gedacht? Marie-Thomas achtete stets sorgfältig darauf, im Verborgenen zu agieren. Immer gab es mindestens einen Mittelsmann zwischen ihr und ihrer Beute, damit sie niemals die Maske fallen lassen musste. Das war eine fundamentale Regel, die sie seit ihrer Kindheit stur befolgte. Und dann kommt dieser Gilles Lebrun daher, der ach so nette Gilles, und schiebt sie einfach in die vorderste Reihe. Sie hatte die Situation nicht mehr im Griff, und das war unerträglich. Sie spürte, wie aus ihrem Unterleib der Zorn aufstieg, immer höher, bis ihre Schläfen pulsierten.

»Du hast bestimmt auch eine Vorladung bekommen ... Sieh lieber noch mal nach!«

Marie-Thomas schenkte Amina ein mechanisches Lächeln. Sie hatte Lust, die Hefte einfach fallen zu lassen und ihr an die Gurgel zu gehen, damit sie ihr Gefasel hinunterschlucken musste. Sie hatte Lust, Aminas Gegenwehr zu fühlen, bis endlich der Tod eintrat. Wie bei den Meerschweinchen, die sie als Kind so gern ertränkt hatte.

»Sicher«, antwortete sie, ohne mit der Wimper zu zucken.

Draußen beendete das Klingeln die Pause der Gruppe der Vier- bis Fünfjährigen. Marie-Thomas musste den Gruppenraum betreten, wo die Erzieherin sie bereits erwartete, und ihr helfen, die ungefähr zwanzig Kinder zu betreuen. Darunter befand sich auch der kleine Hadrien. Zum Wohl dieses bezaubernden Blondschopfs von gerade einmal fünf Jahren hatte sie ihren Plan ausgeheckt. Erwachsene waren nur ein Haufen von Heuchlern und Lügnern, die die Gründe ihrer Handlungen selbst kaum verstanden. Kinder hingegen verdienten Schutz und Hadrien im Besonderen. Bei diesem Gedanken vergaß sie den Schmerz in ihren Füßen, während sie die Treppe zum Gruppenraum hinaufstieg. Aber Gilles war von der Bildfläche verschwunden, und Gott allein wusste, was er erzählen würde, wenn die Polizei ihn auflas. Marie-Thomas musste sich um ihn kümmern. Schnell.

14

Sieben Uhr morgens. Tomar liebte diese magische Stunde, wenn die Stadt noch halb schlief. Der Duft nach heißem Kaffee und das Klirren der Tassen auf der Theke vernebelten ihm den Verstand, während die ersten Gäste nacheinander an den Tresen kamen und die Stille kaum zu stören wagten. Für diesen Ort und diese Zeit galten bestimmte Regeln, die die Stammgäste mit geradezu religiösem Eifer befolgten. Draußen gaben die rangierenden Müllwagen und die Arbeiter, die aus den Metroausgängen strömten, einen Vorgeschmack auf das rastlose Treiben, das bald auf dem Asphalt der Straßen herrschen würde. Tomar saß an der Fensterwand neben der Treppe zum Café La Pointe Saint-Eustache und beobachtete die Passanten, die mit schnellen Schritten die Stufen hinabeilten, um an ihre Arbeitsplätze zu gelangen. Das Forum des Halles wurde gerade umgebaut und würde bald über große Parks verfügen, um die kilometerlangen Einkaufspassagen zu begrünen, die das Innere durchzogen. In diesem Café gegenüber der Kirche, nur wenige Schritte von der Rue Montorgueil entfernt, wartete Tomar auf seinen Mentor Berthier. Sie kannten sich seit fast dreißig Jahren. Er war es gewesen, der das Potenzial des kämpferischen Jungen erkannt hatte, dessen Weg ins Gefängnis bereits vorgezeichnet schien. Er war es gewesen, der ihn auf die Tatamimatte und dann dazu gebracht hatte, die Schule abzuschließen, damit er die Polizeischule besuchen konnte. Und schließlich hatte auch er dafür gesorgt, dass Tomar den Reichtum alter Kulturen entdeckte. »Vergiss deine Wurzeln nicht, Junge! Sie machen dich zu dem, der du bist.« Solche Sätze hatten ihm den Stolz auf seine kurdische Herkunft und die Lust zum Kämpfen zurückgegeben.

Darum trafen sie sich noch immer an jedem Wochenende in diesem Café im Zentrum von Paris. Die Regelmäßigkeit war typisch für Berthier, einen wahren Asketen, dessen ganzes Leben im Dienst einer festgelegten Routine verlaufen war, weil er jede Minute optimal nutzen wollte. Arbeit, Sport, Kultur, Freizeit, alles war genau durchdacht und geplant. Nur seine Familie war ein dunkler Fleck geblieben, über den er niemals sprach. Tomar erinnerte sich nicht, ihn je in Gesellschaft einer Frau gesehen zu haben, und wusste nur von wenigen Abenteuern. Vielleicht hatte er einfach einen Haken unter sein Liebes- oder Sexualleben gesetzt, und das hätte gut zu seiner klösterlichen Lebensweise gepasst.

Ein kalter Luftstrom drang gleichzeitig mit Berthiers kurzer, gedrungener Gestalt in das Café ein. Trotz seines Alters – er ging auf die siebzig zu – und seiner geringen Größe strahlte er eine Energie und Präsenz aus, die allen Respekt abnötigten, die ihm begegneten. Es gibt Menschen, die weder sprechen noch gestikulieren müssen, damit man sie bemerkt. Berthier trug einen langen schwarzen Mantel mit aufgestelltem Kragen und eine eng anliegende Dockermütze. Sein trockenes, von Falten und tiefen Furchen durchzogenes Gesicht verriet sein Alter, während seine stämmige Gestalt und die breiten Schultern nicht recht zum Image eines harmlosen Großvaters passen wollten. Und das war er auch nicht! Seit seiner Kindheit war Berthiers Leben förmlich zerrissen zwischen seiner Leidenschaft für Kampfkünste und der für Geschichte und Mythologie. Er hatte Polizisten ausgebildet, die Jungs der Einheit für Recherche, Unterstützung, Intervention und Abschreckung und die Mitglieder der Eingreiftruppe der Nationalgendarmerie, GIGN, aber auch Spezialeinsatzkommandos anderer Länder. Seine Kenntnisse im Nahkampf jeder Art sowie seine Leistungen als Wettkämpfer hatten ihn zu einer Legende gemacht. Für Generationen von Jungen war er ein *sensei* geworden, ein Lehrer, und zu denen gehörte auch Tomar.

»Verdammt kalt heute, stimmt's? Oder werde ich etwa alt?«, fragte er mit heiserer Stimme.

Berthier hatte sich gesetzt, und der Kellner servierte ihm bereits den üblichen verdünnten Kaffee ohne Zucker.

»Vermutlich beides«, antwortete Tomar lächelnd.

»Ja«, sagte Berthier und trank einen Schluck heißen Kaffee. Er hatte ein längliches Gesicht und derbe Pranken und trug einen weißen Ziegenbart, der ihm das Aussehen eines alternden Rockstars verlieh.

»Hast du die verdammte Nachricht schon gehört?«

Tomar hatte zwar nicht angenommen, dass Berthier sofort zur Sache käme, aber es war typisch für ihn, dass er sein Gegenüber immer wieder überraschte.

»David Bowie ist tot, Junge. David Bowie!«

Tomar wusste nicht, was er antworten sollte. Er hatte keinerlei musikalische Bildung. Im Übrigen hatte sich Zellale während ihres Zusammenlebens darüber ziemlich amüsiert. Er hörte alle möglichen Musikrichtungen, ohne Vorlieben zu entwickeln oder sich eine Meinung zu bilden. Ob also David Bowie oder sonst jemand …

»Entschuldige, Tomar, aber dein Musikgeschmack war schon immer beschissen. David Bowie ist eine Legende. Der Typ war eine Naturgewalt, und dann kratzt er mit neunundsechzig einfach ab. Irgendwas kann da nicht gestimmt haben mit dem alten Sack.«

»Erstaunlich, dass er nicht schon früher gestorben ist. Bei dem ganzen Zeug, das der sich wahrscheinlich durch die Nase gezogen hat.«

Berthier betrachtete ihn mit finsterem Blick. Die Falten auf seiner Stirn vertieften sich und schienen sein Erstaunen noch zu unterstreichen.

»Das ist doch scheißegal, Junge. Ich rede hier nicht von irgendeinem x-beliebigen Drogensüchtigen, der Typ war ein Halbgott. Ein Jason auf der Suche nach dem Goldenen Vlies. Er konnte Berge versetzen. Der hätte echt was anderes verdient…«

Jason und das Goldene Vlies… typisch Berthier! Seit seinem zwölften Lebensjahr hatte er ihm unzählige Geschichten aus der Mythologie erzählt, um Neugier und Wissensdurst in dem Jungen wachzurufen. Tomar erinnerte sich an den Tag – er war ungefähr sechzehn gewesen –, als er mit einem riesigen Tattoo nach Hause gekommen war, einem Labyrinth, das sich über seine Schulter und einen großen Teil des linken Arms erstreckte. Ohne jeden Vorwurf hatte seine Mutter ihm den Verband gewechselt. Sie hatte ihn nur gefragt, was das Motiv bedeuten solle, und Tomar hatte nichts darauf zu sagen gewusst. Erst viele Jahre später hatte er verstanden, warum das Labyrinth und der Mythos von Minotaurus sein Leben so treffend symbolisierten.

»Also gut, hör zu! Wie es scheint, hat Jeff angerufen.«

»Hat Maman dir das erzählt?«, fragte Tomar überrascht.

»Deine Mutter und ich, wir reden auch miteinander … manchmal.«

Tomar wusste genau, worauf Berthier anspielte. Er hatte immer schon den Verdacht gehabt, dass zwischen den beiden etwas gelaufen war, vor langer Zeit, als er selbst noch ein impulsiver Jugendlicher gewesen war. Irgendwann war es vorbei, aber sie telefonierten noch regelmäßig, ohne dass sie ihre frühere Beziehung je offiziell bestätigt hätten. Es war einfach nicht ihre Art, weder seine noch ihre, sich über ihr Gefühlsleben auszubreiten.

»Ja, er hat angerufen«, brachte Tomar mit erstickter Stimme heraus.

»Und?«

»Keine Ahnung. Er will mich sehen.«

»Wirst du ihn besuchen?«

»Bleibt mir etwas anderes übrig?«

»Nein.«

Berthier leerte seine Tasse in einem Zug und gab dem Kellner ein Zeichen, ihm noch einen Kaffee zu bringen.

»Er wird dich nicht in Ruhe lassen. Jeff ist ein gottverdammtes Arschloch. Du musst dich auf das Treffen vorbereiten wie auf einen Kampf«, sagte er und fuhr sich mit den Fingern durch den Ziegenbart.

»Davor fürchte ich mich nicht. Ich mache mir nur Sorgen um Goran. Nach der langen Zeit ist er immer noch völlig ahnungslos. Er glaubt tatsächlich, dass Jeff unser Vater ist.«

»Dein Bruder ist erwachsen geworden. Er muss die Wahrheit erfahren. Irgendwann kommt er sowieso dahinter …«

Berthier hatte recht. Tomar konnte seinen Bruder nicht ewig beschützen. Das Geheimnis, das auf dem Grund des Labyrinths hatte verschwinden sollen, stieg aus der feuchten Erde hervor, in der er es begraben hatte. Weder er noch irgendjemand sonst konnte verhindern, dass die Wahrheit ans Licht kam. Jeff, dieses Arschloch, das er für sein Schweigen bezahlte, würde alles auffliegen lassen.

»Er hat gesagt, dass er seine Enkelkinder sehen will.«

»Dieser Scheißkerl. Er wird wieder Kohle von dir verlangen, damit er weiterhin die Schnauze hält, so viel ist sicher … fünfundzwanzig Jahre lang hat er den Mund gehalten und die Knete eingesteckt. Und ausgerechnet jetzt muss er wieder auftauchen …« Berthier warf einen Blick nach draußen, bevor er weitersprach. »Du musst mit ihm reden und herausfinden, was er will.«

»Und dann?«

»Dann sehen wir weiter …«

Der Kellner stellte ihnen zwei weitere Tassen Kaffee auf den Tisch. Sie tranken langsam und genussvoll und beobachteten, wie die ersten Sonnenstrahlen die Baustelle des Forum des Halles in ihr helles Licht tauchten.

»Verdammter alter Sack«, murmelte Berthier und starrte auf den kleinen Bildschirm an der Wand des Cafés, auf dem Bowies Gesicht zu sehen war.

15

Die alte Eiche, deren Stamm durch die Schnitzereien mehrerer Generationen zerfetzt war, stand neben der Seine wie ein Wachposten. Der Uferdamm der Île Saint-Louis war über eine Folge kleiner Treppen zu erreichen, die Touristen wie Einheimische auf der Suche nach Abgeschiedenheit benutzten. Zumindest war es hier relativ abgeschieden, denn selbst im Winter war die Spitze der Insel ein beliebter Pilgerort für Liebespaare und Kiffer. Gilles war zur Erinnerung an jenen Tag hergekommen, an dem Anaïs und er eine Flasche Champagner getrunken und zugesehen hatten, wie die Boote auf der Seine aneinander vorbeifuhren. Sie hatten sich geküsst, und Gilles hatte mit dem Schlüssel seines Motorrollers ihre Liebe in die Rinde geritzt. GILLES + ANAÏS stand in einem Herz, darunter das Datum, um jenen Moment des Glücks einzufangen. Er hatte gehofft, dass es ewig dauern würde. Aber all das war sehr lange her … Seit dem Morgen des Mords hatte er praktisch nicht mehr geschlafen und seine Tage damit verbracht, sich unter Obdachlosen in leer stehenden Gebäuden herumzutreiben, damit die Polizei ihn nicht fand. Sich zu stellen wäre viel einfacher gewesen, aber dazu war er noch nicht bereit. Schließlich wusste er selbst nicht, warum er die Chefin erwürgt hatte.

Ich habe einen Menschen getötet, dachte er und fuhr mit den Fingerkuppen über den Baumstamm. Der Gedanke verfolgte ihn, und er hatte den Eindruck, dass sein Leben Teil des Albtraums eines anderen Menschen war. Er mochte Madame Seydoux sehr. Sie war es, die ihn eingestellt und bald darauf zum Leiter des Horts befördert hatte. Er mochte auch seine Arbeit, die Kinder, um die er sich kümmerte, und mehr als alles andere liebte er seine Frau und seine Familie. Dennoch rief der Kontakt seiner Fingerkuppen mit der Rinde erneut das Gefühl der Allmacht in ihm wach, das er verspürt hatte, als er Madame Seydoux die Kehle zudrückte. *Ich habe einen Menschen getötet.*

Sosehr er auch danach suchte, die alte Inschrift auf dem Baumstamm war nicht mehr zu finden. Stattdessen sah er eine Vielzahl von Vornamen und hastig hingeworfene Herzen. So viele Lieben, die unzerstörbar wirken, am Ende aber doch auseinanderbrechen. Gilles fiel auf die Knie und weinte. Vier Tage auf der Straße hatten ihn an seine Grenzen gebracht, und er spürte, dass die Zeit für eine Veränderung gekommen war. Aber er konnte sich der Polizei nicht stellen. Was sollte er ihnen erzählen? Wie er der Mutter des kleinen Hadrien begegnet war? Warum er seine Frau betrogen hatte, ausgerechnet er, der immer ein treuer Ehemann gewesen war? Gilles war sich nicht einmal mehr sicher, ob er wirklich Liebe auf den ersten Blick für diese Frau empfunden hatte, die ihm wenige Monate später den Laufpass gegeben und gedroht hatte, Anaïs alles zu erzählen. War das der Grund, warum er ausgerastet war und die Chefin angegriffen hatte? Alle würden ihn für einen Scheißkerl halten, einen armseligen Typen, der seine Familie und das Leben einer Unschuldigen zerstört hatte. Nein, Gilles war kein Scheißkerl, er verstand nicht, wie das alles überhaupt hatte passieren können. Seine Treffen mit Hadriens Mutter, ihre heimlichen Rendezvous im Hotel und das Lügennetz, in das er sich verstrickt hatte, die selbst gebaute Falle, in der er gesessen hatte, bis zum finalen Drama. Es musste doch einen Grund geben, irgendetwas, das die unwiderrufliche Zerstörung seines Lebens erklären konnte. Aber die Logik hinter dem Chaos blieb in einer dichten grauen Wolke verborgen. In undurchdringlichem Dunst, der verhinderte, dass die Verbindungen zwischen den Ereignissen sichtbar wurden. Es kam ihm vor, als sei sein Gehirn in der Trommel einer Waschmaschine eingesperrt. Gilles steckte eine Hand in die Tasche und tastete nach dem Einschaltknopf seines Smartphones. Seit dem Mord war er offline, und er hatte den Chip weggeworfen, damit die Polizei ihn nicht orten konnte. So machten es die Ganoven in den Fernsehserien immer, und offensichtlich hatte es funktioniert. Dasselbe galt für seine Kreditkarte. Er hatte eine große Summe Bargeld abgehoben, die Karte zerstört und die Stückchen in einen Mülleimer geworfen. Untertauchen war nicht sonderlich schwierig, wenn man nichts mehr zu verlieren hatte. Gilles holte sein Smartphone heraus und legte den neuen Chip ein, den er sich in einem Geschäft in der Nähe der Place de la Bastille besorgt hatte. Wenn er telefonierte, ging er das Risiko ein, dass man ihn ortete. Das wusste er, aber er konnte sich einfach nicht mehr allein mit seinen Fragen herumquälen. Er musste mit dem einzigen Menschen sprechen, dem er noch vertraute, und dann würde er sich der Polizei stellen. Nur ein Anruf, bevor er sein Smartphone endgültig in die Seine warf. Das Treffen war in einer Stunde in der Metrostation Jussieu angesetzt. Um diese Zeit des Jahres drängten sich Studenten in den Gängen, und er konnte problemlos in der Menge verschwinden. Gilles war auf dem Uferdamm der Île Saint-Louis zurückgegangen, hatte die Brücke zur Île de la Cité überquert und sich auf den Weg nach Jussieu gemacht. Die Bouquinisten auf dem Quai de la Tournelle beäugten ihn misstrauisch. Er war zwar kein echter Obdachloser, aber er wirkte wie einer von ihnen. Und vor allem verriet sein Gesicht so heftige innere Qualen, dass man ihn für einen Verrückten halten konnte, der aus der Anstalt ausgebrochen war. Die Umrisse des Institut du monde arabe und des Zamansky-Turms auf dem Campus von Jussieu kamen in Sichtweite. Er beschleunigte seine Schritte, um etwas früher als verabredet zum Treffpunkt zu gelangen. Die Cafés vor der Universität waren überfüllt mit Studenten. Gilles erinnerte sich an die nicht allzu lang zurückliegende Zeit, als er noch an ihrer Stelle gewesen war. Kein Jugendlicher mehr, aber auch noch kein Erwachsener, war ihm das Leben zu jener Zeit einfach erschienen, so leicht … Er stieg die wenigen Stufen zum Eingang der Metro hinunter und nahm die Rolltreppe, um tiefer in das Innere der Station einzudringen, bis zum Bahnsteig der Linie 7 in Richtung Mairie d'Ivry. Dort setzte er sich auf eine Bank und wartete, bis die Zeit für seine Verabredung gekommen war. Vor ihm standen junge Leute in Gruppen herum, sie unterhielten sich lautstark oder schienen in intensive Gespräche vertieft zu sein. Er bemerkte eine junge Frau, die mit ihrem lockigen Haar und dem schelmischen Gesicht Anaïs ähnelte. Er lächelte sie an, aber sie wandte verlegen den Blick ab. Gilles betrachtete seine dreckstarrenden schwarzen Hände und verspürte Brechreiz, als er die widerlichen Ausdünstungen seiner Jacke roch. Er war nicht mehr der liebenswerte, charmante Betreuer, sondern ein Wrack, das jeden Tag tiefer in seiner Schuld versank. Er war ein Mörder auf der Suche nach der Erlösung, die ihm niemand verschaffen konnte. Dreizehn Uhr dreiunddreißig … Der verabredete Zeitpunkt war seit einer halben Stunde vorbei, und sie war nicht gekommen. Das konnte nur eins bedeuten – jemand hatte ihn verraten. In diesem Augenblick sicherte die Polizei wahrscheinlich den Eingang zur Metrostation und war auf dem Weg zum Bahnsteig hinunter. Vielleicht befanden sich unter den Wartenden sogar Polizisten in Zivil. Gilles spürte, wie heftige Spannungskopfschmerzen in seinen Ohren pochten. Er musste aufstehen, in den nächsten Zug steigen und fliehen. Er sprang vom Sitz auf, postierte sich auf dem Bahnsteig und starrte auf den schwarzen Tunnel an dessen Ende. Die elektronische Anzeigetafel kündigte den nächsten Zug an, in zwei Minuten würde er kommen. Gilles ballte die Fäuste, als die Scheinwerfer bereits auftauchten. In wenigen Sekunden würde er der Falle entkommen, die er sich selbst gestellt hatte.

»Du bist ein guter Junge«, sagte eine Stimme hinter ihm. »Du hast gesündigt, aber du bist ein guter Junge.«

Gilles wollte sich umdrehen und nachsehen, wer mit ihm sprach, aber dazu blieb ihm keine Zeit. Brutal wurde er nach vorn gestoßen. Seine Hände wollten sich irgendwo festklammern, fanden aber keinen Halt. In dem Augenblick, als der Zug in die Station einfuhr, lösten sich seine Füße von der Bahnsteigkante. Ihm blieben nur Sekundenbruchteile, um an seine Frau zu denken, dann zertrümmerten ihm Tonnen von Stahl den Schädel.

16

Das Rechtsmedizinische Institut lag am Ufer der Seine, gleich neben einer Schnellstraße. Das dreistöckige Gebäude aus rotem Backstein nahm pro Jahr annähernd dreitausend Leichen auf. Im Gegensatz zu den Krimis, die im Fernsehen gezeigt wurde, hatten die Gerichtsmediziner nur wenig Zeit, um Tatorte aufzusuchen. Sie hatten genug *Hausaufgaben* zu erledigen, wie Professor Guy Bouvier es gern ausdrückte, einer der sechs Ärzte, die umschichtig mit der Kripo zusammenarbeiteten. Tomar hatte seine Triumph im Hof der ehrwürdigen Institution abgestellt und den Dienstboteneingang benutzt, um zu den Obduktionssälen zu gelangen. Er hasste es, die Empfangshalle zu durchqueren, in der die Familien der Opfer manchmal stundenlang warten mussten, bis sie ihren Angehörigen endlich identifizieren durften. In seinem Beruf war er zwar ständig mit Gewalt und Tod konfrontiert, aber wenn schlechte Nachrichten überbracht werden mussten, überließ er das häufig Dino oder Rhonda. Er war unfähig, die richtigen Worte zu finden, mit Angst und Wut umzugehen. »Das liegt nur daran, dass du selbst wütend bist«, hatte Rhonda eines Tages zu ihm gesagt, und sie hatte recht.

Bouvier stand mit Francky in einem orangefarbenen Saal, in dessen Mitte sich ein breiter Tisch aus rostfreiem Stahl mit einem Waschbecken an einem Ende befand. Darüber hing eine Waage von der Decke herab. Auf dem

Seziertisch lagen statt einer Leiche nur drei blaue Plastiksäcke, deren Form vermuten ließ, dass sie gefüllt waren.

»Hallo, Chef, wie geht's? Was machst du hier?«, fragte Francky, als er Tomar in den Saal kommen sah.

Tomar nahm nur selten an Obduktionen teil. Seitdem er zum Commandant befördert worden war, überließ er dieses Vergnügen lieber seinen Männern. Nicht, dass er den Anblick von Blut nicht ertragen hätte, aber die ewige Warterei rings um eine Leiche zwang ihn, sich in seine Gedanken zurückzuziehen. Und dann tauchten oft Erinnerungen in ihm auf, die er lieber vergessen hätte. Diesmal aber war es anders. Die Vergangenheit hatte in der Person von Jeff Gestalt angenommen, und er musste sich mit Leib und Seele in die Ermittlungen stürzen, damit seine Fantasie nicht mit ihm durchging.

»Ach, du hast mir so gefehlt«, sagte Tomar ironisch. »Ist das da Gilles Lebrun?«

»Könnte man so sagen ... oder eher das, was von ihm übrig ist.«

»Es kommt Ihnen vielleicht ein bisschen chaotisch vor, Commandant, aber wir haben ausnahmsweise mal alle Teile beisammen«, fügte Bouvier hinzu.

Der Professor trug einen weißen Kittel, hatte sich aber weder die Handschuhe angezogen noch die Schutzmaske oder die weiße Plastikmütze aufgesetzt, die für eine Obduktion vorgeschrieben waren. Er musste in den Sechzigern sein, hatte ein lächelndes, leicht vom Alkohol gezeichnetes Gesicht und trug eine kleine runde Brille auf der Nasenspitze. Das rabenschwarze Haar stand ihm in chaotischen Wirbeln vom Kopf ab. Francky hatte auf eine Perücke gewettet, Dino hingegen war überzeugt, dass er es lediglich mit dem Färben übertrieben hatte. Seine laute, aber wohlklingende Stimme hätte vermutlich Chancen bei jeder Castingshow im Fernsehen gehabt.

»Die Laborfuzzis brauchten drei Stunden, um die Einzelteile vom Waggon abzukratzen«, erklärte Francky. »Der Fahrer sah zwar, wie er auf dem Bahnsteig einen Schritt nach vorn trat, konnte aber nicht mehr bremsen. Er glaubt, es war Absicht.«

Tomar starrte auf die Säcke und versuchte, nicht an den Brei aus Menschenfleisch zu denken, der sich darin befand. Früher hatten diese drei Säcke einmal einen Namen gehabt: Gilles Lebrun, zweiunddreißig Jahre alt, Familienvater. Heute waren nur Fragen ohne Antworten und ein Haufen gammelndes Fleisch von ihm übrig.

»Also, hier haben wir die unteren Gliedmaßen, das hier ist der Rest des Brustkorbs, offensichtlich der am stärksten beschädigte Teil des Körpers, und das da ist der Kopf...«, führte Bouvier aus, ohne mit der Wimper zu zucken. »Und dann waren sie so freundlich, die losen Eingeweide in den Sack dort zu stopfen. Welchen soll ich zuerst aufmachen, Messieurs?«

Erwartete der Professor tatsächlich eine Antwort auf diese Frage? Der Typ hatte sich vor die Metro geworfen, fünf Tage nachdem er seine Arbeitskollegin umgebracht hatte, offenbar aufgrund eines heftigen Burn-outs. Die Obduktion würde mit Sicherheit nichts Interessantes ergeben, aber so war nun mal der vorgeschriebene Weg, und Tomar hinterließ bei seinen Fällen nur ungern offene Fragen.

»Angesichts der allgemeinen Begeisterung entscheide ich mich für den Kopf. Dann könnt ihr das Opfer wenigstens identifizieren.«

Bouvier legte den Sack in die Mitte des Tischs, streifte zwei Paar Latexhandschuhe und eine Maske über und richtete die Strahler so aus, dass sie seinen Arbeitsbereich ausleuchteten. Nachdem er sichergestellt hatte, dass sich sein Werkzeug an Ort und Stelle befand, öffnete er den Reißverschluss an der Seite des Sacks. Etwas plätscherte, und eine schwärzliche Flüssigkeit trat aus und ergoss sich über den rostfreien Stahl.

»Zerebrospinalflüssigkeit, gemischt mit dem Blut des Hämatoms … eine leckere kleine Hirnsuppe.«

Diese Art von Witzen war nicht nur Bouviers Spezialität, sondern auch die zahlreicher anderer Pathologen, denen Tomar in seiner Laufbahn begegnet war. Solche Scherze waren Bestandteil eines natürlichen Prozesses der Entdramatisierung, hatte Rhonda ihm erklärt, die viel von Küchenpsychologie hielt. »Man muss darüber lachen, sonst hält man es nicht aus.«

Bouvier schob die Hände in den Sack, holte eine dunkle Masse heraus und legte sie auf den Tisch. Gilles Lebruns Kopf ähnelte einer von Machetenhieben zerstörten Wassermelone. Lediglich die Anordnung der Haare, die in Büscheln an blutigen Krusten klebten, verriet noch, wo das Gesicht gewesen war. Unter der Wucht des Aufpralls war es fast vollständig verschwunden.

»Er hat das Ding voll in die Fresse gekriegt«, sagte Francky und legte die Aufnahmen des schaurigen Gesichts nebeneinander.

»Wenn man der eingedrückten Nasenscheidewand, dem fehlenden Teil des Oberkiefers, der durchlöcherten Stirn und den zerschmetterten Brauenbögen glauben darf, dann ist der Zug ihm voll ins Gesicht gefahren, ja.«

Der Rest der Obduktion führte zu ähnlichen Schlussfolgerungen. Nichts Zusammenhängendes war von Gilles Lebrun übrig geblieben. Der Aufprall, der offensichtlich auch die Todesursache war, hatte seinen Körper in seine Einzelteile zerlegt. Die Untersuchung der Eingeweide und vor allem des Mageninhalts ließ erkennen, dass er seit Tagen nur wenig gegessen, aber viel Alkohol getrunken hatte. Die Proben, die den Überresten seiner Hände entnommen wurden, sprachen für mangelnde Hygiene, die wiederum Zeugnis seines ziellosen Umherstreifens seit dem Verbrechen war.

»Na also, Chef, ich hatte recht. Der Typ erwürgt seine Chefin, säuft fünf Tage durch und wirft sich vor den Zug. Ende der Ermittlungen.«

»Und warum bringt er sie um?«

»Kann uns doch egal sein, oder? Es gibt Tausende Verrückte, die ohne jeden Grund zur Tat schreiten. Wir sind keine Psychos. Und außerdem passt das zur DNA, die wir unter den Nägeln des Opfers gefunden haben. Der Fall ist erledigt.«

Francky hatte nicht ganz unrecht. Viele Fälle endeten so. Man kannte das Opfer und den Täter, aber dennoch blieben viele Fragen offen. Nichts hasste Tomar mehr. Er musste verstehen, bevor er sich mit anderen Themen befassen konnte. Ein Fall, das war wie ein Labyrinth. Er musste sämtliche Gänge erkunden, bevor er es wieder verließ. Diese finsteren Gänge quälten ihn ohne Unterlass. Jeden von ihnen musste er bei Licht betrachten.

»Ist sein Handy gefunden worden?«, fragte Tomar.

»Nein.«

»Ich werde Dino bitten, die Verbindungen auf Lebruns

Telefonrechnungen durch den Mercure zu jagen, und wir werden seinen Tagesablauf genau überprüfen. Außerdem muss ich mir die Videoaufzeichnungen der RATP besorgen.«

Francky seufzte, schwieg aber. Er war es gewöhnt, dass sein Chef nicht lockerließ. Die Gruppe Khan befasste sich mit weniger Fällen als andere Gruppen, hatte aber eine außergewöhnlich hohe Aufklärungsrate. Tomar verabschiedete sich von den beiden Männern und verließ den Obduktionssaal, um die frische Luft zu atmen, die durch ein Fenster hereindrang, vor dem die Hochbahn verlief. Als er die Dienstbotentreppe hinuntersteigen wollte, glaubte er, ein Murmeln aus einem Zimmer an der Ecke des Flurs zu hören. Er stieß die Tür zu dem kleinen Raum auf, in dem die Gerichtsmediziner die Leichen zwischenlagerten, die noch obduziert werden mussten. Ein langer Plastiksack lag auf einem Rolltisch. Die Form des Sacks ließ keinen Zweifel am Inhalt zu, und ein Gummiband mit einem Etikett aus Papier war am Fuß des Opfers befestigt. *Gruppe Alvarez* war mit schwarzem Filzstift darauf geschrieben. Tomar näherte sich der Leiche, zog ein Paar Handschuhe an, die er aus einem Regal genommen hatte, und versuchte, den Sack zu öffnen. Das Gesicht mit dem gebrochenen Kiefer, das zwischen den Plastikplanen zum Vorschein kam, kannte er gut. Es war Bob, sein Freund aus dem Wald von Montmorency …

17

Die Nacht war gerade angebrochen, und schon jetzt wusste Tomar, dass er keinen Schlaf finden würde. Er saß auf dem Fensterbrett und beobachtete die Stadt. Unter ihm, auf der Ringautobahn von Paris, herrschte ein ununterbrochenes Hin und Her roter und gelber Scheinwerfer. Es hatte den ganzen Tag geregnet, und die Lichter zogen sich wie dunstige lange Schlieren über den nassen Asphalt. Etwas weiter weg zu seiner Rechten waren der Kreisverkehr der Porte de Vincennes und die massive Fassade eines Betonturms zu sehen, auf dessen Dach eine Werbetafel mit der Aufschrift GODIN prangte, eine riesige Neonreklame, jeder Buchstabe so hoch wie ein Stockwerk. Das herkulische Firmenschild ergoss sein orangefarbenes Licht über die gesamte Umgebung und verlieh dem von schwarzen Wolken verhangenen Himmel einen apokalyptischen Anschein. Tomar hatte sich kurz nach der Trennung von Zellale in dieser Wohnanlage niedergelassen. Er wohnte in einer großen Zweizimmerwohnung im siebten Stock eines Gebäudes, das ein Meer aus Beton und Asphalt überragte. Trotz seines nüchternen Aussehens mochte Tomar das Haus. Die Lage gestattete es ihm, sofort auf die Ringautobahn zu fahren und sich an jeden beliebigen Ort in Paris zu begeben, und vor allem war es hier niemals vollkommen still. Tomar hasste Stille. Sie erinnerte ihn an die Kälte und die Angst und stürzte ihn in Erinnerungen, die er so tief wie möglich in seinem Innern begraben wollte. Der lärmende Straßenverkehr von Paris beruhigte ihn.

Bob ist tot… Dem Obduktionsbericht zufolge, den er um die Mittagszeit in Alvarez' Büro überflogen hatte, hatte sein Herz eine Reihe von heftigen elektrischen Entladungen erlitten. So hatte sich Tomar die Sache zwar nicht vorgestellt, aber er empfand keinerlei Gewissensbisse. Dieser Mann hatte ungestraft mindestens zehn Frauen vergewaltigt und verstümmelt. Sollte er doch sterben, um für seine Verbrechen zu büßen. Dennoch verspürte er unbestreitbar leichte Stiche in der Herzgegend. Dieses Gefühl kannte er gut, und er wusste, dass es ihn nicht mehr verlassen würde. Einen Menschen zu töten hatte stets Folgen. Ob es Gründe dafür gab oder nicht, spielte kaum eine Rolle. Man kann niemandem das Leben nehmen, ohne einen Preis dafür zu zahlen. Nicht einmal dem schlimmsten aller Dreckskerle. Das alles wusste Tomar, aber er hatte seine Entscheidung schon vor langer Zeit getroffen. Und in gewisser Weise beruhigte ihn diese schmerzhafte Schuld. Sie bewies, dass er immer noch menschlich war.

Auf dem Bambustisch im Wohnzimmer leuchtete der Bildschirm eines Laptops. In einem kleinen Fenster in der Ecke war ein Video zu sehen. Es zeigte den Bahnsteig einer Metrostation in Postkartengröße. Tomar verließ seinen Platz, um sich hinzusetzen und das Video zu starten. Die Gestalt eines Mannes, Gilles Lebrun, löste sich aus der Menge der Studenten. Er war allein, blickte zu Boden und näherte sich mit langsamen Schritten der Bahnsteigkante. Zwei Lichtpunkte tauchten im Tunnel der Metro auf, in wenigen Sekunden würde er sterben. Tomar drückte auf die Leertaste, und das Bild erstarrte. Eine dunkle Gestalt war aus der Menge aufgetaucht und schob sich hinter Lebrun. Tomar ging auf Zeitlupe, und das Band spielte ein Bild nach dem anderen ab. Die Auflösung war so gering, dass Tomar nicht erkennen konnte, ob es sich um einen Mann oder um eine Frau handelte. Es war einfach eine ziemlich massige Gestalt, in einen weiten Mantel gehüllt, mit einer Mütze auf dem Kopf. Jetzt beugte sich die Gestalt über Gilles Lebruns Nacken, als wolle sie ihm etwas ins Ohr flüstern. Dann aber näherte sich eine Gruppe Jugendlicher dem Bahnsteigrand und verdeckte den Fortgang der Szene. Die Metro fuhr in die Station ein, und Gilles erschien abermals, den Blick auf den Boden geheftet. Weitere Bilder folgten. Tomar sah, wie Lebruns Körper im Scheinwerferlicht vom Boden abhob. Die nächsten drei Sekunden des Videos waren die letzten drei seines Lebens. Tomar starrte auf den Bildschirm. Erst der Kopf, dann die Brust. Ein Fuß von Gilles berührte noch den Bahnsteig, als der Zug den Mann mit voller Wucht erfasste. Der Rest zeigte nichts Verwertbares. Wie betäubt blieben die Leute auf dem Bahnsteig stehen, dann stieg der Fahrer aus dem Zug. Auf einmal stürzten alle in Scharen auf die Ausgänge zu. Tomar versuchte, die schwarze Gestalt wiederzufinden, konnte sie aber nicht identifizieren. Hatte Gilles Lebrun sich freiwillig vor den Zug geworfen, oder hatte jemand nachgeholfen? Tomar war überzeugt, dass der Unbekannte die Antwort auf diese Frage wusste. Es gab keine Möglichkeit, ihn zu identifizieren, aber er befand sich erst am Anfang seiner Ermittlungen, und diese aus wenigen Pixeln bestehenden Bilder waren immerhin ein Anhaltspunkt. Tomar klappte den Bildschirm des Rechners zu und legte sich wieder auf das Sofa mit dem Bezug aus grauer Wolle, das er wie alle anderen Möbel in seiner Wohnung bei Ikea gekauft hatte. Von diesem Platz aus sah er die Lichter der Stadt über die Wohnzimmerdecke tanzen. Er setzte sich oft hierher, um endlich zur Ruhe zu kommen, wenn die Schlaflosigkeit ihn in ihren Fängen hielt. Sobald er die Augen schloss, umwogten ihn sanfte Lichter.

18

Die baufällige Fassade des Hauses mit den grauen Mauern und dem roten Ziegeldach wies auf den Garten hinaus. Haustür und Fensterläden waren in dem kräftigen Blauton gestrichen, der auch an Fischerhütten auf griechischen Inseln zu finden ist. Aber die Zeit hatte ihr Werk getan, und die zahllosen Risse, die das Holz durchzogen, erweckten den Eindruck völliger Verwahrlosung. Der Garten hatte sich in ein Chaos aus Unkraut, Brennnesseln und Brombeersträuchern verwandelt, bis auf einen kreisförmigen großen Bereich unter dem Astwerk des riesigen Kirschbaums. Dort wuchs überhaupt nichts mehr. Der Baum war ungefähr zehn Meter hoch, und einige Äste wucherten bereits über das Dach hinaus. Große Mengen toten Laubs und verfaulter Früchte verstopften die Regenrinnen, bedeckten den Boden und zogen Schwärme von Insekten an. Der dicke, kräftige Stamm des Obstbaums war von einem Netz aus Efeu bedeckt, das jeden Zentimeter seiner Rinde verschlang. In wenigen Jahren würde der pflanzliche Parasit den Kirschbaum ersticken und seinen langen Todeskampf herbeiführen. Seine Wurzeln würden verfaulen, eine nach der anderen, und der Stamm würde sich aushöhlen, bis er nur noch eine leere Schale wäre. Der Efeu hingegen würde weiterwachsen und sich an seinem Wirt ergötzen. So war es nicht nur in der Natur, sondern auch bei den Menschen. Wie soll man sich wehren, wenn der Parasit, der einen erstickt, Teil des eigenen Fleischs ist? Soll man sich verstümmeln, um frei, aber unter Schmerzen zu leben? Oder findet man sich besser damit ab, dass man als Abhängiger sterben wird? Tomar saß reglos unter der Krone des Kirschbaums. Er betrachtete den Boden, der von selbst leuchtendem Moos bedeckt und von Nässe durchtränkt war. Mit den Gedanken war er beim Geräusch einer Schaufel, die die weiche Erde aushob. Sich leer machen, an nichts denken, vor allem nicht an die Vergangenheit. Die Ruhe zu finden, nach der er suchte, war nicht einfach. Er kannte diesen Ort gut. Er war dazu verdammt, fast jede Nacht hier umherzuirren.

»Würde es dir was ausmachen, ein bisschen mit anzupacken?«

Tomar wandte sich um und spähte zum Ende des Gartens. Bob stand aufrecht in einem Loch, sein Körper war von Erde bedeckt, in der Hand hielt er eine Schaufel. Sein Kiefer hing herab. Die weißliche Haut seines Gesichts war von blauen Streifen durchzogen. Aus blassen, glanzlosen Augen starrte er Tomar an.

»Wenn man jemanden abmurkst, ist ein anständiges Begräbnis wohl das Mindeste, das man ihm schuldig ist.«

Verblüfft blieb Tomar unter dem großen Kirschbaum sitzen. Was suchte dieser Scheißkerl Bob in seinem Albtraum?

»Ja, da verschlägt's dir die Sprache, wie? Wirst dich dran gewöhnen müssen, Arschloch«, fügte Bob hinzu, als könne er Tomars Gedanken lesen.

Der Leichnam beugte sich vor und kletterte aus dem Loch heraus. Der baumelnde Kiefer streifte den Boden, und etwas Erde gelangte ihm zwischen die Zähne. Bob versuchte, das Gleichgewicht zu halten, schien aber kaum Kontrolle über seine Beine zu haben. Als er wieder sicher stand, tappte er auf Tomar zu und warf ihm die Schaufel vor die Füße.

»Bring zu Ende, was du begonnen hast, Mistkerl! Beerdige mich!«

»Dich gibt es gar nicht.«

»Ach ja?«

Ein widerwärtiger, kehliger Laut erklang, als Bob sich räusperte und blutiger Speichel mitten in Tomars Gesicht landete.

»Haha!«, lachte er hämisch. »Gar nicht schlecht für einen, den es nicht gibt, was?«

Tomar spürte, wie ihm die zähe Suppe über die Wange rann. Sein Leben lang war er durch die Gänge des Labyrinths geirrt, nur um am Ende festzustellen, dass er in diesem Garten eingeschlossen war. Sein Leben lang war er vor der Bestie geflüchtet, die ihn verfolgte. Sein Albtraum war ein Universum hinter verschlossenen Türen, in dem er sich irgendwann halbwegs geschützt gefühlt hatte. Und nun tauchte Bob auf, ein Element von außen, und machte ihm die Hölle heiß.

»Du bringst deine Arbeit jetzt zu Ende, Kumpel. Du hättest mich schon gleich beerdigen müssen. Du weißt, was passiert ist, oder soll ich es dir noch mal erzählen? Nein? Nun gut … ich erzähl's dir trotzdem. Nachdem du weg warst, wollte ich aus dem verdammten Wald hinauskommen, aber es war saukalt, du Arschloch. So kalt, dass meine Füße steif und gefühllos wurden … und danach meine Hände. Der verdammte Kiefer tat mir weh, aber das war nicht so schlimm. Im Gegenteil, der Schmerz hielt mich wach, denn die Kälte wollte, dass ich friedlich einschlief …«

Tomar fragte sich, woher er all diese Einzelheiten kannte. Einige mussten im vorläufigen Untersuchungsbericht gestanden haben, den er selbst gelesen hatte. Andere wiederum waren vermutlich nur Schlussfolgerungen, die er unbewusst gezogen hatte. Tatsache war, dass sich Zombie Bob tatsächlich zu ihm gesellt hatte und offensichtlich fest entschlossen war, Small Talk mit ihm zu betreiben. Angesichts seiner Lage blieb ihm keine andere Wahl – er musste mitspielen.

Tomar bückte sich, um die Schaufel aufzuheben, und näherte sich dem Loch, wobei er Bob den Rücken zukehrte.

»Und dann habe ich einen Baum wie diesen gesehen, mit hohlem Stamm, und dachte mir, ich könnte dort drin in Deckung gehen und mich ein bisschen ausruhen. Ich Blödmann! Zwei Stunden später lag ich endgültig in Morpheus' Armen.«

»Ich hatte nicht vor, dich zu töten.«

Bob schleppte seinen Körper, der aussah wie ein Hampelmann mit ausgerenkten Gliedern, auf Tomar zu und wand sich dabei in einem abscheulichen Tanz.

»O ja, du hast mich die Drecksarbeit ganz allein machen lassen.«

»Du bist ein schlechter Mensch. Vergiss das nicht!«

»Dasselbe gilt für dich, Kumpel. Du glaubst, du sorgst für Gerechtigkeit, dabei bist du noch schlimmer als ich.«

Tomar rammte die Schaufel in den Boden und warf Erde in die Richtung der wandelnden Leiche.

»Ich glaube, du hast recht. Ich grabe dieses Loch fertig, und dann lege ich dich hinein, damit du endlich die Schnauze hältst.«

»Na klar, so einfach wirst du deine Probleme los. Hast du immer schon so gemacht, stimmt's?«

»Halt's Maul!«

Bob stieß ein Röcheln aus, das einem Lachen ähnelte. Sein Gesicht verformte sich zu einem monströsen Grinsen, aus dem Mundwinkel flogen Speichelfetzen.

»Hahaha, halt's Maul! Diese Fresse habe ich dir zu verdanken, Meister. Hat dir schon mal jemand gesagt, dass du 'ne verdammt harte Gerade hast? Hahaha … Ach, übrigens – du hast doch nichts gegen gute Musik, oder?«

Bob setzte sich wenige Meter von Tomar entfernt auf den Boden und sang halblaut vor sich hin.

»Look at those cavemen go, it's the freakiest show …«

Tomar hatte plötzlich das heftige Bedürfnis, sich zu übergeben. Er musste diesen Albtraum irgendwie beenden und die in Verwesung übergegangene Leiche verschwinden lassen, deren Anblick ihm Übelkeit verursachte. Bei jedem Spatenstich kribbelte es ihm in den Fingerkuppen. Wenn er die Erde im Garten umgrub, fand er vielleicht wieder in die Realität zurück. Er zitterte, als er seine Anstrengungen verdoppelte, um die weiche Erde seines Albtraums auszuheben. Bob sah ihm zu und summte weiter mit seiner schaurigen Stimme vor sich hin.

Tomar hob den Kopf und stellte fest, dass das Haus allmählich in einem finsteren Nebel verschwand. »Is there life on Mars?«, sang Bob leise, bevor er im Nichts versank.

19

Dino kratzte sich am Kopf und gähnte so ausgiebig, dass er sich fast den Kiefer ausrenkte. Die blonden Strähnen standen ihm wild vom Kopf ab, seine Augenringe ähnelten riesigen dunklen Halbmonden. Er saß vor zwei Flachbildschirmen, auf denen Hunderte Datensätze von Gilles Lebruns Telefongesellschaft zu sehen waren, die mit höchster Dringlichkeit übertragen wurden. Das Programm Mercure erlaubte es ihm, alle möglichen Telefondateien aufzubereiten, indem es unterschiedliche Inputs zueinander in Beziehung setzte. Eingehende und ausgehende Gespräche, deren Dauer, satellitengestützte Ortung – die Arbeit war langwierig, zeitraubend und strapaziös. Oft aber führte sie zu Ergebnissen, die für die Ermittlungen direkt verwertbar waren. Dino griff nach einem großen Becher mit dem Aufdruck *Darth Vader* und trank einen kleinen Schluck heißen Kaffee, bevor er eine Telefonnummer in eines seiner berühmten Notizbücher schrieb. Auf der anderen Seite des Schreibtischs heftete Rhonda einen farbigen Ausdruck an eine Pinnwand. Mehrere Fotos dieser Art hingen bereits an der Wand. Alle zeigten die Gestalt im Mantel und mit der schwarzen Mütze auf dem Bahnsteig der Metrostation Jussieu. Es gab recht unscharfe Vergrößerungen, Aufnahmen der Umgebung, auf die jemand mit rotem Filzstift Pfeile gemalt hatte, und das Ganze ergab einen mehr oder weniger chronologisch geordneten Verlauf. Rhonda stieß einen Seufzer aus und ließ sich wieder neben Tomar nieder, der sich auf seinem PC das Band der Videoüberwachung ansah.

»Echt dumm gelaufen, dass keine der Außenkameras in der Gegend dort funktioniert hat«, sagte sie mit Bitterkeit in der Stimme.

Tomar hob den Kopf, musterte Rhonda und bemerkte, dass sie sich geschminkt hatte. Ihr Gesicht wirkte weniger müde als sonst. Ihre grünen Augen, durch eine unauffällige schwarze Linie betont, die ihnen ein elfenhaftes Aussehen verlieh, funkelten vor wacher Intelligenz. Er ertappte sich dabei, dass er bei der Vorstellung, sie könne vielleicht ein Rendezvous haben, einen Anflug von Eifersucht verspürte.

»Wir haben zumindest die Aufnahmen vom Bahnsteig«, antwortete Tomar und rieb sich die Schläfen.

»Hast du heute Nacht nicht geschlafen?«

»Schlafe ich denn üblicherweise?«

»Ja, manchmal schon ...«, antwortete sie und lächelte ihn zurückhaltend an.

Er fragte sich, ob sie ihn anmachen wollte oder ob sie etwas anderes im Sinn hatte. Nachdem sie ihre Schlüssel zurückgefordert hatte, musste Tomar sich eingestehen, dass es zwischen ihnen nicht mehr so gut lief wie am Anfang. Ein Jahr zuvor hatten sie begonnen, miteinander auszugehen, genau zwei Jahre nach seiner Trennung. Er erinnerte sich, wie Rhonda im Korridor auf ihn gewartet hatte, um ihm zu sagen, dass er zwar ein Superbulle sein mochte, aber absolut kein Gespür für Frauen habe. Den Worten hatte sie Taten folgen lassen, indem sie ihn heißblütig geküsst hatte, ohne ihn zu Wort kommen zu lassen.

Seitdem hatten sie eine Beziehung aufgebaut, die darauf beruhte, dass jeder die Freiheit des anderen respektierte. Zusammenziehen oder symbiotisches Paar spielen, das kam überhaupt nicht infrage. Ebenso wenig wollten sie über die Zukunft nachdenken oder Luftschlösser bauen, in denen gemeinsame Kinder lebten. Rhonda war eine unabhängige Frau, und sie war stolz darauf. Tomar wiederum hatte keine Lust, einem anderen Menschen seine Schattenseiten zu zeigen. Aber ein solches Gleichgewicht war nur schwer aufrechtzuerhalten …

Tomar erhob sich, stellte sich vor die Pinnwand und deutete auf ein Foto, auf dem Gilles Lebrun an der Bahnsteigkante zu sehen war.

»Also, unser Kandidat begibt sich auf den Bahnsteig der Metrostation Jussieu«, sagte er. »Um zwölf Uhr fünf kommt er dort an und setzt sich auf eine Bank … Er lässt mehrere Züge weiterfahren, ohne auch nur aufzusehen. Wartet er auf jemanden?«

»Vielleicht hat er einfach die Nase voll, sich draußen den Arsch abzufrieren, und will sich nur kurz aufwärmen«, gab Rhonda zu bedenken.

»Schon möglich … Auf jeden Fall sieht man, dass er sich mehrmals vorbeugt, um auf der Anzeigetafel nach der Uhrzeit zu sehen. Eine halbe Stunde später hält er sich immer noch auf dem Bahnsteig auf, aber jetzt geht er auf und ab …«

»Seine Verabredung hat ihn sitzen lassen. Allmählich reicht's ihm.«

»Ja … Er blickt noch ein letztes Mal auf die Tafel. In einer Minute soll ein Zug einfahren. Jetzt nähert er sich der Bahnsteigkante. Vielleicht will er diesen Zug ja nehmen.«

»Und jetzt taucht unser Unbekannter im schwarzen Mantel auf.«

Tomar nahm das Foto ab, auf dem die Gestalt sich von hinten über Lebruns Schulter beugte.

»Keine Überwachungskamera hat eingefangen, wie er die Metrostation betritt und sie wieder verlässt, aber er ist da. Und was macht er deiner Meinung nach?«

»Er flüstert ihm liebe Worte ins Ohr«, warf Dino ein und blickte von seinen Bildschirmen auf.

»Wenn dir ein Typ in der Metro was ins Ohr flüstert, wie reagierst du dann?«, fuhr Tomar fort, während er Rhonda unverwandt in die Augen sah.

»Ich schätze mich glücklich, dass er mir nicht an den Arsch gefasst hat«, antwortete sie mit maliziösem Blick.

»Du drehst dich um – mindestens. Und unser Freund Gilles, was tut der?«

»Nichts.«

»Genau. Er bewegt sich überhaupt nicht. Er weicht nicht zurück und scheint sich auch sonst nicht zu wundern … Also …«

»Also kennt er ihn. Die Stimme macht ihm keine Angst.«

»Genau … Sieht so aus, als sei seine Verabredung schließlich doch noch gekommen, um ihn vor den Zug zu stoßen«, beendete Tomar den Gedankengang und tippte auf die Gestalt hinter Lebrun.

Unvermittelt drehte Dino sich um, stand auf und trat an einen Drucker, der auf einem niedrigen Tisch unter einem der Velux-Fenster stand. »So weit klar, und ich hab da vielleicht auch was, *amigos.*« Er fing ein Blatt auf und pinnte es an die Wand, bevor er mit Textmarker eine Telefonnummer einkreiste.

»Eine ganze Nacht lang habe ich mir unbezahlt den Arsch mit detaillierten Telefonrechnungen aufgerissen, und dann habe ich das hier gefunden. Diese Nummer taucht in den letzten zwei Monaten dreiundsiebzigmal auf und kommt insgesamt auf eine irrsinnig lange Gesprächszeit.«

»Soll das heißen, dass die Nummer sich in unserer Kartei befindet?«

»Nein, ist ja nicht jeden Tag Weihnachten. Es ist weder seine Frau noch ein Kumpel und auch kein Kollege, der am Mordtag anwesend war. Ich lasse die Nummer sofort registrieren.«

»Sehr schön«, sagte Rhonda und setzte sich auf die Ecke ihres Schreibtischs.

»Und dann ist da noch was ... Die Kurve für die Dauer der Anrufe flacht im Lauf der Zeit ab. Anfangs erzählen sie sich stundenlang ihre Lebensgeschichten, und am Ende ist es nur noch eine Folge von unbeantworteten Anrufen.«

»Hat ihm irgendeine Tusse den Laufpass gegeben?«

»Oder ein Typ ... auf jeden Fall war er ganz verrückt nach der betreffenden Person. Am Vorabend des Mords habe ich fünf unbeantwortete Anrufe zwischen dreiundzwanzig Uhr und Mitternacht ...«

Dino lehnte an der Wand und hielt seinen Kaffeebecher in der Hand. Das karierte Hemd stand offen über einem unglaublichen T-Shirt in Neongelb, seiner Lieblingsfarbe.

»Wir haben eine Spur, verdammt, endlich eine Spur!«, rief er so aufgeregt wie ein kleiner Junge vor dem Eingang zum Vergnügungspark.

»Ja, wie üblich. Gib mir dein Handy, und ich sage dir, wer du bist«, sagte Rhonda und notierte die Nummer.

Tomar spürte die Vibrationen in der Tasche seiner Jeans. In Abwesenheit hatte er mehrere Anrufe und eine lange Sprachnachricht von seinem Bruder erhalten. Erneut wurde er gebeten, sich Zeit für ein Sonntagsessen zu nehmen. Eigentlich wollte er die Einladung wie üblich ablehnen. Als er jedoch das Ende der Nachricht abhörte, wurde seine Miene zu Stein. Diesmal war es anders. Diesmal konnte er sich nicht drücken, denn Goran kündigte einen Überraschungsgast an, und dessen Anwesenheit veränderte die Lage komplett. Diesmal wäre Jeff dort, und Tomar musste seine Familie schützen, bevor es zu spät war.

20

Hadrien saß still auf einem Stuhl am Eingang des engen Raums, der als Krankenzimmer diente. Er war erst vor Kurzem fünf geworden, hatte zerzaustes blondes Haar und helle Augen, die sein Gesicht zum Leuchten brachten.

Ein wahrhaftiges Engelchen!, hatte Marie-Thomas im Stillen jubiliert, als sie ihn zum ersten Mal in ihrer Klasse sah. Sie empfand nur wenig für andere Menschen, für Tiere und alles, was sie sonst noch umgab. Angesichts von Kindern aber, und unter ihnen wiederum manchen ganz besonders, loderte ein Feuer in ihr auf, das sie längst für erloschen gehalten hatte. Sie hätte Hadrien gern gesagt, dass er ein vom Himmel gefallenes Wesen war, dem die Dummheit der Menschen die Flügel gestutzt hatte. Von nun an war er dazu verdammt, in diesem finsteren Loch umherzuirren, das sich Leben nannte, und die schlimmsten Abscheulichkeiten zu erleben. Früher oder später würde auch er ein Henker oder ein bedeutungsloser Mensch werden und seinerseits weitere Himmelswesen zeugen, um ihnen ebenfalls die Flügel zu stutzen. So war der Kreislauf des Lebens, und nur selten gab es Menschen wie Marie-Thomas, die die Macht hatten, den Teufelskreis zu durchbrechen. Wenigstens konnte sie den Prozess verlangsamen, indem sie dieses Kind den Klauen des Schicksals entriss, das seine Eltern für ihn vorgezeichnet hatten. Das war die Aufgabe, die sie sich gestellt hatte. Der Kern ihres Plans.

»Hast du Schmerzen, mein Schatz?«, fragte sie und streichelte ihm über die Wange.

Hadrien nickte schweigend. Er hatte mit seinen Kameraden im Hof gespielt und sich am einbetonierten Pfosten der Rutsche heftig die Schulter gestoßen. Ein großer Bluterguss hatte sich gebildet und wurde so schmerzhaft, dass Marie-Thomas ihm vorschlug, seine Mutter anzurufen. Natürlich hatte dieser Anruf etwas zu bedeuten. Alles, was sie tat, bedeutete etwas. Sie musste diese Frau sehen, die im Mittelpunkt ihres Plans stand. Seit Gilles' Tod war Marie-Thomas ständig zum Improvisieren gezwungen, und das gefiel ihr überhaupt nicht.

Émeline Jacob, Hadriens Mutter, war ungefähr fünfunddreißig Jahre alt, hatte einen schlanken Körper und langes blondes Haar. Sie wirkte elegant, ihr Gang war so anmutig wie der einer Tänzerin. Sie gehörte zu jenen Frauen, die immer auffielen und bei jedem Elternabend die Blicke der Männer auf sich zogen. Ihr schmales, feinknochiges Gesicht und die großen blauen Augen – die gleichen wie Hadriens – erweckten sofort Sympathie und Bewunderung. Marie-Thomas hasste sie. Nicht, weil sie sie um ihr Aussehen beneidete, denn Marie-Thomas war mit sich selbst recht zufrieden, sondern sie hasste sie wegen des stets gleichbleibenden Vertrauens im Blick. Sie erinnerte sich an ihre Begegnung zu Beginn des Schuljahrs. Marie-Thomas hatte ihr lächelnd tief in die Augen geblickt, und zwar mehrere Sekunden lang. Gewöhnlich wenden fühlende Wesen schnell den Blick ab, denn diese Form von Kontakt verursacht ihnen Unbehagen und ruft eine Vielzahl von Emotionen wach, die sie als störend empfinden. Émeline nicht. Ohne Argwohn und ohne jedes Blinzeln hatte sie ihr Lächeln erwidert. Keine Beute darf dem Jäger in die Augen blicken, das gehört zu den Gesetzen dieser Welt, und dennoch hatte Émeline es getan. Von diesem Moment an interessierte Marie-Thomas sich für sie und den kleinen Hadrien.

»Entschuldigen Sie, man hat mich angerufen und mir gesagt, dass Hadrien …«

»Ja, *ich* habe Sie angerufen.«

Marie-Thomas wandte sich zur Tür um, an der soeben die schöne Émeline erschienen war. Sofort sprang Hadrien vom Stuhl auf und lief seiner Mutter entgegen.

»Wie geht es dir, mein Schatz?«

Zur Antwort schob Hadrien nur die linke Schulter vor und verzog schmerzlich das Gesicht.

»Er ist im Schulhof hingefallen und hat sich am Arm verletzt. Ich habe Sie nur vorsichtshalber angerufen. Vielleicht wäre eine kleine Röntgen- …«

»Ein Röntgenbild, meinen Sie wirklich?«

Aber ja, wirklich! Da erfuhr diese Frau, dass ihr Sohn Schmerzen hatte, und sie zögerte, mit ihm zur Notaufnahme zu fahren. *Was für eine Mutter bist du eigentlich, du blöde Kuh?*

»Wahrscheinlich ist es nichts Ernstes, aber für alle Fälle …«

Émeline nickte und sah zu, wie Hadrien mühsam seine Jacke anzog.

»Hadrien, wartest du bitte im Flur, solange ich mich mit deiner Mutter unterhalte?«

Schweigend kam der Junge Marie-Thomas' Bitte nach und ließ die beiden Frauen im Krankenzimmer allein.

»Wollen Sie mir etwas sagen?«

»Wie geht es Ihnen, Madame Jacob?«

Ein Schatten senkte sich auf Émelines blaue Augen.

»Warum fragen Sie mich das?«, entgegnete sie mit zaghafter Stimme.

»Wissen Sie, was mit Madame Seydoux passiert ist?«

»Natürlich, das weiß doch jeder.«

»Und Hadrien? Wie kommt er damit zurecht? Hat er keine Albträume?«

»Nein, ich habe ihm einfach alles erklärt. So hat es uns die Psychologin empfohlen.«

»Und Sie?«

Émeline blinzelte verwirrt. Im Stillen freute Marie-Thomas sich unbändig. Sie war dabei, ihre Gegnerin vor dem Todesstoß zu destabilisieren.

»Ich?«

»Na ja, ich meine … Wissen Sie das mit Gilles?«

Endlich, das Übel war vollbracht! Sie hatte ihr die Messerspitze unter den Fingernagel geschoben und trieb die Klinge nun langsam weiter hinein, schnitt ihr ins Fleisch, bis sich der Nagel ablöste. Émeline wurde plötzlich leichenblass.

»Haben sie ihn gefunden?«

»Ich bin mir nicht sicher … Aber man glaubt, dass er es ist …«

Émelines blaue Augen hatten jeglichen Glanz verloren und wirkten auf einmal ziemlich stumpf. Marie-Thomas konnte es wegen des Schals nicht sehen, aber sie war sich sicher, dass die Haut am Hals voller roter Flecken war.

»Wir alle haben mit Entsetzen erfahren, dass unser Gilles zu so etwas fähig war. Was ist nur in ihn gefahren?«, fragte sie mit feierlicher Stimme.

»Ich weiß es auch nicht«, murmelte Émeline, schniefte und wischte sich die Augen.

In einer Geste aufgesetzten Mitgefühls ergriff Marie-Thomas ihre Hand.

»Ich verstehe Sie, es ist schwer für uns alle. Wenn ich Ihnen irgendwie helfen kann …«

Émeline lächelte verlegen, wischte sich eine Träne von der Wange und wandte sich zur Tür.

»Vielen Dank … sehr nett von Ihnen.«

»Wenn Sie Hilfe für Hadrien brauchen, sagen Sie Bescheid! Wissen Sie, ich bin eine ausgezeichnete Babysitterin. Und außerdem … es ist ziemlich schwer, ein Kind allein großzuziehen.«

Zack, da war er, der Todesstoß. Armes Mädchen! Dein Typ lässt dich sitzen, und du bringst einen anständigen Familienvater vom rechten Weg ab. Am Ende dreht er durch und wirft sich aus Verzweiflung vor die Metro, weil du Schluss gemacht hast … Das muss alles verdammt schwer auszuhalten sein. Und, hast du immer noch genauso viel Selbstvertrauen, du kleine Schlampe?

»Vielen Dank noch mal, Marie-Thomas … Ich weiß, dass ich auf Sie zählen kann.«

Und ob du das kannst. Mit dir bin ich längst noch nicht fertig.

Émeline verließ das Zimmer, und Marie-Thomas war wieder allein. Sie neigte den langen Rumpf nach vorn und ließ sich auf dem Stuhl nieder, auf dem wenige Minuten zuvor Hadrien gesessen hatte. Mit dem Mord an der Direktorin hatte ihr Plan ungeahnte Dimensionen angenommen. Vielleicht hatte das Übel letzten Endes auch sein Gutes. Marie-Thomas starrte ihre Hello-Kitty-Turnschuhe in Größe fünfunddreißig an. Sie bückte sich und schob die Socken hinunter, um sich hektisch an den Fesseln zu kratzen. Eine Kruste löste sich von ihrer wunden Haut, und ein Blutstropfen durchnässte die Socke. Der Schmerz war fundamental. Er erinnerte sie Schritt für Schritt daran, dass sie kein Recht hatte, sich gehen zu lassen. Sie musste stets auf der Hut sein.

21

Die Alexander-Newski-Kathedrale reckte ihre goldenen Kuppeln und die drei steinernen Turmspitzen gen Himmel. An diesem heiligen Ort mitten in Paris versammelte sich die russische christlich-orthodoxe Gemeinde an jedem Tag der Woche. Goran war einer der wenigen nichtrussischen Seminaristen, die in dieser ehrwürdigen Institution zum Priester geweiht worden waren. In gewisser Weise führte er damit die Familientradition fort, denn Ara kam aus einem der wenigen christlichen Kurdenstämme innerhalb der mehrheitlich muslimischen Gemeinschaft. Tomars Großvater war Priester gewesen, bevor sein Leben in türkischen Kerkern ein Ende gefunden hatte. Mit knapp zweiundzwanzig Jahren schon hatte Goran plötzlich diese Berufung verspürt, sehr zu Tomars Überraschung. Nach dem Seminar hatte er sich um das Amt eines Priesters bei der orthodoxen Gemeinde der Alexander-Newski-Kathedrale beworben, und der Patriarch hatte wohl den starken Glauben und die Überzeugung in ihm erkannt, die nötig waren, um die Kraft der Botschaft Christi weiterzugeben. Im Gegensatz zu seinem kleinen Bruder war Tomar nicht gläubig. Er weigerte sich, den Einfluss einer Kirche und eines Dogmas auf sein Leben hinzunehmen, respektierte allerdings Gorans aufrichtiges Engagement. Obwohl ungläubig, fand er sich auch im tatenlosen Determinismus mancher Atheisten oder im übersteigerten Pessimismus eingefleischter Materialisten nicht wieder. Nein, er hatte seine eigene Form von Spiritualität entwickelt, in der es um sich überschneidende Schicksale ging, um Synchronizität, um den Symbolismus, der in alltäglichen Details steckte, und um eine kleine Prise buddhistischer Philosophie. Tomar hatte immer geglaubt, dass man erntete, was man säte, eine einfache Art, das orientalische Konzept des Karmas zusammenzufassen. Nur ernteten manche etwas später als andere.

Und dann gab es natürlich noch die Träume oder vielmehr Albträume, die ihn seit seiner Jugend heimsuchten und über die er mit niemandem sprach …

Im Innern der Kathedrale ragten in Dutzenden von Leuchtern riesige Wachskerzen auf. Spiralen aus weißem Rauch stiegen zu den Kuppeln empor. Deren Wände waren mit Gemälden bedeckt, die das Leben der Heiligen darstellten. Tomar stand inmitten der Menge, die sich um den Altar versammelt hatte. Dahinter hielt Goran in seiner makellosen, mit blauen Fäden bestickten Albe einen Säugling auf dem Arm. Der Duft von warmem Wachs kitzelte Tomar in der Nase und mischte sich mit den schweren Wohlgerüchen aus einem Weihrauchgefäß. Ein Priester mit langem schwarzem Bart sang die Liturgie auf Russisch, während Goran das Kind über ein Taufbecken aus vergoldetem Kupfer hielt. In den meisten Religionen war der Taufritus das Symbol der Wiedergeburt. Goran aber hatte ihm erklärt, dass die Taufe für orthodoxe Christen ein regelrechter Exorzismus und mit dem Tod des alten Adam verknüpft sei, des in Sünde gefallenen Menschen, und zugleich dessen Wiedergeburt im geheiligten Leib Christi. Ein echtes, ursprüngliches Mysterium, dessen

Feier seelische und übersinnliche Wirkungen auf das Kind habe. Tatsächlich markierte die Taufe den Übergang von der Sklaverei zum Dasein als freier Mensch, befreit von den Kräften des Bösen, die ihn unbewusst beherrschten. Ein ganzes Programm also.

»Teufel, dir wehrt der Herr, der in die Welt gekommen ist und unter den Menschen Wohnung genommen hat, auf dass er deine Gewaltherrschaft zerstöre und die Menschen befreie; er hat am Holz den Sieg über die feindlichen Kräfte errungen, als die Sonne sich verfinsterte und die Erde erbebte und die Gräber sich auftaten und die Leiber der Heiligen auferstanden; er hat durch den Tod den Tod zerstört und denjenigen, der die Todesgewalt hatte – also dir, dem Teufel –, die Kraft genommen.«

Eine alte Dame weinte heftig, als sie die beschwörenden Worte vernahm. Tomar dachte an die vielen kriminellen Schicksale, denen er im Lauf der Jahre begegnet war. Um das Böse auszumerzen, genügten Weihwasser und fromme Worte nicht, dazu brauchte es sehr viel mehr.

Goran senkte die Arme und tauchte das Kind ins Wasser, bis auch der Kopf bedeckt war. Ein erstauntes Schweigen entstand, dann waren lautstarke, missbilligende Schreie zu hören, während er das Manöver zwei weitere Male wiederholte. Der Säugling war offensichtlich kein Fan von Exorzismen, und noch weniger konnte er sich für unfreiwillige Bäder begeistern. Eine Frau um die dreißig, die Mutter, trat an den Altar heran und reichte Goran ein mit weißer Spitze besetztes Hemd, das er dem Kind anzog.

»Reiche mir das Lichtgewand, der du dich mit Licht umkleidest wie mit einem Gewand, erbarmungsvoller Christus, unser Gott!«, sagte er und hüllte das Kind in den Stoff ein.

Dann brachte der bärtige Priester ihm ein Fläschchen, dessen Inhalt er sich über die Finger goss, bevor er auf dem Gesicht des Kindes mehrere Kreuzeszeichen machte. »Siegel der Gabe des Heiligen Geistes. Amen«, sprach er schließlich.

Tomar wusste, dass es sich hierbei um die letzte Phase der Taufe handelte, die Myronsalbung, durch die das winzige Menschenkind die Gabe des Heiligen Geistes empfing, nachdem dieser im Leib Christi auferstanden war. Obwohl die kirchliche Zeremonie nicht mit seinem eigenen Glaubenssystem übereinstimmte, spürte er die Kraft des uralten Rituals. Den verblüfften Mienen der Menschen um ihn herum nach zu urteilen würden Familie und Freunde sich noch lange an diesen Augenblick der Verbundenheit am Wasserbecken erinnern. Das Ende der Zeremonie bestand aus liturgischen Gesängen, die das Kindergeschrei allmählich zum Verstummen brachten. Ohne Ausnahme ging danach jeder auf Goran zu, drückte ihm die Hand und ließ im Hinausgehen einige Geldscheine in einen Korb am Ausgang der Kathedrale fallen. Das war also das Metier seines Bruders – die Kräfte des Bösen zu bekämpfen, fremden Menschen Hoffnung und gewissermaßen auch eine Form von Glück zu schenken. In dieser Hinsicht ähnelten sich ihre Jobs.

»Warst du die ganze Zeit schon hier?«, fragte Goran und umarmte ihn.

»Sehr schöne Zeremonie«, antwortete Tomar und spürte die Ergriffenheit seines Bruders an der leidenschaftlichen Kraft seiner Umarmung.

»Ja, ein Kind zu taufen ist immer sehr berührend.« Er blickte Tomar tief in die Augen, als müsse er wieder zu

Atem kommen. »Erinnerst du dich noch an Lolas Taufe?«, fragte er nach einer Weile.

»Natürlich! Ich dachte, ich würde deine Tochter ertränken«, erwiderte Tomar.

Und er meinte es ernst. Er hatte den Kopf der Kleinen in das Becken getaucht, und als das kalte Wasser sie benetzte, hatte sie sich so heftig gewehrt, dass sie ihm fast aus den Händen gerutscht wäre.

»Dabei hast du sie in Wirklichkeit gerettet, mein Bruder! Ich freue mich, dich in dieser Kirche zu sehen.«

Tomar zögerte einen Augenblick lang. Er war eigentlich nicht hergekommen, um an der Tauffeier teilzunehmen, und Goran ahnte das vermutlich.

»Hör zu, ich habe deine Nachricht wegen dieses Wochenendes bekommen.«

»Ja, das ist doch eine großartige Neuigkeit, nicht wahr? Er ist wieder da, Tomar! Papa ist wieder da.«

Das war der Kern des Problems. Jeff war nicht ihr Vater, und Goran war der Einzige, der dies nicht wusste. Er war zu lange geschont worden. Ara und Tomar hatten es nicht übers Herz gebracht, ihm die Wahrheit zu sagen. Die Wahrheit über einen gewalttätigen Vater, der aus ihrem Leben verschwunden war, als Goran noch ein Kleinkind gewesen war, und die Wahrheit über einen notorischen Gauner, der sich für sein Schweigen bezahlen ließ. Aber nun war der Gauner zurückgekommen und pfiff offenbar auf die Geheimnisse, die Tomar zu wahren versuchte. Jeff war bereit, alles offenzulegen, bis in die letzten Einzelheiten. Selbst wenn daran ihre Familie und ihr Leben zerbrachen.

»Ja... er ist wieder da. Aber weißt du auch, warum? Hast du mit ihm gesprochen?«

Tomar hielt die Luft an, als er die Worte aussprach. Vielleicht hatte Jeff ihm schon alles erzählt. Vielleicht war das Schlimmste schon passiert.

»Er ist alt geworden, weißt du, er wird schon zweiundsiebzig. Und er hat sich sehr verändert«, antwortete Goran begeistert.

Tomar war erleichtert. Er wusste es nicht. Er wusste gar nichts.

»Manches ändert sich nie, Goran. Du warst ein Säugling, du hast ihn nie richtig kennengelernt.«

»Ich weiß, aber… wir müssen ihm eine Chance geben. Jeder hat das Recht auf eine zweite Chance. Er ist nur ein alter Herr, der seine Kinder wiedersehen und seine Enkel kennenlernen möchte. Das können wir ihm nicht abschlagen. Freust du dich nicht, ihn wiederzusehen?«

Mit verzerrter Miene starrte Tomar seinen Bruder an, unfähig zu einer Antwort. Nichts wünschte er sich sehnlicher, als dass Jeff wieder in dem Nichts verschwand, aus dem er niemals hätte auftauchen dürfen. Er dachte auch an ihren Vater und spürte, wie Zorn in ihm aufstieg.

»Ich freue mich jedenfalls«, fuhr Goran fort und fasste Tomar an den Schultern. »Und ich bin sicher, du freust dich auch.«

Einen Augenblick lang überlegte Tomar, ob er ihm alles erzählen sollte. Er ballte die Fäuste, und ihm wurde schwindelig. Aber er brachte kein Wort heraus, und sein Bruder wandte sich einem Nachzügler zu, der dem Pfarrer ebenfalls die Hand geben wollte. Tomar heftete den Blick auf das Weihwasserbecken. Würde ein Bad in diesem Wasser doch nur reichen, um sich vor dem Bösen zu schützen! Nein, Jeff war wieder da, und Tomar war der Einzige, der etwas unternehmen konnte. Er hatte immer gewusst, dass dieser Augenblick eines Tages käme. Er musste sich der Aufgabe stellen, ihm blieb keine andere Wahl.

22

Rhonda saß an ihrem Schreibtisch und starrte auf den Computerbildschirm. An diesem Morgen war sie früher ins Büro in der Nummer 36 gekommen, um in der vierten Etage Zuflucht zu suchen und dabei möglichst niemandem über den Weg zu laufen. Dino war gegen neun Uhr zu ihr gestoßen, mit seinem Schlechtwettergesicht und in einem gelbgrünen Pac-Man-T-Shirt, in dem er aussah wie ein Teenager, der zu schnell gewachsen war.

»Wow, du Sexbombe!«, hatte er anstelle einer Begrüßung zu ihr gesagt.

Am Vorabend war Rhonda beim Friseur gewesen, bei einem preisgünstigen Türken an der Avenue de Clichy, weil sie einfach einmal anders aussehen wollte. Seit sie ein Teenager war, hatte sie sich das lange Haar stets zum Dutt hochgesteckt, um sich nicht weiter um ihre Frisur kümmern zu müssen. Seit einiger Zeit aber hatte sie immer wieder Lust verspürt, sich von diesem blonden Haarknoten zu befreien, immer aufs Neue wie ein schändliches Verlangen, das sie kaum zu befriedigen wagte. Rhonda wollte es nicht zugeben, aber ausgelöst hatte diesen Wunsch ihr Gespräch mit Tomar. Dieser Typ, gleichzeitig ihr Chef und ihr Gelegenheitsliebhaber, war ebenfalls ein beschämendes Verlangen, das sie einfach nicht loswurde. Ihre Beziehung zu klären wäre sehr viel schwieriger gewesen, als sich die Haare schneiden zu lassen, aber im Grunde ging es um dasselbe. Sie hatte das Gefühl, dass dieser erste Schritt sie auf den rechten Weg bringen würde, genau wie die Tatsache, dass sie ihre Schlüssel von ihm zurückverlangt hatte.

Rhonda trug jetzt einen blonden Bob über deutlich angestuftem Nacken, und sie war stolz darauf.

»Ich wette um ein Kebab, dass er es nicht merkt«, sagte Dino und zwinkerte ihr zu.

»Da müsste er schon blind sein«, bemerkte Francky.

Die anderen Jungs der Gruppe ahnten nicht, dass sie miteinander schliefen, oder zumindest taten sie so, als wüssten sie es nicht. Rhonda konnte kaum glauben, dass Francky, der König der Details, nichts bemerkt hatte. Aber wenn es um Privates ging, hatten sie schon immer eine gewisse Scheu an den Tag gelegt. Abgesehen von ein paar anzüglichen Witzen über irgendwelche Sexgeschichten, über die die gesamte männliche Belegschaft der 36 lachte, behandelten sie persönliche Angelegenheiten oftmals mit größerem Ernst als laufende Ermittlungen in Tötungsdelikten. Die Arbeit bei der Polizei mit den endlos scheinenden Diensten, die Gefahr, sich emotional zu sehr einzulassen, und das Risiko, auf Dauer schwermütig zu werden, passten nicht sonderlich gut zu einem blühenden Familienleben. Soweit sie wusste, lebte keiner ihrer Kollegen das Klischee der glücklichen Familie. Sie selbst hatte sich für ein Junggesellinnendasein entschieden – mit gelegentlichen Abenteuern, wenn sie sich allzu einsam fühlte. Ihre Beziehung zu Tomar war zwar völlig verkorkst, zugleich aber das Konkreteste, worauf sie zurückgreifen konnte. Jedenfalls maß sie dieser Affäre offensichtlich mehr Bedeutung bei als Tomar.

Gegen zehn Uhr tauchte er mit der finsteren Miene auf,

die typisch für ihn war, wenn er sich Sorgen um Angelegenheiten machte, die nichts mit der Arbeit zu tun hatten.

»Hallo, Chef!«, sagte Dino.

Tomar grüßte die Männer und stutzte, als er Rhonda erblickte.

»Steht dir gut«, sagte er mit müder Stimme.

»Danke.«

»Mist«, knurrte Dino und schlug mit der Faust auf den Schreibtisch.

Rhonda spürte, wie heftige Freude sie durchströmte. Verdammter Mist, sie wurde rot wie eine Jugendliche nach ihrem ersten Flirt. Wie war es möglich, dass dieser Typ eine solche Wirkung auf sie hatte? Er hatte doch nur etwas bemerkt, das auch jeder andere auf den ersten Blick gesehen hätte.

»Seid ihr mit dem Handy weitergekommen?«, fragte Tomar.

»Ich glaube schon«, antwortete Francky und wies auf Dino.

»Dreiundsiebzig Anrufe bei Madame Émeline Jacob, Mutter des kleinen Hadrien und verheiratet mit Monsieur François Jacob.«

»Ja … mit François Jacob dem Gehörnten«, versetzte Francky und verzog das Gesicht.

»Zumindest sieht es ganz so aus. Der liebe Gilles hatte einen Narren an Émeline gefressen, so viel ist klar.«

»Habt ihr die Dame schon vernommen?«, fragte Tomar. Rhonda bemerkte, dass er gekrümmt an seinem Schreibtisch saß, die Hände an die Schläfen gelegt, als müsse er den Kopf stützen. Sie hätte gewettet, dass er sich Sorgen um seine Mutter oder seinen Bruder machte. Über seine

Familie redete Tomar nie mit ihr. Seine schwierige Kindheit, in der er von einer Wohnung in die nächste gezogen war, die Existenz eines gewalttätigen Vaters, der ihn verlassen hatte, als er acht Jahre alt gewesen war … das alles hatte er nur flüchtig erwähnt. Aber sie hatte begriffen, dass diese Vergangenheit ihn noch immer verfolgte, so sehr, dass er jede zweite Nacht aus dem Schlaf hochschreckte.

»Sie steht auf der Liste, aber das hat noch Zeit. Am Tag des Verbrechens war sie nicht da«, stellte Dino fest.

»Wir müssen trotzdem mit ihr reden. Nehmen wir mal an, Gilles hat seine Frau mit Émeline betrogen. Wie viele Anrufe waren es am Vorabend des Mords?«

»Fünf auf Émelines Handy, aber sie ist nicht drangegangen.«

»Gut … sie haben sich also gestritten. Sie will nicht mehr mit ihm reden, und am nächsten Morgen dreht er durch und greift bei einem harmlosen Treffen seine Vorgesetzte an. Es hätte jeden treffen können«, sagte Tomar so trocken wie immer, wenn er überzeugt war, eine glaubwürdige Spur zu haben.

»Möglicherweise ein Motiv, andererseits … Nicht jeder begeht gleich einen Mord, wenn er sitzen gelassen wird. Glücklicherweise …«, entgegnete Rhonda ebenso trocken.

Tomar drehte sich zu ihr und lächelte sie an.

»Da hast du recht. Aber Gilles liebte seine Frau seit Jahren, und sie war schwanger.«

»Soll das heißen, dass er seine Chefin getötet hat, weil er sich schuldig fühlte? Wahnsinnig viele Männer betrügen ihre Frauen, und sie leben ziemlich gut damit, kann ich dir nur versichern.«

Ihr wurde bewusst, dass sie ziemlich herausfordernd

klang, und als sie abermals das Wort ergriff, klang ihre Stimme weniger leidenschaftlich. Sie musste unbedingt ihre Gefühle in den Griff bekommen. Dieser Typ machte sie noch wahnsinnig.

»Nein …«, fuhr sie etwas ruhiger fort. »Gewöhnlich haben Männer, die durchdrehen und ihre Frau oder die Kinder angreifen, eine Vorgeschichte. In diesem Fall dagegen ist der Typ in jeder Beziehung in Ordnung, tötet aber eine dritte Person. Was könnte ihn zu der Tat getrieben haben? Darüber wissen wir nichts.«

»Verdammt, seit sie sich die Haare abgeschnitten hat, läuft sie wieder rund!«, witzelte Dino, um die Lage zu entspannen.

Tomar schwieg. Er wusste, dass Rhonda wahrscheinlich recht hatte. So einfach brachte man niemanden um. Und dann hatte Gilles Lebrun die Direktorin nicht irgendwie umgebracht … Einen Menschen zu erwürgen war viel schwieriger, als mit einer Waffe auf ihn zu zielen. Dabei gab es kein Instrument, das den Tod herbeiführte. Man musste zudrücken, immer weiter, bis das Opfer endlich starb. Man musste darauf gefasst sein, dass es sich wehrte, und lief Gefahr, selbst verletzt zu werden. Nein, wegen eines schlecht ausgegangenen Seitensprungs tötete man nicht auf diese Art und Weise. Da musste noch etwas anderes im Spiel sein. Tomar drehte sich um und starrte auf die Pinnwand, an die er die Fotos der Videoüberwachung geheftet hatte. Die rabenschwarze Gestalt, die sich wenige Sekunden vor Gilles' Tod über seine Schulter beugte. Was konnte sie ihm zugeflüstert haben?

»Gute Analyse. Der Spur des Ehebruchs müssen wir nachgehen, sie wird uns zwangsläufig zu weiteren Erkenntnissen führen. Rhonda, lade bitte Émeline Jacob vor!«

Innerlich musste Rhonda breit lächeln. Sie hatte ihre Sicht der Dinge bekräftigt und damit gepunktet. Schon immer hatte sie sich durch ihr mangelndes Selbstvertrauen selbst Steine in den Weg gelegt. In vielen Fällen waren Spuren sozusagen im Sand verlaufen, obwohl sie genau wusste, was nicht stimmte. Dabei hatte sie einfach nicht gewagt, ihren Standpunkt zu vertreten. Schließlich hätte das oftmals bedeutet, dass sie gegen den Strom geschwommen wäre. Wenige Wochen später heimste dann ein Kollege die Lorbeeren ein, die eigentlich ihr zustanden. Doch seit ihrer Versetzung in die Gruppe Khan spürte sie, dass sich ihre Position festigte. Tomar gab ihr die Chance, ihre Fähigkeiten unter Beweis zu stellen, und diese Gelegenheit wollte sie sich nicht entgehen lassen. Er vertraute ihr, und das war zweifellos der Grund, warum sie sich offenbar gerade in ihn verliebte. Immerhin war es möglich, dass sich eine schöne Liebesgeschichte zwischen ihnen entwickelte. Sie beugte sich über ihren Schreibtisch, um die Nummer von Émeline Jacob aus dem Papierstapel herauszusuchen, der ihren Tisch bedeckte. Auf einmal bemerkte sie einen Umschlag am Rand der Tischplatte. Darauf stand mit Filzstift ihr Name. Die krakelige Handschrift ließ keinen Zweifel zu. Tomar hatte ihn beim Betreten des Büros unauffällig dort abgelegt. Oder er lag schon seit gestern dort, ohne dass sie ihm Beachtung geschenkt hätte. Sie spürte einen Stich in der Herzgegend, als sie den Schlüsselbund im Innern des Umschlags entdeckte.

23

16. Januar. Endlich ließ sich der Winter blicken. Die Temperatur war plötzlich gefallen, und der erste Frost bedeckte die Stoßstangen der Autos mit einer dünnen weißen Schicht. Marie-Thomas hatte ganz Paris durchquert, um nach La Défense zu gelangen und ihrer alten Mutter einen Besuch abzustatten. Die große Eingangshalle der Seniorenresidenz San Francisco war noch mit bunten Lichterketten geschmückt, und ein ausgemergelter alter Tannenbaum brach unter seinem Schmuck fast zusammen. Mit gesenktem Kopf und müden Ästen stand er da. Mutters Zimmer befand sich im medizinisch betreuten Flügel und hatte außerdem den Vorteil, über ein Fenster zum Garten zu verfügen. Für einen monatlichen Betrag, der einem mittleren Gehalt entsprach, hatte Mutter ein Anrecht auf zwölf Quadratmeter Intimsphäre, bestehend aus einem Bett, einem Servierwagen aus Holz, einem Einbauschrank und einem kleinen Fernseher mit Flachbildschirm. Hier verbrachte sie ihre Tage, indem sie sich an Bruchstücke von Erinnerungen klammerte, die ihr krankes Gehirn mit bösartigem Vergnügen nach und nach auslöschte. Wenn sie zu Besuch kam, schob Marie-Thomas den Schreibtischstuhl bis zur Bettkante und legte die linke Hand auf das Knie der alten Dame. Mutter war über achtzig, hatte sehr kurz geschnittenes weißes Haar und einen mageren Körper. Wer ihr die Hand schüttelte, befürchtete stets, er könne sie dabei

zerbrechen. Ihr Gesicht war sehr schmal, und die Krankenschwestern sagten häufig, dass ihre schwarzen Augen noch funkelten, auch wenn sich ihr Blick manchmal in der Ferne verlor. Marie-Thomas hatte ihren Mantel ausgezogen und die Mütze auf den Schreibtisch gelegt. Trotz der Kälte hatte sie das Fenster geöffnet und rauchte eine Zigarette. Dabei beobachtete sie die eingemummelten Gestalten, die den Garten durchquerten, um in den Speisesaal zu gelangen.

»Macht Ihnen die Kälte nichts aus, Mutter?«, fragte sie, ohne sich zum Bett umzusehen.

Sie bekam keine Antwort.

»Hm, mir schon. Wissen Sie, ich hasse dieses Gefühl, innerlich zu frieren. Das erinnert mich an die Zeit, als Sie und Vater uns stundenlang in den Grünanlagen allein gelassen haben.«

Marie-Thomas drehte sich um und suchte in den Augen der alten Frau nach einer Reaktion, entdeckte aber nichts als absolutes Desinteresse an ihrem Monolog.

»Natürlich, ich kann mir vorstellen, dass Sie Ihre Gründe hatten. Alle Eltern haben viel zu tun und können sich nicht die ganze Zeit um ihre Kinder kümmern. Aber trotzdem …«

Sie zog sich vom Fenster zurück, nahm einen tiefen Zug von ihrer Zigarette und blies den Rauch in den Raum.

»Manchmal kam Vater gegen halb fünf zum Ausgang der Schule, um uns abzuholen und im Auto in einem Park abzustellen. Ich glaube, er lag oben auf einem Hügel. Sie waren nie dabei, weil Sie arbeiten mussten, das hat er zumindest behauptet. Lange Rede, kurzer Sinn: Vater konnte Parks nicht leiden, darum ist er nicht bei uns geblieben.

Anfangs haben wir auf ihn gewartet, wissen Sie? Stundenlang haben wir gewartet.«

Die alte Frau hustete leise, als sich der Rauch im Zimmer ausbreitete. Glücklicherweise hatte Marie-Thomas wie immer die Batterien aus dem Rauchmelder genommen.

»Und wenn es dann dämmerte, wussten wir, dass er uns nicht abholen würde. Es war ein bisschen wie im Märchen vom kleinen Däumling, nur dass wir keine Kieselsteine hatten, die uns den Weg zum Häuschen zurück gezeigt hätten. Aber dennoch, Mutter – Kinder sind einfach großartig! Nach einer guten Stunde Fußmarsch hatten wir das Haus gefunden. Es war schon spät, unsere Klassenkameraden lagen bestimmt schon im Bett, und zweifellos erzählten ihre Eltern ihnen gerade eine Geschichte. Wissen Sie, was mich am tiefsten getroffen hat?«

Sie saß nun auf ihrem Stuhl ganz nahe bei der alten Frau, deren Blick immer ängstlicher wurde.

»Nun, ich sage es Ihnen, Mutter. Am meisten hat mich die Erkenntnis getroffen, dass Vater und Sie einfach ruhig beim Abendessen saßen, als ob nichts wäre. Als wir ankamen, gab es kein Wort, keine Geste. Wir setzten uns zu Ihnen an den Tisch und gingen dann ins Bett. Und das war das Ende der Geschichte. Jeden Nachmittag, wenn die Schulglocke klingelte, beteten wir zum Jesuskind, dass wir nicht wieder in den Park mussten.«

Marie-Thomas lächelte und lehnte sich auf dem Stuhl zurück. Sie nahm einen tiefen Zug und stieß den Rauch in Richtung des Betts aus.

»Und heute sitze ich in einer Gruppe, wo man den Kindern das Märchen vom kleinen Däumling vorliest. An die Geschichte erinnern Sie sich bestimmt. So durchgeknallt, dass Sie die vergessen könnten, sind Sie noch nicht. Darin versucht ein Bauernpaar, seine Kinder im Wald zurückzulassen. Aber der kleine Däumling, dieser vom Himmel gefallene Engel, denkt sich eine Strategie aus, um seinem Schicksal zu entgehen … Und was soll ich sagen? Er schafft es. Aber die Eltern versuchen erneut, die Kinder loszuwerden, ihn und seine Brüder. Eines Tages sind die Spuren verschwunden, und die Geschwister landen im Haus eines Ogers. Und wissen Sie was, Mutter?«

Der alten Frau liefen Tränen über die Wangen. Aus schwarzen Augen starrte sie Marie-Thomas verständnislos an.

»Es war das Haus, in dem ich aufgewachsen bin. Dort lebten keine freundlichen Bauern, die zu arm waren, um ihre Kinder großzuziehen. Der Oger und seine Frau in dem Haus am Waldrand, das waren Sie, liebste Frau Mutter«, sagte sie mit einer Stimme ohne jede Gefühlsregung.

Mit einer überraschend heftigen Bewegung nahm sie ihre Zigarette und steckte sie der alten Frau in den Mund.

»Nun ziehen Sie schon, seien Sie nicht kindisch!« Die alte Frau wehrte sich, aber Marie-Thomas legte ihr zwei Finger auf die Mundwinkel, drückte die Haut gegen die Zähne und zwang sie, den Mund zu öffnen.

»So macht man das bei Fischen auch. Sie wissen schon, um den Angelhaken rauszuholen … Na los, ziehen Sie! Mehr verlange ich gar nicht. Ein kleiner Moment geteiltes Glück.«

Die Alte hustete mehrmals, als sie den Rauch inhalierte, und Marie-Thomas zog die Hand mitsamt der Zigarette zurück.

»Na also, ist doch nicht schwer. So eine schöne kleine Zigarette tut gut, nicht wahr?«

Bevor sie den Satz beendet hatte, näherte sie die Zigarette dem Arm der alten Frau und drückte die glühende Spitze ganz langsam auf der Haut aus. Mit ihrer großen, kräftigen Hand hielt sie ihr den Mund zu, als die alte Frau aufschrie und sich wehren wollte.

»Aber Mutter, das ist doch nichts, nur ein bisschen Schmerz. Das erinnert Sie daran, dass Sie noch leben!«

Ein feuerroter Kreis hatte sich auf der Haut gebildet, und Marie-Thomas ging ins Badezimmer, nahm einen Waschlappen und benetzte ihn mit kaltem Wasser.

»Drücken Sie den auf Ihren Arm, dann wird es gleich viel besser! Ich weiß, wovon ich rede«, sagte sie, schob den Ärmel ihres Pullis zurück und entblößte ihren Unterarm, der von kleinen runden Narben übersät war, Brandmale, die sie sich selbst zugefügt hatte.

»Ich weiß nicht, wie es Ihnen geht, aber mir hat diese Unterhaltung wahnsinnig gutgetan.«

Sie stand vom Stuhl auf, schlüpfte in ihren Mantel und setzte sich die Mütze auf den Kopf.

»Ich komme Sie so bald wie möglich wieder besuchen, Mutter.« Marie-Thomas beugte sich vor, um der alten Frau, die vor Schmerzen weinte, einen Kuss auf die Wange zu drücken.

»Ich liebe Sie«, sagte sie und zog die Zimmertür hinter sich zu.

24

Jeff trug sein weißes Hugo-Boss-Hemd. Er hatte es bis zum Kragen zugeknöpft und in den Bund seiner ausgewaschenen, halbwegs sauberen Jeans gesteckt. Das maßgeschneiderte Hemd war eins der letzten Relikte seines Lebens auf großem Fuß. Damals hatte er noch in den Spielhallen auf den großen Boulevards gezockt und die Abende in Begleitung von Escortgirls ausklingen lassen, bei denen schon ein Blowjob sauteuer war. »Das war ’ne verdammt gute Zeit«, murmelte er und betrachtete seufzend die beiden Blagen, die ihm gegenübersaßen. Er hatte am Kopfende des Tischs Platz genommen und versuchte zu bluffen, indem er die Unterhaltung mit dieser Familie in Gang hielt, die nicht seine war, in dieser erbärmlichen Wohnung, die nach kleinbürgerlicher Bigotterie stank. Ihm gegenüber saß Lola, ein Mädchen von acht Jahren mit runden Augen voller Zärtlichkeit. Sie kokettierte wie eine Schauspielerin in einem nicht jugendfreien Film. Dann war da noch Alan, der kleine Bruder, der sich darauf konzentrierte, aus Brotkrümeln ein Männchen zu formen. Jeff hatte den Kleinen gern. Er wirkte völlig geistesabwesend, und das erinnerte ihn an seine eigene Kindheit. Aber seine Träumereien waren häufig durch saftige Ohrfeigen beendet worden, die Spezialität des Hauses, die sein alter Herr großzügig verteilt hatte.

»Wie geht’s dir, Papa?«, fragte Goran und goss sich Rotwein ins Glas.

Papa! Jeff musterte den Dreißigjährigen im weißen Hemd, der am anderen Tischende saß. Als er Goran das letzte Mal gesehen hatte, war er ungefähr zehn gewesen. Das gehörte zum Deal, den er mit Gorans Bruderherz und seiner Mutter, dieser blöden Kuh, abgeschlossen hatte. Jeff durfte ihm weder die Wahrheit sagen noch Kontakt zu ihm aufnehmen. Es sei denn, er war blank.

»Gießt du mir auch ein bisschen was ein, mein Sohn?«, fragte Jeff anstelle einer Antwort und hielt ihm das Glas hin.

»Werden Sie sich in Paris eine Wohnung nehmen, Monsieur Khan?«, fragte Isabelle.

Die Frau des Priesters war Anfang dreißig und hatte ein von langen roten Haaren umrahmtes, mit Sommersprossen übersätes Puppengesicht und einen Arsch zum Niederknien. Jeff stand auf Rothaarige. Man sagte ihnen nach, im Bett total versaut zu sein, ein Ruf, der sich in seinem langen Leben als Weiberheld mehrfach bestätigt hatte. Tatsächlich war Isabelle das Angenehmste an dieser ganzen Komödie. Bei ihrem Anblick bekam er eine Mordslatte.

»Was hast du gesagt, Schätzchen?«, fragte er, obwohl er ihre Frage sehr wohl verstanden hatte.

Bevor sie antwortete, wechselte sie einen verlegenen Blick mit ihrem Mann.

»Ich habe mich gefragt, ob Sie sich in Paris niederlassen werden.«

»Ja, das habe ich vor. Aber ehrlich gesagt – hier ist es scheißteuer.«

Das verlegene Lächeln verwandelte sich in ein genervtes Grinsen, als sie mit einem Kopfnicken auf ihre Kinder deutete.

»Also, was ich meine … es kostet sehr viel Geld«, fuhr Jeff fort und freute sich insgeheim.

»Natürlich, aber in Ihrer Lage gibt es doch sicher Beihilfen.«

»In meiner Lage?«

Was weißt du schon von meiner Lage, du blöde Kuh? Jeff spürte, wie seine Brust sich vor Wut zusammenzog. Dieses in jeder Beziehung tüchtige Paar war einfach zum Kotzen. Sie lebten in ihrer eigenen kleinen Welt mit lauter kleinen Illusionen. Er hingegen hatte immer ums Überleben gekämpft, und niemand hatte ihm je geholfen.

»Nun ja, Sie sagten doch, dass Sie Geldsorgen haben. Und in Ihrem Alter …«

»Sorgen gehen vorüber, Schätzchen. Und außerdem habe ich schon einen Plan, wie ich an Kohle komme«, unterbrach er sie.

Isabelle starrte ihren Mann mit der verzweifelten Miene einer Prinzessin an, die unter dem teilnahmslosen Blick ihres Ritters in glänzender Rüstung vergewaltigt wird. Als hätte er sich einen Schuss Adrenalin gesetzt, kam Goran plötzlich wieder zu sich.

»Isabelle will dir doch nur helfen, Papa«, sagte er und lächelte gezwungen.

Es folgte langes Schweigen, was das Unbehagen aller bei diesem vorgetäuschten Familienessen noch steigerte. Jeff spürte, dass seine Anwesenheit die anderen in widerstreitende Gefühle stürzte. Wie sollten sie diesen lästigen falschen Vater nur loswerden, der sich nach zwanzig Jahren zum ersten Mal wieder blicken ließ? Dabei war das hier noch gar nichts. Er hob sein Weinglas an die Lippen und leerte es in einem Zug.

»Der schmeckt wirklich gut, mein Sohn. Ist das etwa dein Messwein?«

Es war an der Zeit, dass er sich zum Kasper machte, um die Atmosphäre ein wenig aufzulockern.

»Weißt du eigentlich, dass ich fast auch Priester geworden wäre?«, fügte Jeff hinzu und goss sich Wein nach.

»Wirklich?«

»Ja. Ich bin mal einem Burschen begegnet ...« Jeff beugte sich vor und sprach leise weiter. »... allerdings nicht im Seminar ... Ehrlich gesagt, war es im Knast ...«

Alan ließ die Brotkrümel links liegen und starrte seine Mutter aus aufgerissenen Augen an.

»Also, ich mach's mal kurz. Der Kerl war Pfarrer, bevor er im Bau gelandet ist ... Aber bekanntlich führen ja alle Wege nach Rom ... Er hat immer einen Gottesdienst für die Kameraden gehalten, die ihm zuhören wollten.«

»In der Finsternis ist Gottes Wort am hilfreichsten«, warf Goran ein.

»Ja, in dem Laden dort war es wirklich nützlich. Also, eines Tages gehe ich auch hin ... Ich nehme an einem dieser Treffen teil und höre, wie er eine Bibelstelle vorträgt. Die, wo Gott von Abraham verlangt, seinen Sohn zu opfern ...«

»Das Buch Genesis, ja. Ein Akt totalen Glaubens, könnte man sagen.«

»Genau. Und in dem Augenblick spürte ich ein Brennen im Bauch, und dann habe ich sie gesehen.«

Am Tisch herrschte betretenes Schweigen.

»Wen haben Sie gesehen, Monsieur Khan?«, fragte Isabelle mit gezwungenem Lächeln.

»Die Heilige Jungfrau ... sie war da, gleich über meinem Kumpel, und hatte die Arme für uns alle geöffnet.«

Jeff war aufgestanden und hatte die entsprechende Haltung eingenommen. Die ganze Familie saß ihm gegenüber und starrte ihn verblüfft an. Wirklich eine Bande von Volldeppen, dachte er beim Blick in ihre Augen.

»Aber das ist ja fantastisch, Papa! Du hattest ein mystisches Erweckungserlebnis.«

»Ja… und ich dachte mir, dass ich vielleicht was draus machen könnte, wenn ich aus dem… also, nachdem ich den Ort verlassen hatte, an dem ich mich befand.«

»Du hattest recht. Diese Vision hat auf jeden Fall etwas Wichtiges zu bedeuten.«

Du verblüffst mich immer wieder. Sie bedeutet nichts weiter, als dass du ein verdammter Idiot bist, mein Junge.

»Ja, das habe ich mir auch gesagt. Aber in meinem Alter fange ich nicht mehr mit dem Katechismus an. Sonst hält man mich noch für einen alten Perversling.«

Isabelle runzelte abermals die Stirn und stand auf.

»Hört mal, Kinder, es ist spät. Sagt eurem Großvater gute Nacht und putzt euch die Zähne!«

Die Blagen ließen sich kein zweites Mal bitten. Der Reihe nach standen sie vom Tisch auf und gaben Jeff einen Kuss. Mit dem Handrücken wischte er sich über die Wange. Er hasste es, die Spucke dieser Gören im Gesicht zu haben.

»Gute Nacht, Kinder.«

»Gute Nacht, Opa.«

»Soll ich euch eine Geschichte erzählen?«, fragte er und zwinkerte ihnen zu.

»Nicht nötig, Monsieur Khan, vielen Dank. Ich mache das schon. Bleiben Sie doch sitzen und unterhalten sich ein bisschen mit Ihrem Sohn!«

Isabelle betrat den Flur, der zu den Zimmern führte,

und Jeff dachte, dass sie tatsächlich einen hübschen Arsch hatte.

»Deine Frau ist nett.«

»Sie ist eine Heilige. Es ist ein großes Glück für mich, dass ich sie kennengelernt habe.«

»Ich wusste gar nicht, dass Priester… na, du weißt schon.«

»Wir haben schon vor der Priesterweihe geheiratet. Die orthodoxe Kirche duldet das.«

»Ah, verstehe! Und dürft ihr noch vögeln? Oder wird das nicht mehr geduldet?«

Goran war wie vor den Kopf geschlagen.

»Das wird ebenfalls geduldet.«

»Puh, Glück gehabt, mein Sohn!«, rief Jeff aus und schlug ihm mit der flachen Hand auf den Arm.

Er umfasste den Flaschenhals und goss sich den restlichen Wein ins Glas. Allmählich musste er auf das heikle Thema zu sprechen kommen. Schließlich war er nicht nur hier, um einen Abend auf Kosten des Jungen zu verbringen. Doch als er erneut das Wort ergreifen wollte, klingelte es an der Wohnungstür.

»Das muss Tomar sein. Er hat versprochen, zum Kaffee vorbeizukommen.«

Der Bulle tauchte also doch noch auf. Das machte die Angelegenheit komplizierter. Notfalls musste Jeff improvisieren. Das hatte er schon oft getan, und er war ziemlich gut darin. Sollte die Sache tatsächlich schiefgehen, konnte er immer noch auspacken… Endlich wurde der Abend amüsant!

25

Verstört irrte Tomar durch die Straßen von Paris, das Gesicht zum Himmel gewandt, den Geist auf die vorangegangenen Stunden gerichtet. Er spürte kaum den Schmerz, mit dem der große Bluterguss unter seinem rechten Auge pulsierte. Dieses Arschloch von Jeff! Tomar wusste, dass es riskant war, seinen Bruder aufzusuchen. Er hatte es in voller Kenntnis der Lage getan. Für Reue war es nun zu spät. Die Temperatur war unter null gefallen, und seine Lunge brannte in dem eisigen Wind, obwohl er die Kondition eines Marathonläufers besaß. Was genau war passiert? Die Ereignisse purzelten in seinem Kopf umher wie Puzzleteile.

»Salut, mein Sohn«, hatte Jeff gesagt, als er ihn ins Wohnzimmer kommen sah.

Mein Sohn! Der Typ hatte vielleicht Nerven. Auf dem gedeckten Tisch stand ein Leuchter mit heruntergebrannten Kerzen und verlieh dem Raum die Atmosphäre einer Friedhofskapelle. Vier Gedecke für Goran und seine Familie und ein zusätzliches für den alten Mann im weißen Hemd. Gleich packt er aus, hatte Tomar gedacht und Jeff beobachtet. Sein faltiges Gesicht, seine glänzenden Säuferaugen und die Hand, die er ins Leere streckte, als wolle er jemanden beschimpfen. Tomar gab ihm nicht die Hand.

»Was willst du denn hier?«

Mit gespielter Gelassenheit sah Jeff ihn an. »Ich besuche meine Familie«, erklärte er. »Wer ein so kompliziertes

Leben führt wie ich, der versteht irgendwann, dass es nichts Wichtigeres gibt als die Familie.«

Tomar rührte sich nicht vom Fleck. Er unterdrückte den Drang, dem Alten einfach ins Gesicht zu schlagen, bis er Zähne spuckte. Nein, er hielt dem blauen Reptilienblick stand, in dem ein triumphierendes Funkeln lag. Goran schenkte ihnen ein Glas ein, um die Atmosphäre aufzulockern, und sie redeten über belangloses Zeug. Jeff erwähnte die Jahre, die er im Gefängnis verbracht hatte. Die Briefe, die er geschrieben, aber nie abzuschicken gewagt hatte. Das Foto seiner Söhne, das er immer in seiner Geldbörse mit sich herumtrug, und natürlich seine Geldsorgen. Jeff hatte wirklich Fantasie. Dieses Sträflingsleben passte nicht zu ihm, das war nur Stuss, den er sich ausgedacht hatte, um Goran gegenüber seine Abwesenheit zu rechtfertigen. Ein Lügengewebe, in dessen Mitte er tröpfchenweise Wahrheit durchsickern ließ, um glaubhafter zu wirken. Sie tranken ein Glas Cognac nach dem anderen, und allmählich begriff Tomar, warum Jeff wieder aufgetaucht war. »Eine alte Schuld, die beglichen werden muss«, hatte er ohne jede weitere Erklärung gesagt. Tomar musste seinen Polizisteninstinkt nicht bemühen, um zu verstehen, dass er Geld brauchte. Viel Geld. Goran hörte zu, ohne zu reagieren. War er so naiv, dass er Jeff den ganzen Bullshit abnahm? Vielleicht war er genau aus diesem Grund Priester geworden. Ein Gott anstelle eines Vaters war sicherlich das kleinere Übel angesichts des üblen Burschen, der ihnen als Erzeuger gedient hatte. Neben diesem Mann war Jeff der reinste Unschuldsengel.

»Wie geht es eigentlich Ara? Ich muss sie unbedingt mal besuchen. Sie ist eine echte Schönheit«, sagte Jeff mit ironischem Lächeln.

Und nun sah Tomar rot. Dieses Arschloch war gekommen, um ihm Geld abzunehmen. Aus diesem Grund erpresste er ihn damit, Goran alles zu erzählen. Aber seiner Mutter würde er kein Haar krümmen. Sie hatte schon genug ertragen müssen.

»Ara hat keine Lust, dich zu sehen. Und ich auch nicht. Tatsächlich freut sich niemand, dass du hier bist.«

Goran hatte sich zu seinem Bruder umgedreht und ihn verblüfft gemustert. »Ich weiß nicht, ob es dir zusteht, darüber zu entscheiden. Diese Frage müssten wir Maman stellen, meinst du nicht?«

Und schon hatte Jeff bekommen, was er wollte. Wenige Stunden nachdem er wieder aufgetaucht war, hatte er die Brüder gegeneinander aufgebracht.

»Die Stimme eines Priesters ist immer die Stimme der Vernunft«, hatte der alte Schuft grinsend gesagt.

Eisiger Wind kam auf und riss Tomar aus seinen Grübeleien. Er schob die Hände in die Taschen seines Parkas. Bis zum Square du Temple war es nicht mehr weit. Er schritt aus, ohne an sein Ziel zu denken, so sehr war er mit dem Zusammenfügen der Bruchstücke des Abends beschäftigt.

Tomar dachte daran, wie Isabelle sich verabschiedet hatte, um schlafen zu gehen. Dabei hatte er zufällig Jeffs lüsternen Blick mitbekommen. Übelkeit war in ihm aufgestiegen, und gleichzeitig hatte ihn die Wut gepackt. Goran bot ihnen ein letztes Glas an, und dann beschloss Jeff, mit der Wahrheit herauszurücken. Seine Leidenschaft fürs Glücksspiel, die miesen Typen, mit denen er sich abgab, und schließlich die Schulden, die er begleichen musste, wenn er nicht in Beton gegossen werden wollte. Das alles hatte er mit Sicherheit nicht erfunden. Das war echt. Die Rechnung war fällig, ohne Frage.

»Jungs, ich sitze richtig in der Scheiße. Ich brauche fünfzigtausend Euro.«

Goran verschlug es die Sprache.

»Und du glaubst, dass wir so viel Geld haben?«

»Keine Ahnung. Vielleicht kann eure Mutter …«

Tomar musste sich beherrschen, um Jeff nicht an die Gurgel zu gehen. Er sah, wie Gorans Gesicht sich verzerrte. Was würde passieren, wenn der Alte auspackte? Wenn er verriet, wer er wirklich war? Tomar spürte, wie sich sein Magen verkrampfte. Zwischen seinen Schulterblättern tanzte ein Feuerball. Vielleicht war es so ja besser? Sein Geheimnis wog jedenfalls zu schwer, als dass er es auf Dauer mit sich herumtragen konnte.

»Hör mal, Papa, so viel Geld habe ich nicht auf dem Konto. Aber ich kann dir fünf- oder sechstausend Euro geben«, antwortete Goran so leise, als wollte er sich entschuldigen.

Tomars Schmerz verwandelte sich in Brechreiz. Jeff war zu allem bereit, um an Geld zu kommen. Er war ein Stück Dreck und verdiente es nicht zu leben.

»Fünftausend nutzen mir überhaupt nichts, mein Sohn. Die Typen, denen ich Geld schulde … die verstehen keinen Spaß. Kannst du nicht irgendwie mehr auftreiben?«

Jeff drehte sich um, und im Licht der Kerzen hatte Tomar das Gefühl, in das Maul eines Krokodils zu starren, das danach gierte, seine Beute zu verschlingen, die auf dem Grund des tropischen Sumpfs bereits leicht aufgeweicht war. Goran blickte ihn fragend an. Er spielte das Spiel mit und wartete nun darauf, dass Tomar etwas sagte. Dass er den heiligen Bund der beiden Söhne zur Rettung des notleidenden Alten bestätigte.

»Eure Mutter... Sie hat ihre Wohnung doch gekauft, oder?«

In diesem Augenblick ging es los. Tomar kam auf die Beine, packte Jeff am Hemdkragen und befahl ihm, mit dem Schwachsinn aufzuhören. Goran ging dazwischen, doch Tomar ließ nicht los, im Gegenteil. Seine kräftigen Hände drückten Fleisch und Gewebe zusammen, und Jeff quiekte wie ein Schwein, das abgestochen wird. Tomar hätte am liebsten zugedrückt, bis sich die Haut vom Hals löste. Aber schließlich verpasste Goran ihm eine Gerade, damit er die Umklammerung löste.

»Mann, bist du verrückt geworden? Alles in Ordnung mit dir, Papa? Kriegst du wieder Luft?«

Jeff benahm sich, als stünde er kurz vor dem Herzinfarkt, und Tomar hatte sich bei Isabelle entschuldigen müssen, bevor er seinen Parka genommen und die Wohnung verlassen hatte.

Seitdem irrte er durch die Straßen und malte sich das Schlimmste aus. Inzwischen hatte Jeff vermutlich geredet, ohne die geringste Einzelheit auszulassen. Goran wusste jetzt, dass er nicht ihr Vater war. Nur ein nützlicher Strohmann, um die Wahrheit vor der Welt zu verbergen und einen allzu schwachen kleinen Bruder zu schützen. Aber die Wahrheit findet immer Mittel und Wege, um einem doch noch ins Gesicht zu springen.

Leichter Regen setzte ein und gefror auf seinem Gesicht. Er befand sich jetzt in der Rue de Bretagne vor einem eleganten Gebäude von Haussmann. Tomar kannte die Adresse und den Namen auf der Gegensprechanlage. Er warf einen

Blick auf die Uhr – fast ein Uhr, mitten in der Nacht. Er zögerte, dann drückte er entschlossen auf die Klingel. Es gab keinen anderen Zufluchtsort, an dem er Hilfe zu finden hoffte. Zwar freute sie sich bestimmt nicht, dass er bei ihr aufkreuzte, aber er hatte keine andere Wahl.

26

Mitten in dem geschmackvoll eingerichteten großen Wohnzimmer saß Tomar auf einem Sofa mit beigefarbenem Stoffbezug. An der hinteren Wand erblickte er einen Kamin aus weißem Marmor, in dem die Holzscheite fast heruntergebrannt waren. Drei große Fenster erlaubten einen Blick auf die Zinkdächer, die unter dem kalten Mondlicht im Regen glänzten. Außerdem gab es eine riesige Bibliothek, bestehend aus deckenhohen, maßgefertigten Regalen. Tomar hatte nie gern gelesen. Seit seiner Kindheit verbrachte er seine Freizeit beim Sport, und obwohl er auf Berthiers Anordnung hin in Enzyklopädien zur griechischen Mythologie hatte nachschlagen müssen, teilte er die Vorliebe seiner Mutter für Romane immer noch nicht. Dennoch steckte er beruflich in gewisser Weise in der Haut eines Schriftstellers, denn er war jeden Tag gezwungen, die unsichtbaren Fäden zwischen den Figuren im Mittelpunkt einer Handlung zu entwirren. Und diese Handlung war in seinem Fall immer kriminell. Außerdem brachten nicht wenige Kollegen ihre spektakulärsten Fälle nach dem Ende ihrer Laufbahn zu Papier. Eine Art, den Dämon dieses Berufs auszutreiben, der einen auffraß bis auf die Knochen und die Reste dann, ausgestattet mit einer Rente für Hungerleider, in ein erbärmliches möbliertes Zimmer spuckte.

Zellale betrat den Raum, eine Tasse mit dampfendem Kaffee in der Hand, und setzte sich ihm gegenüber. Sie war groß, hatte die breiten Schultern einer Schwimmerin, und ihr kurz geschnittenes schwarzes Haar sah aus, als hätte sie beim Kämmen die Finger in die Steckdose gesteckt. Aus Mandelaugen starrte sie ihn leicht beunruhigt an.

»Ich habe dir Kaffee gemacht«, sagte sie und reichte ihm eine Tasse.

Tomar dankte ihr und führte die Tasse mit der heißen Flüssigkeit an die Lippen. Seit Monaten schon hatte er seine Exfrau nicht mehr gesehen. Sie waren im Streit auseinandergegangen – das genaue Thema war ihm entfallen. Und nun saß er mitten in der Nacht bei ihr auf dem Sofa.

»Erklärst du mir, was los ist?«, fragte sie und ließ sich in den zur Couch passenden Sessel fallen. Sie trug einen Morgenmantel, der ihren Körper bis zu den Knien verhüllte. Tomar schwieg, und sie stieß einen müden Seufzer aus.

»Ich bin diesen Unsinn leid. Du kreuzt mitten in der Nacht hier auf, du hast getrunken und dich offensichtlich geprügelt. Also sag mir endlich, was los ist!«

»Tut mir leid«, stieß er mit heiserer Stimme hervor.

»Was ist passiert?«

»Er ist wieder da.«

»Von wem redest du?«

»Jeff ist wieder da. Er hat Kontakt mit Goran aufgenommen, ich habe den Abend mit ihm verbracht.«

Schweigen entstand, und auf einmal verfinsterte sich Zellales Gesicht.

»Hat er ihm von eurem Vater erzählt?«

»Keine Ahnung. Er will Geld.«

Tomar senkte den Blick und umfasste mit beiden Händen die Tasse. Trotz des heißen Kaffees wurde ihm nicht warm, und den Blick seiner Exfrau ertrug er nur schwer.

Sie war die Einzige, die die Wahrheit über seine Vergangenheit kannte. Er liebte sie zu sehr, um ihr irgendetwas zu verheimlichen, und er hatte absolutes Vertrauen zu ihr.

»Es ist an der Zeit, ihm die Wahrheit zu sagen, Tomar. Erklär ihm, dass du es gemacht hast, um ihn zu beschützen.«

»So was kann man nicht einfach so erklären. Und außerdem wäre das Problem damit nicht gelöst. Wenn Jeff redet, besteht die Gefahr, dass wir alle im Knast landen.«

»Er ist mitschuldig, das Risiko geht er nicht ein.«

»Ja, das habe ich mir auch gesagt, aber … Er ist nun mal unberechenbar.«

Zellale wandte den Kopf und blickte zum Flur, der vermutlich zu den Zimmern führte. Auf einmal begriff Tomar, dass sie nicht allein in der Wohnung war.

»Konntest du mit Jeff sprechen?«

»Ja … jedenfalls habe ich mein Möglichstes getan.«

»Das sehe ich«, sagte sie und lächelte ihn schmerzerfüllt an. »Was hast du jetzt vor?«

»Ich weiß es noch nicht.«

Tomar stellte die leere Tasse auf den großen niedrigen Tisch aus Treibholz und beugte sich vor.

»Es ist schön bei dir.«

»Wir sind nicht bei mir. Dies ist Benoîts Wohnung.«

»Dein Mec, der Psychofritze?«

»Mein zukünftiger Ehemann. Wir heiraten diesen Sommer.«

Es folgte ein langes Schweigen. Tomar spürte, dass sich tief in seinen Eingeweiden etwas zusammenzog. Sie waren seit drei Jahren getrennt. Drei unglückliche Jahre, ein langsamer Abstieg auf den Grund eines Vulkans, während sein Körper sich allmählich verzehrte.

»Glückwunsch«, sagte er, ohne mit der Wimper zu zucken.

»Also, warum bist du gekommen?«

»Ich weiß nicht, mit wem ich sonst darüber reden soll«, murmelte er und massierte sich die Schläfen.

Seine Wachsamkeit ließ nach. War das ein Wunder? Zellale musterte ihn eine Weile, dann richtete sie sich auf, rutschte näher an ihn heran und legte ihm eine Hand auf die Schulter.

»Das tut mir leid.«

Bei der Berührung durchströmte ihn intensive Wärme, und der Schmerz verschwand sofort. Bilder blitzten in seinem Geist auf. Sie lagen miteinander am Strand und hielten sich zärtlich in den Armen. Es war irgendwo in Asien. Wo, wusste er nicht mehr genau. Sie redeten vom Heiraten, von Kindern und ewiger Liebe. Aber dann brach der Traum jäh ab …

»Du solltest dir helfen lassen. Benoît kennt da sehr gute Leute, weißt du?«

»Helfen?«

»Jeder von uns braucht mal Hilfe. Du weißt genau, was ich meine.«

»Bist du deswegen gegangen? Weil du glaubst, dass ich einen Knall habe?«

»Du weißt genau, warum wir uns getrennt haben. Du warst nie da, Tomar. Weder für mich noch für sonst jemanden … Du hast in deiner eigenen Welt gelebt.«

Das Labyrinth. Tomar hatte sich im Gewirr seiner Gänge verirrt und versuchte verzweifelt zu entkommen. Aber der Vergangenheit entkommt man nicht. Auf dem Parkett waren Schritte zu hören, und Zellale zog die Hand zurück.

Die Silhouette eines Mannes erschien in der Tür. Er trug eine graue Jogginghose, ein schlichtes T-Shirt und Hausschuhe aus Wolle. Sein Gesicht war von einem sorgfältig gestutzten Bart umrahmt. Eine runde Brille betonte seine lebhaften, Sanftmut ausstrahlenden Augen. Seiner Miene nach zu urteilen kam er gerade aus dem Bett.

»Alles in Ordnung?«

»Guten Abend«, sagte Tomar und richtete den Oberkörper auf, um ihm die Hand zu geben.

»Gibt es Probleme?«

Zellale wechselte einen besorgten Blick mit ihm.

»Tut mir leid, dass ich Sie geweckt habe. Ich gehe wieder.«

Benoît betrachtete den Bluterguss unter Tomars Auge, sagte aber nichts.

»Bist du sicher …?«, fragte Zellale.

Tomar nickte, verließ das Wohnzimmer und ging zur Tür. Zellale begleitete ihn und wartete, bis er seinen Parka übergezogen hatte.

»Gehst du nach Hause?«, fragte sie besorgt.

»Ja.«

Sie beugte sich vor, um ihn zum Abschied zu küssen, ein kalter Kuss, der das Unbehagen zwischen ihnen verfestigte.

»Tut mir leid«, sagte er noch einmal und trat ins Treppenhaus hinaus.

Die Tür schloss sich hinter seiner Sehnsucht und seinem Bedauern. Was hatte er sich von diesem Besuch erhofft? Sein Weg war vorgezeichnet in der Asche, die auf den Grund des Vulkans führte.

27

In der Nacht hatte er immer wieder die Ereignisse des Abends überdacht. Eine Nacht ohne Schlaf, heimgesucht von Jeffs Visage und dem mitleidigen Lächeln seiner Exfrau. Im Sommer würde sie eine sonnige Hochzeit feiern und danach vermutlich eine glückliche Ehe führen. Seine Sonne hingegen würde schwarzes Licht ausstrahlen, kälter als das Mondlicht. Wenn er sich noch lange so aufrieb, musste er bald Pillen schlucken, um den Leuten weiterhin etwas vormachen zu können. Aber wie lange noch? Tomar hob den Kopf und betrachtete die junge Frau, die in dem kleinen Flur vor dem Büro der Gruppe Khan zusammengekrümmt auf ihrem Stuhl saß. Émeline Jacob hatte sich auf Rhondas Vorladung hin sofort gemeldet. Gilles Lebruns Handyrechnungen bewiesen, dass die beiden sich gut gekannt hatten, gut genug, um sich am Abend vor dem Mord an der Chefin fünfmal anzurufen. Man würde sie richtig in die Mangel nehmen, und das ahnte sie bereits.

»Hübsches Ding«, hatte Dino festgestellt, als er sich mit einer Tüte Chouquettes in der Hand wieder zu seinen Kollegen gesellte.

Dino war der Genießer der Gruppe. Er ließ sich keine Gelegenheit zum Naschen entgehen und hatte immer eine Tüte Bonbons in der Schublade, meistens ziemlich saure Weingummi-Fritten, diesmal aber die leckeren kleinen Windbeutel.

»Das liegt an meinen grauen Zellen. Die brauchen viel Zucker, wenn sie mit Volldampf arbeiten sollen.«

Offenbar verbrauchten sie dennoch nicht genug, wenn man der ansehnlichen Wampe glauben wollte, die unter seinen psychedelischen T-Shirts hervorblitzte.

»Wie lange wollt ihr sie warten lassen? Sie ist schon seit acht Uhr heute Morgen hier.«

»Auf geht's!«, schnitt ihm Tomar das Wort ab, als er in diesem Augenblick das Büro betrat, »Rhonda und ich kümmern uns um sie. Wer tippt das Protokoll?«

Francky hob die Hand. »Who else?«, murmelte er in seinen Bart.

Rhonda ging hinaus und kam kurze Zeit später in Begleitung von Émeline Jacob wieder ins Zimmer. Sie bedeutete ihr mit einer Geste, Tomar gegenüber Platz zu nehmen. Er musterte sie mit finsterem Blick.

»Guten Tag, Madame, ich bin Commandant Khan.«

Sie gaben sich die Hand, und Tomar empfand keinerlei Anspannung bei diesem ersten Kontakt. Die Polizisten der Kripo waren bestens geschult und erkannten, wenn jemand log. Manchmal war die Körpersprache ebenso vielsagend wie ein Geständnis.

»Wissen Sie, warum ich Sie vorgeladen habe?«, fragte er mit neutraler Stimme.

»Ich nehme an, wegen des Todes von Madame Seydoux.«

»Genau. Konnte Ihr Mann nicht kommen?«

»Mein Mann und ich leben seit einigen Monaten getrennt. Ich wusste nicht, dass Sie ihn sehen wollen. Er kommt nie zur Schule.«

Francky ließ die Finger über die Tastatur flitzen und hielt die Aussage so wortgetreu wie möglich fest. Diese

Gespräche lasen sie hinterher noch zigmal durch, oftmals monate-, ja sogar jahrelang, wenn die Ermittlungen sich lange hinzogen.

»Sind Sie die Mutter des kleinen Hadrien?«

»Ja.«

»Wie alt ist er?«

»Fünf Jahre … fast sechs.«

»Er besucht den Kindergarten seit …«

»Seit er drei Jahre alt war. Er ist im letzten Jahr.«

Tomar hatte die Angewohnheit, sich am Anfang Zeit zu lassen, bevor er zu den heiklen Fragen überging und schärfere Geschütze auffuhr.

»Sind Sie gut mit Madame Seydoux zurechtgekommen?«

»Sehr gut. Sie war eine ausgesprochen nette Frau, und sie liebte Kinder. Sie war als Erzieherin in der Gruppe der ganz Kleinen, Hadriens Gruppe.«

»Und Hadrien blieb nach dem Kindergarten im Hort.«

Émelines Gesichtszüge verhärteten sich kaum merklich.

»Ja.«

»Sie kennen sicherlich Monsieur Gilles Lebrun.«

Peng! Erstes Geschütz. Émeline senkte eine Weile den Blick, bevor sie weitersprach. Er bemerkte, dass Dino unauffällig lächelnd eine Hand in die Tüte mit den Chouquettes steckte. Jetzt spielte Tomar Katz und Maus mit der Frau. Die Katze ließ ihre Beute frei umherlaufen, damit sie sich der Illusion hingab, sie könne entkommen. Niemals griff sie von vorn an. Bis zu dem Moment, in dem die Maus mit dem Rücken zur Wand stand …

»Ja, ich kannte ihn.«

»Gut?«

Émeline hob den Kopf und blickte Tomar in die Augen. Von jetzt an sagte sie entweder die Wahrheit, oder sie verstrickte sich in Lügen. Letzteres würde sie ins Verderben führen, denn er ließ niemals locker.

»Ja … sehr gut.«

Richtige Antwort. Damit hatte sie etwas Zeit gewonnen. Jetzt musste er ihr nur noch die Wahrheit über die Art ihrer Beziehung entlocken. Rhonda näherte sich und sprach sie in freundlicherem Ton an. All das gehörte zu der gut einstudierten Nummer, die sie jedes Mal abzogen, wenn sie eine weibliche Verdächtige vernahmen. Tomar war der böse Machobulle, Rhonda die einzige Verbündete, die zu Mitgefühl in der Lage war. Ein Klischee, das perfekt funktionierte.

»Seit wann hatten Sie ein Verhältnis miteinander?«

»Seit zwei Monaten«, antwortete sie ohne Zögern.

»Sind Sie noch verheiratet?«

»Ja, aber nicht mehr lange. Thomas hat sich eine kleine Wohnung im Zentrum von Fontenay genommen. Wir wollen nichts überstürzen wegen Hadrien. Ich verstehe nicht, warum Sie mir diese Frage stellen. Das gehört zu meinem Privatleben.«

»Stimmt. Allerdings hat Ihr Freund Sie fünfmal anzurufen versucht, bevor er seine Chefin erwürgte«, fiel Tomar ihr unwirsch ins Wort.

Zweites Geschütz. Tomar musste ihr weismachen, dass sie bereits alles wussten. Auf diese Art würden sie ihr weitere Informationen entlocken. Das Spiel wurde immer komplizierter, und Tomar glaubte nicht, dass Émeline Jacob ihm gewachsen war. Wenn sie etwas mit dem Mord zu tun hatte, würden sie vor Tagesende ein Geständnis von ihr bekommen. Auf einmal wurde Émeline bleich. Offensichtlich hatte sie nie einen Zusammenhang zwischen ihren Anrufen und Gilles Tod hergestellt. Tomar konnte sich die heftigen Schuldgefühle vorstellen, die sie im Augenblick beschlichen. Einige Sekunden lang saß sie schweigend da, dann belebte plötzlicher Zorn ihren Blick.

»Ich hatte beschlossen, mich von ihm zu trennen. Das mit Gilles war nichts Ernstes. Seine Frau war schwanger, es war nur ein Abenteuer.«

»Ein Abenteuer, das unter einem Zug der Metro endete.«

»Dafür kann ich nichts.«

Ihr Schuldgefühle einzureden funktionierte gut. Diesen Hebel mussten sie bis zum Anschlag umlegen. Tomar beugte sich auf seinem Stuhl vor, nahm einige Fotos aus der Akte und knallte sie vor Émeline auf den Tisch. Sie erkannte Gilles' zerstörtes Gesicht sofort, und Tomar hatte nicht die harmlosesten Fotos ausgesucht. Auf einem der Bilder sah man die Gestalt, die sich von hinten über ihn beugte, kurz bevor er sprang. Émeline stiegen Tränen in die Augen.

»Warum zeigen Sie mir diese Fotos? Das ist furchtbar.«

»Fällt Ihnen nichts auf?«

Émeline wühlte in ihrer Handtasche, und Rhonda kürzte die Suche ab, indem sie ihr ein Päckchen Taschentücher reichte. In den Büros der Kripo gab es davon ganze Kartons.

»Die Gestalt dort hinter ihm.«

»Sie … Sie glauben doch nicht etwa, dass ich ihn gestoßen habe!«

»Wo waren Sie am zehnten Januar um zwölf Uhr mittags?«

»Ich … ich war in der Arbeit. Sie können meine Kollegen fragen.«

»Das werden wir auch tun, Madame Jacob«, antwortete Tomar unwirsch.

»Aber warum sollte ich so etwas tun? Warum?«

Tomar schwieg. Jetzt, da sie zum Kern des Problems vorgedrungen waren, musste er sie wieder zu Atem kommen lassen. Émeline Jacob hatte sich in sich selbst zurückgezogen, den Oberkörper vorgebeugt, die Arme vor der Brust verschränkt. Sie versuchte, die Tränen zurückzuhalten, die aus ihr hervorzubrechen drohten. Es hatte nicht lange gedauert, sie weichzukochen.

»Wir sagen ja nicht, dass Sie die Täterin sind, Émeline. Wir versuchen nur zu verstehen, was passiert ist«, milderte Rhonda Tomars Worte mit einer Spur von Freundlichkeit ab.

Ihre Vorstellung war oscarreif.

»Was genau wollte Gilles Ihnen am Abend vor dem Mord sagen?«

»Nun ja, gar nichts wahrscheinlich. Wir sind uns in der Schule begegnet, haben uns zwei Monate lang getroffen, und dann war es vorbei.«

»Für ihn offensichtlich nicht«, hakte Tomar nach.

»Er hat das Ganze auch nicht besonders ernst genommen. Seine Frau war schwanger, ich war allein und bereit … et voilà.«

Tomar seufzte. Rhonda lächelte ihn an und ergriff erneut das Wort.

»Wie haben Sie sich kennengelernt?«

»Bei einer Feier, die der Hort organisiert hatte. Danach hat Gilles mich besucht. Er wusste, dass Hadriens Vater ausgezogen war.«

»Woher?«

»Keine Ahnung. Ich nehme an, Hadrien hat es ihm erzählt. Die beiden mochten sich sehr.«

»Und Ihr Mann? Weiß der Bescheid?«

»Meinem Mann ist das scheißegal! Er betrügt mich seit Jahren, und wir schlafen auch seit Jahren nicht mehr miteinander.« Ihre Stimme war lauter geworden.

»Deswegen muss ihm das noch lange nicht scheißegal sein«, entgegnete Tomar unfreundlich.

»Er war noch nie eifersüchtig. Es ist ihm egal, glauben Sie mir!«

»Kann es sein, dass Hadrien ihm davon erzählt hat und er wütend wurde? Er sieht seinen Sohn doch bestimmt ab und zu.«

»Hin und wieder am Wochenende, ja. Er interessiert sich nicht besonders für Hadrien, das war immer schon so. Nein, Hadrien konnte ihm nichts erzählen, weil wir immer sehr diskret vorgegangen sind. Wir haben uns im Hotel getroffen, wenn Sie das wissen wollten.«

Ihre Stimme hatte einen misstrauischen Unterton bekommen. Tomar gewann den Eindruck, dass sie stärker war, als er anfangs vermutet hatte.

»Hat Gilles Lebrun sich irgendwie ungewöhnlich verhalten?«, fragte er etwas freundlicher.

Sie schüttelte den Kopf, und erneut wurde sie von Gefühlen überwältigt.

»Gilles war sehr lieb zu mir.«

Tomar gab Francky ein Zeichen, nicht mehr weiterzuschreiben.

»Druck das Protokoll aus! Madame Jacob kann gleich nach Hause gehen.«

»Und jetzt? Wie geht es jetzt weiter?«, fragte sie zögernd.

»Sie sind frei. Wir wissen, dass Sie nichts mit der Geschichte zu tun haben.«

Rhonda warf Tomar einen fragenden Blick zu. Er hatte die Strategie geändert.

»Wir versuchen nur herauszufinden, was Gilles Lebrun zu der Tat veranlasst hat. Wenn Ihnen noch etwas einfällt, melden Sie sich!«, sagte er und reichte ihr eine Visitenkarte.

Francky nahm drei Blätter aus dem Drucker und ließ sie von Émeline unterschreiben, bevor Rhonda sie aus dem Büro begleitete.

Dino blickte zu seinem Chef auf wie ein verstörter Cockerspaniel zu seinem Herrchen.

»Kannst du mir das bitte mal erklären? Sie war kurz davor, mit der Sprache rauszurücken.«

»Sie sagt die Wahrheit«, entgegnete Tomar. »Selbst wenn der Typ durchgedreht ist, sie kann nichts dafür.«

»Und warum kürzen wir dann ihre Anhörung ab?«, fragte Dino, offensichtlich noch nicht überzeugt.

»Damit wir uns um die einzige wirklich interessante Spur in dieser Akte kümmern können.« Tomar hielt einen Moment inne. »Wie groß ist sie ungefähr?«, fragte er schließlich.

»Eins zweiundsechzig, dreiundsechzig vielleicht«, antwortete Francky wie aus der Pistole geschossen.

Solche und viele andere Details entgingen ihm nie.

»Und Lebrun?«

»Laut Reisepass eins zweiundachtzig. Der Pathologe konnte seine Größe anhand der Leichenteile nicht rekonstruieren.«

Als Rhonda wieder eintrat, deutete Tomar gerade auf eins der Fotos, die mit Reißzwecken an die Pinnwand geheftet worden waren.

»Alles klar. Und wir sind auf der Suche nach einem Schatten von ungefähr …«

»Einem Meter fünfundsiebzig.«

»Dann war sie es also nicht. Wir werden ihr Alibi überprüfen, aber die Spur führt in eine Sackgasse. Ich will, dass ihr auch ihren Ehemann vorladet, damit ich seinen Tagesablauf checken kann.«

»Glaubst du, er hat Lebrun aus Eifersucht vor die Metro gestoßen?«

»Ich glaube überhaupt nichts. Aber wir müssen alles überprüfen.«

Im Büro breitete sich Stille aus. Es gab zwei Leichen und nicht das geringste Indiz. Sämtliche Spuren führten ins Leere. Tomar betastete den Bluterguss unter dem Auge – es tat nicht mehr besonders weh. Niemand hatte eine Bemerkung darüber gemacht, und wahrscheinlich glaubten alle, dass es beim Boxen passiert war. Eine Sekunde lang sah er wieder Jeffs Gesicht vor sich, als er ihm die Kehle zudrückte, bereit, ihn zu erwürgen, wie Lebrun seine Chefin erwürgt hatte. Die Hemmschwelle, einen Menschen zu töten, war schmal und schnell überschritten … davon konnte Tomar ein Lied singen.

»Haben wir alle Kollegen von Lebrun vernommen?«

»Bis auf einige, die am Tattag nicht dort waren und auch auf die Vorladung nicht reagiert haben.«

»Ich will sie alle sehen. Und wenn ihr sie mir an den Haaren herbeizerrt.«

28

Es hatte fast den ganzen Tag geregnet. Es war jener leichte Regen, der einem in die Glieder kroch und ein Frösteln hervorrief, bis man vergaß, dass es die Sonne überhaupt noch gab. Marie-Thomas ging schnellen Schrittes über einen Feldweg im Bois de Vincennes. Ihre Hello-Kitty-Turnschuhe waren schlammbedeckt. Sie befand sich knapp unterhalb des Uferdamms der Marne, an der Stelle, wo die Autobahn A4 die Vegetation durchschnitt und die Fußgänger zum Überqueren einer schmalen Metallbrücke zwang, wenn sie ihren Spaziergang fortsetzen wollten. Am Wegesrand standen etliche Bänke aus Rohholz, das Werk eines ortsansässigen Künstlers, wie sie in der Zeitung von Fontenay gelesen hatte. Marie-Thomas ließ sich gelegentlich gern hier nieder, um den Lärm der Autos zu hören und inmitten der Bäume die Abgase einzuatmen. Dieser Platz war eines ihrer kleinen Refugien.

Gebell ertönte, und sie erblickte einen kleinen Wadenbeißer auf Pfoten, einen Rauhaardackel, der sie wild ankläffte. Seine Besitzerin, eine alte Dame, warf einer Ansammlung von Tauben Brotkrümel zu. Marie-Thomas versuchte, einen klaren Kopf zu bekommen. In den vorangegangenen Wochen war zu viel passiert, und all diese Informationen mussten genau untersucht, analysiert und verwertet werden, wie es sich gehörte. Amina, die Kollegin aus der Kantine, gehörte zu ihren geringeren Sorgen.

Dauernd ging sie ihr mit dieser verdammten Vorladung zur Kripo auf die Nerven. »Bist du noch nicht dort gewesen? Hast du sie nicht bekommen? Was haben sie zu dir gesagt?« Mit ihrer Fragerei hatte sie Marie-Thomas gezwungen, ihr einen Haufen Lügen aufzutischen, die sich nur schwer aufrechterhalten ließen, sollte sie je damit konfrontiert werden. Also musste sie sich um die Kollegin kümmern, was ihr in diesem Fall keinerlei Schwierigkeiten bereitete. Eine einfache Recherche auf Facebook mithilfe eines anonymen Accounts hatte genügt, um die Schwachstelle zu finden. Amina war jung, tanzte offenbar gern Zouk und ging diesem belanglosen Hobby in einer Pariser Bar nach, die sich ab zwei Uhr morgens in einen Nachtclub verwandelte. Beim Durchsehen von Fotos, auf denen Gäste dieser Bar zu sehen waren, war Marie-Thomas auf ein Bild gestoßen, auf dem sich die liebe Amina von einem Unbekannten die Brustwarzen befummeln ließ. Allein dieses Foto, das Marie-Thomas mit der Unterschrift *Amina in Feierlaune, Kindergarten mal anders! LOL* auf der Facebook-Seite der Gemeinde Fontenay gepostet hatte, brachte Amina einen Verweis von der Dienststelle ein und auch sonst so viele Scherereien, dass sie endlich keine Zeit mehr hatte, Marie-Thomas dazwischenzufunken. Das nächste Problem betraf den lieben Gilles. Natürlich konnte er nicht mehr reden, aber Marie-Thomas machte sich Vorwürfe, weil sie das Risiko des unmittelbaren Kontakts unterschätzt hatte. Sie war auf Nummer sicher gegangen, indem sie Männerkleidung getragen, das Gesicht verhüllt und ihren Gang verändert hatte. Dennoch blieb ein Restrisiko. Wenn man nur gründlich genug suchte, das wusste sie genau, fand man immer eine undichte Stelle. Der Dackel bellte inzwischen so laut, dass sie den Faden verlor. Konnte sie denn nirgends ihre Ruhe haben? Marie-Thomas drehte sich zu dem Hund um und starrte ihn aus kalten Fischaugen an. Sie versuchte, ihn zu besänftigen. »O mein Kleiner, wie süß du bist, so niedlich!« Aber er fletschte nur die Zähne. Tiere haben einen Instinkt für ihr Gegenüber, sie lassen sich nicht so leicht täuschen wie Menschen. Das Problem namens Gilles musste vorerst in der Schwebe bleiben, im Augenblick hatte sie zwei wichtigere Aufgaben zu erledigen. Erstens diese verdammte Vorladung zur Polizei. Trotz ihrer Versuche, den Besuch zu umgehen, war ein dicklicher Beamter in einem lächerlichen T-Shirt im Kindergarten vorbeigekommen, hatte im Personalraum einen Zettel aufgehängt und die Säumigen benachrichtigt. Es gab keine andere Lösung mehr, als sich der Situation zu stellen, so gut vorbereitet wie möglich. Sie hatte noch nie mit richtigen Ermittlern zu tun gehabt, aber sie sah keinen Grund, warum ihre Strategie nicht auch bei denen funktionieren sollte. Schließlich verbrachten sie ihre Zeit damit, Verbrechen zu bekämpfen, was ein gewisses Maß an Mitgefühl für die Opfer voraussetzte. In Marie-Thomas' Augen eine Schwäche, und vermutlich waren sie keine angemessenen Gegner. Ihre Maske der freundlichen Aushilfserzieherin sollte reichen, um sie hinters Licht zu führen. Von der Autobahn, auf der der Verkehr allmählich dichter wurde, war mehrmaliges Hupen zu hören. Die alte Frau war jetzt von einer ganzen Traube gieriger Tauben umgeben, die sich die Nahrung sogar aus der Plastiktüte zu stehlen versuchten, die sie auf den Knien hielt. Beim Anblick dieser alten, von Federvieh umringten Schachtel wurde ihr fast schlecht. Marie-Thomas fragte sich, wie man seine Zeit mit so belanglosem Zeug verschwenden konnte. Sie hätte gern zugesehen, wie die Tauben der Frau die Eingeweide herausrissen, und sie hätte hohe Beträge darauf gewettet, dass die Viecher das mit etwas Ansporn begeistert getan hätten. Dann konzentrierten sich ihre Gedanken auf ihre einzige echte Sorge: Hadrien. Den kleinen Kerl, dieses Engelchen, musste sie retten, mochte es kosten, was es wollte. Marie-Thomas empfand seine Qualen als Hilferuf, den nur sie hörte. Außerdem war Qual das einzige Gefühl, das sie empfinden konnte, abgesehen von den Schmerzen, die ihr die zu kleinen Schuhe bereiteten. Hadrien litt, und warum litt er? Wegen seiner Mutter natürlich! Diese Schlampe klammerte sich wie eine Harpyie an ihren Sohn, bereit, ihm das Mark aus den Knochen zu saugen. Wie sollte diese Frau seine Bedürfnisse befriedigen? Unmöglich, sie konnte es nicht! Marie-Thomas spürte, wie kalte Wut ihr so heftig den Magen verkrampfte, dass ihr schwindelig wurde. An Gefühle war sie nicht gewöhnt. Nur Hadrien und einige andere kleine Engel konnten sie dermaßen aufwühlen. Sie musste sich um ihn kümmern, ihn vor seinen Eltern und vor dieser Welt in Sicherheit bringen, die ihn zu zerstören drohte. Sie würde Mittel und Wege finden, das gelang ihr immer. Schließlich war Hadrien nicht der erste …

Dumpfes Flügelschlagen ertönte, und die Taubenwolke flatterte plötzlich davon, als Marie-Thomas von der Bank aufstand und sich der alten Frau näherte.

»Guten Tag, Madame«, sagte die Alte und lächelte höflich.

Marie-Thomas antwortete nicht. Sie bückte sich und hob die Hundeleine auf, die sich spannte, als das Tier zähnefletschend zu seinem Frauchen zurückwich.

Die alte Dame begegnete ihrem kalten Blick, und das Lächeln gefror ihr im Gesicht, während sie zusah, wie Marie-Thomas den Hund in eine stille Ecke neben dem Weg zerrte.

»Ubak!«, schrie die Alte, unfähig, auf die Beine zu kommen.

Ubaks zänkisches Bellen verwandelte sich in ängstliches Quietschen, als sein Halsband ihn immer stärker würgte und ihn zwang, seinem neuen Frauchen zu folgen, obwohl er alle vier Pfoten in den Boden stemmte und Widerstand leistete. Marie-Thomas stieg nun die Stufen zur Fußgängerbrücke über der A4 hinauf. In der Mitte angekommen, drehte sie sich zu dem Hund um und zog ihn an der Leine hoch. Ubak löste sich vom Boden und hing an seinem Halsband in der Luft. Er wehrte sich verzweifelt, rang fiepend nach Luft. Marie-Thomas drehte sich leicht zur Seite und ließ den Dackel über dem Nichts hängen, den Blick auf die vielen Autos gerichtet, die mit hoher Geschwindigkeit unter der Brücke entlangbrausten.

»Gute Reise!«, murmelte sie und beobachtete, wie er auf dem Asphalt der Autobahn aufschlug und überfahren wurde.

29

Verdammt! Geht das schon wieder los?

Tomar öffnete die Augen und starrte in den weißen Himmel über sich. Er spürte die feuchte Erde am Hinterkopf. Das Haus war noch immer da, die grauen Mauern, das Dach mit den roten Ziegeln und die Fenster, die so leer wirkten wie blicklose Augen. Er drehte den Kopf ein wenig und sah die Äste des Kirschbaums, dessen Blätter trotz des Winds seltsam unbewegt waren. Plötzlich stieg ihm Fäulnisgeruch in die Nase und zwang ihn, sich aufzurichten und schützend die Hände vor das Gesicht zu halten. Der gute alte Bob saß gleich hinter ihm im Schneidersitz. Nun blies er ihm seinen Leichenatem direkt ins Gesicht.

»Und, wie gefalle ich dir?«, grunzte er durch den ausgerenkten Kiefer.

Seit ihrer letzten Begegnung hatte Bob sich sehr verändert. Seine Haut war dunkel und von langen roten Striemen durchzogen. Auf dem Gesicht hatten sich zahlreiche Blasen gebildet, aus denen eine schleimige Flüssigkeit sickerte. Ganze Büschel von Haaren lösten sich von der Kopfhaut und hingen am Schädel herab, sodass sie eine Tonsur bildeten, die ihm das Aussehen eines makabren Clowns verlieh.

»Nicht übel, was? Die Natur macht tolle Sachen. Wäre ich nach meiner Meinung gefragt worden, hätte ich mir gewünscht, in einen Ofen geschoben zu werden. Wozu soll es gut sein, im Sarg zu verfaulen? Am Ende läuft es auf dasselbe hinaus, stimmt's?«

Tomar war in die Hocke gegangen, um sich von Bob zu entfernen, der ihm aus krankhaftem Vergnügen das stinkende Maul vors Gesicht hielt. Mit dem Rücken kauerte er am Stamm des Kirschbaums, die Hände ins Moos gestützt.

»Du liebst diesen Baum, stimmt's?«, sagte Bob und krümmte den Körper in einem unnatürlichen Winkel, um sich aufrichten zu können. »Ich muss lachen, wenn ich daran denke, dass dieser verdammte Kirschbaum sich von der ganzen Scheiße ernährt, die hier im Boden liegt. Als Kind habe ich Kirschkonfitüre geliebt, aber hätte ich gewusst, was wirklich drin ist… Igitt!«

Bob hielt sich eine Hand vor das Loch, das ihm als Mund diente, und setzte eine angeekelte Miene auf. Ein leises Knacken war zu hören, als die letzten Sehnen rissen und sein Kiefer sich endgültig löste und zu Boden fiel.

»Verdammt!«, knarzte er und bückte sich.

Haltlos hing die schwarze Zunge herunter wie der Docht einer umgedrehten Kerze. Er klaubte den Knochen und die Zähne auf, die seinen Kiefer gebildet hatten, und pfefferte die Teile hinter sich.

»Alles vergeht irgendwann, Kumpel. Man sollte nicht an den falschen Dingen festhalten.«

Seine Mundwinkel hoben sich, und er sah so widerwärtig aus wie ein Zombie, der zu lächeln versucht.

»Also, ist er zurückgekommen?«, fuhr er fort. Trotz seines zerstörten Mundes sprach er erstaunlich deutlich.

»Von wem redest du?«

»Du weißt genau, von wem ich rede, Arschloch. Vergiss nicht, dass ich in deinem Kopf bin!« Langsam richtete sich

Tomar auf und sah sich um. An der Kulisse seiner Albträume hatte sich nichts geändert. Das Haus, der Kirschbaum, die feuchte Erde. Abgesehen von Bobs Anwesenheit war es genau jene Stelle, die er von jeher kannte. Dennoch hatte er das Gefühl, dass etwas nicht stimmte.

»Ja, er ist wieder da.«

»Haha, typisch die Alten ... können einfach nicht loslassen! Die sind schlimmer als der Efeu an diesem beschissenen Baumstamm ... Und? Wirst du es ihm geben?«

»Was?«

»Was er sich holen will.«

»Wovon redest du, Bob?«

Der wandelnde Leichnam zog einen Flunsch, was lustig gewesen wäre, hätte ihm dabei nicht die Zunge wie ein widerlicher Wurm schaukelnd unter dem Gesicht gehangen.

»Na hör mal, wer hat dir erlaubt, mich bei meinem Spitznamen zu rufen?«

»Du heißt Robert Müller. Glaubst du, ich kenne deine Akte nicht?«

»Nun, du verfolgst mich schon lange, stimmt's?«

»Von Anfang an. Ich war es, der dich gekriegt hat nach der versuchten Vergewaltigung, bei der dir endlich die Eier explodiert sind.«

»Ach, und deshalb sind wir jetzt alte Freunde?«

»Wohl kaum.«

»Sehe ich genauso. Aber das beantwortet meine Frage noch nicht.«

»Ich habe keine Lust, mit dir zu reden.«

»Schon klar. Aber ich habe Zeit bis in alle Ewigkeit, Arschloch. Ich verspreche dir, dass du auf die eine oder andere Art mit mir reden *wirst*. Und weißt du, worüber ich am liebsten plaudern möchte? Über den guten alten Jeff.«

Tomar spürte, wie ihm heißer Zorn in die Glieder schoss. Er löste sich vom Baumstamm, um sich dem Leichnam zu nähern.

»Hohoho, ganz ruhig, Brauner! Nicht dass du vor lauter Aggression noch Magengeschwüre kriegst …«

Als Tomars Faust ihn hart in den Magen traf, krümmte sich Bob und tat einen Atemzug, der wie eine lang gezogene Blähung klang.

»Glaubst du etwa, so kannst du mich zum Schweigen bringen? Na los, Junge, schlag zu! Du bist echt genauso dämlich, wie du aussiehst.«

Tomar zog an der hängenden Zunge und presste sie in seiner Faust zusammen. Bob sollte endlich schweigen, aber die Stimme wollte nicht verstummen.

»Ha, allmählich verstehst du …«

Tomar hielt sich die Ohren zu, aber der Tote schimpfte immer weiter.

»Das alles spielt sich in deinem Kopf ab, habe ich dir doch gesagt.«

Langsam richtete Bob sich auf und starrte Tomar aus leeren Augen an.

»Du hast also keine Lust, über Jeff zu reden. Nun gut. Aber eins muss ich dir trotzdem sagen, altes Haus.«

Auf einmal verstand Tomar, was ihn an der Landschaft seines Albtraums störte. In die Erde des Gartens waren zwei Löcher gegraben worden. Zwei Gräber. Das erste für Bob – aber für wen war das zweite?

»Musst deinen Hintern schon hochkriegen, wenn du aus dem Saustall rauswillst.«

»Ach ja? Seit wann willst du mir helfen?«

»Natürlich will ich dir helfen, Arschloch. Du und ich, wir sind gleich, wir sind wie Brüder.«

»Hör auf …«

Tomar konnte den Blick nicht mehr von dem zweiten Grab abwenden.

»Aber ja, *amigo*. Die Leiche dort müssen wir auch ausbuddeln. Hast du geglaubt, das Geheimnis für immer wahren zu können? Wie hieß das noch gleich? Vatermord? Tomar Khan, der Vatermörder … kommt gut. Man fühlt sich wie in einem verfickten Mythos. Wer war das noch mal, der seinen Vater umbrachte? Ach ja, Ödipus … Aber der hat doch seine Mutter gebumst, nicht wahr? Und du, hast du die Peschmerga auch gevögelt?«

Tomar warf sich herum, bereit, dem Zombie die faulige Visage einzuschlagen.

»Haha … Schlag mir ruhig die Fresse ein, ist mir scheißegal! Aber pass auf, Junge, dort hinten zieht ein Sturm auf!«

Wie um seine Worte zu bestätigen, wurde es auf einmal dunkler. Die Konturen im Garten verschwammen, bald würde Tomar aufwachen.

»Du hörst von mir … Bis später im Bus!«, rief Bob und verschwand.

30

Die fünfte und oberste Etage der Nummer 36 belegten die Männer der Gruppe Alvarez, zwei kleine Zimmer mit schrägen Wänden, in denen früher der Pförtner der Kripo gewohnt hatte. Dino hatte mit seinen Kollegen vereinbart, dass er das hintere Zimmer nutzte, um die Anhörungen der letzten Mitarbeiter des Schulzentrums zu organisieren. Ungefähr zehn Personen sollten noch als Zeugen aussagen. Tomars Männer wechselten sich ab, nahmen ihre Aussagen jeweils zu zweit auf und versuchten, sich ein genaueres Bild von Gilles Lebruns Persönlichkeit zu machen. Die Zeugenaussagen vom Vormittag hatten ihnen kaum neue Erkenntnisse gebracht, abgesehen davon, dass alle Gilles für einen lebenslustigen jungen Mann hielten, der stets hilfsbereit war und einen sehr guten Draht zu Kindern hatte. Niemand wusste über sein Privatleben Bescheid. »Kam Ihnen an seinem Verhalten irgendetwas merkwürdig vor?«, wurden die Zeugen gefragt und antworteten stets mit einem entschiedenen Nein. Beim Elfuhrtermin hatte eine Frau unbestimmten Alters, die in der Schulkantine beschäftigt war, einige Anekdoten über sein Verhalten den Kolleginnen gegenüber erzählt. Ihrer Meinung nach war Gilles ein heißer Typ, und sie hielt es durchaus für möglich, dass er eine intime Beziehung zur Leiterin der Einrichtung gehabt hatte. Dino hatte verblüfft die Stirn gerunzelt und sich erhoben, um das große Velux-Fenster über dem Schreibtisch zu öffnen. Er hielt die Aussage für wenig glaubwürdig, denn sie stimmte nicht mit denen der anderen Zeugen überein. Eine Anhörung bei der Polizei, noch dazu in der Nummer 36, war für Mythomanen aller Art eine ideale Gelegenheit, sich wichtigzumachen. Da konnten sie komplizierte Lügengeschichten erzählen, selbst wenn es auf Kosten eines Toten geschah. Schnell ging es auf die Mittagspause zu, und die Polizisten mussten nur noch eine einzige Vernehmung hinter sich bringen. Dann konnten sie das Büro verlassen und in einer Klitsche im Quartier Latin auf der anderen Seite der Seine im Kollegenkreis ein Kebab essen.

»Marie-Thomas Petit… Sie arbeitet seit einem Jahr als Aushilfe in dem Laden. Am Tatvormittag war sie nicht da. Soll ich mich um sie kümmern?«, fragte Dino und betrachtete seine Liste.

»Nein, das machen wir«, antwortete Tomar. »Geh du mit Rhonda runter und hol was zu essen!«

»In Ordnung, Chef.«

Tomar nahm hinter dem alten Eichenschreibtisch von Commandant Alvarez Platz, während Francky die Besucherin hereinholte.

Marie-Thomas erhob sich von ihrem Stuhl und richtete sich unter der Dachschräge zu voller Größe auf. Sie trug einen blasslila Mantel, verwaschene Jeans und leicht verschmutzte rosafarbene Turnschuhe. Tomar beobachtete, wie sie das Zimmer durchquerte, und dachte, dass sie für ihre beeindruckende Größe geradezu winzige Füße hatte. Sie öffnete ihre Mantelschöße und schlug die Beine übereinander, während sie Tomar mit einem zurückhaltenden Lächeln betrachtete.

»Madame Petit?«

»Ja, die bin ich«, antwortete sie. Für ihre Körperfülle war ihre Stimme erstaunlich hoch.

»Vielen Dank, dass Sie gekommen sind! Ich stelle Ihnen jetzt einige Fragen.«

Um den Biss nicht zu verlieren, tauschten die Polizisten bei jeder Anhörung die Rollen, und nun war Francky mit dem Fragenstellen an der Reihe. Tomar beobachtete Marie-Thomas schweigend und schrieb hin und wieder einige Worte in sein Notizbuch. Der erste Teil der Vernehmung verlief genau wie alle anderen an diesem Morgen. Marie-Thomas Petit zeichnete ein Bild von Gilles, das mit den Beschreibungen ihrer Kollegen übereinstimmte.

»Kam Ihnen sein Verhalten in den Tagen vor dem Mord an Madame Seydoux irgendwie seltsam vor?«

Sie krümmte sich auf dem Stuhl, und Tomar spürte, dass sie mit der Antwort zögerte.

»Ja«, sagte sie mit schwacher Stimme.

»Sie dürfen uns alles erzählen, Madame Petit. Jede Einzelheit kann für unsere Ermittlungen wichtig sein.«

»Also, ich habe etwas bemerkt. Ich bin nämlich diejenige, die sich am Mittwochnachmittag um die Reinigung der Gruppenräume kümmert, wenn die Kinder im Hort sind.«

Langes Schweigen folgte. Tomar spürte, wie ihn ein merkwürdiges Gefühl beschlich. Irgendwo in seinem Polizistengehirn blinkte ein rotes Lämpchen, aber ihm blieb der Grund dafür verborgen.

»Mein Gruppenraum geht auf den Spielplatz hinaus ... Er hat eine große Fensterwand, wissen Sie?«

»Ja, das habe ich bereits gesehen«, sagte Francky, um die Atmosphäre ein wenig zu lockern.

»Also, am Mittwoch vor dem tragischen Ereignis … Es hat nicht geregnet. Darum sind die Kinder zum Spielen nach draußen gegangen, bevor sie wieder in den Ruhebereich zurückgekehrt sind, in dem der Hort im Winter untergebracht ist. Fast alle Kinder waren drinnen, nur der kleine Hadrien nicht … der Sohn von Madame Jacob.«

»Wir wissen, welches Kind das ist. Und was ist so Ungewöhnliches passiert?«

Wieder Stille. Tomar fühlte sich seltsam leer. Das rote Licht in seinem Schädel erlosch langsam.

»Gilles war auch auf dem Spielplatz. Er ist auf Hadrien zugegangen, er wirkte sehr genervt, so habe ich ihn nie zuvor gesehen. Er hat ihn am Ärmel gepackt, und als der Kleine sich widersetzte, hat er ihm auf die Schulter geschlagen.«

»Wie … geschlagen?«, unterbrach Francky sie.

»Ziemlich heftig … jedenfalls sah es danach aus. So etwas hatte ich noch nie bei ihm beobachtet.«

Marie-Thomas hatte Tränen in den Augen, und sie schniefte. Dann beugte sie sich über ihre Handtasche, zog eine Packung Papiertaschentücher heraus und schnäuzte sich geräuschvoll.

»Und haben Sie danach noch mal gesehen, dass er so was getan hat?«

»Nein, nie. Und vorher auch nicht. Es tut mir so leid … Natürlich habe ich Madame Seydoux von dem Vorfall unterrichtet. Vielleicht wollte sie ihn ja deshalb sprechen.«

Francky blickte auf, und Tomar konnte seine Gedanken lesen. Er war sich sicher, dass sie gerade etwas Wichtiges erfuhren. Eine Erklärung für Gilles Lebruns Ausraster. Der Rest der Befragung ergab nichts Neues. Francky begleitete Marie-Thomas zum Ausgang, und als sie Alvarez' Büro verließ, stieß sie sich den Kopf an einem niedrigen Balken. »Die Aufregung…«, murmelte sie und zuckte mit den Achseln. Als Francky ins Büro zurückkam, zeigte er den heiteren Gesichtsausdruck eines Mannes, der soeben eine Wette gewonnen hat.

»Na also, das hätten wir geschafft.«

»Ich weiß nicht…«

»Aber ja. Der Mec betrügt seine Frau mit Émeline Jacob. Sie sagt ihm, dass sie Schluss machen will, und er reagiert seinen Frust an dem kleinen Hadrien ab.«

»Warum hat Émeline uns nichts davon erzählt?«

»Weil der Kleine ihr nichts davon gesagt hat. Aber das weiß Gilles nicht. Er versucht mit aller Macht, ihr Schuldgefühle zu machen, bedrängt sie am Telefon. Als sie nicht antwortet, dreht er durch. Er hat nicht nur seine Frau betrogen, sondern ist sogar gewalttätig gegen die Kinder geworden, die er so liebt. Die Chefin bestellt ihn ein, will mit ihm reden, ihn vielleicht rauswerfen. Et voilà, plötzlich geht alles den Bach hinunter!«

Francky saß hinter seinem Schreibtisch und freute sich diebisch.

»Nur leider können wir das nicht mehr überprüfen. Beide sind tot.«

»Wir haben die Zeugenaussage der Aushilfe, und wir können die Schulter des Jungen untersuchen lassen. Mit etwas Glück gibt es noch Spuren.«

Tomar war aufgestanden und trat an das große Fenster des Büros. Von hier aus sah er das Seine-Ufer und den Pont Saint-Michel gegenüber der Place du Châtelet. Alvarez hatte Glück gehabt, als er sich die Pförtnerwohnung unter den Nagel reißen konnte. Aber in wenigen Monaten würde er das Panorama der Dächer von Paris gegen den Blick auf die Baustelle des Palais de Justice eintauschen.

»Wollen wir den Jungen untersuchen lassen? Wenn wir es geschickt anstellen, kann das in der Schule vorgenommen werden. Wir müssen ihn nicht mal vorladen.«

Vor dem Gebäude der 36 trat die eingemummelte Marie-Thomas auf den Bürgersteig und machte sich auf den Weg in Richtung Boulevard du Palais.

»In Ordnung«, antwortete Tomar, ohne den Blick von der Straße abzuwenden.

Marie-Thomas war auf den Zebrastreifen getreten, obwohl die Autos grün hatten. Ein Taxi bremste abrupt, um ihr auszuweichen. Der Fahrer fuhr das Fenster herunter und beschimpfte sie. Ohne ihn eines Blickes zu würdigen, setzte sie ihren Weg fort und verschwand hinter der Ecke der Uferstraße, die zur Île Saint-Louis führte. Tomar drehte sich zur Bürotür um.

»Was meinst du, auf welcher Höhe befindet sich dieser Balken?«

»Keine Ahnung. Ein Meter fünfundsiebzig vielleicht? Warum fragst du?«

Tomar schwieg. Irgendetwas stimmte mit dieser Marie-Thomas Petit nicht.

31

Drei Uhr morgens, und noch immer fand Rhonda keinen Schlaf. Trotz der Kälte hatte sie das Schlafzimmerfenster geöffnet, und zwischen den Holzstreben der Fensterläden drang diffuses Licht vom Hof in den Raum herein. Die Worte, die sie den ganzen Tag über in ihren Protokollen festgehalten hatte, vermischten sich zu einer endlosen Litanei. Ihr Gehirn weigerte sich, der Erschöpfung nachzugeben, den unaufhörlichen Strom von Informationen, Bildern und Geräuschen abzuschalten, damit sie sich beruhigen konnte, und sei es nur für wenige Stunden. Der Film des Tages wich nach und nach unzusammenhängenden Erinnerungen an die Ereignisse der Wochen. Die Anschläge, die Atmosphäre von Lähmung und Zorn, die Aufregung ihrer Kollegen von der Antiterroreinheit und die seltsame Resignation, mit der schließlich alle in ihr altes Leben zurückkehrten, als wäre nichts passiert. Rhonda war mit neunzehn Jahren nach Paris gekommen, weil sie die Polizeischule besuchen wollte. Soweit sie sich erinnern konnte, hatte sie diesen Beruf schon immer ergreifen wollen. Man sollte sich niemals über kleine Mädchen lustig machen, die Cowboy spielen, die Schneekönigin hassen und heimlich ihre rosafarbene Kleidung zerreißen, während sie davon träumen, einen Streifenwagen zu fahren. »Ein Mädchen, an dem ein Junge verloren gegangen ist – ein wohlgeratenes Mädchen«, hatte sie einmal auf dem

Titel einer Illustrierten gelesen. Sie hatte Mut gebraucht, um sich in diese alte Macho-Institution zu wagen, diese Bastion des männlichen Egos, die sich Polizei nannte. Als sie im Examen steckte, wirkte sich die gesetzliche Quotenregelung zum Nachteil der jungen Frauen aus. Sie brauchten durchschnittlich siebzehn von zwanzig Punkten, um zugelassen zu werden, während ihre männlichen Kollegen nur gewöhnliche neun Punkte vorweisen mussten. Rhonda hatte das als zusätzliche Herausforderung betrachtet, und es war ihr gelungen, im Schnitt achtzehn Punkte zu erlangen, was sie an die Spitze des Jahrgangs katapultierte, der – natürlich – *paritätisch* aus fünf Männern und fünf Frauen bestand. Was dann kam, war nicht einfacher. *Die Polizei – eine Männerdomäne*, das war mehr als nur ein Slogan. Es lag in der DNA ihrer Kollegen, Rhonda als Bedrohung ihrer Männlichkeit zu betrachten. In den ersten Dienstjahren, zunächst in Uniform auf der Straße, dann als Beamtin der Kripo, war sie regelmäßig mit den Klischeevorstellungen und dem Unwillen der alten Hasen konfrontiert worden. Doch später hatte die Atmosphäre sich immer mehr entspannt, parallel zur Entwicklung der Gesellschaft. Bislang ausschließlich Männern vorbehaltene Berufe gaben dem Druck weiblicher Arbeitskräfte nach, die über Grips und Diplome verfügten. Nach und nach veränderte sich die allgemeine Denkweise. Zum Glück setzte sich allmählich die Überzeugung durch, dass eine Frau niemandem den Platz wegnahm, wenn sie einen vormals Männern vorbehaltenen Beruf ausübte. Den Unterschied hatte sie in der Nummer 36 deutlich gespürt. Die Mordkommission war eine ehrwürdige Institution, eine Festung, erbaut auf den Schultern eines Bataillons ehrwürdiger Polizisten. Aber sie waren eben vor allem Polizisten und erst in zweiter Linie Männer oder Frauen. Jeder Ermittler der Kommission respektierte seine Kollegen wegen ihrer Fähigkeiten, ihres Engagements und der Opferbereitschaft für den Beruf. *Warum wolltest du Polizistin werden?* Diese Worte standen auf einer Karteikarte, die Tomar in einen Umschlag gesteckt und ihr überreicht hatte, als sie in die Gruppe Khan eingetreten war. Eine Initiationsfrage, die ausnahmslos jedes Mitglied der Gruppe beantworten musste. Die Antwort wurde auf die Rückseite der Karte geschrieben und der Briefumschlag versiegelt. Niemand hatte Zugang dazu, die Antwort blieb ein persönliches philosophisches Vermächtnis. »Sie sind wie Leuchttürme im Sturm«, hatte Tomar eines Nachts zu ihr gesagt, als sie ihn wegen seiner Vorliebe für Rituale geneckt hatte. Warum also wollte sich die kleine Rhonda Lamarck, Tochter eines Einzelhändlers am Stadtrand von Caen, ein solches Leben antun? Keine Vorbilder in der Familie und keine Tradition, die fortbestehen musste. Keine besondere politische Überzeugung. »Ich tue es für Frankreich«, hatte Francky eines Tages scherzhaft gesagt. Kein übersteigerter Gerechtigkeitssinn oder der Wunsch, stets straffrei davonzukommen. Nein ... Rhonda hatte lange über ihrem Kärtchen gegrübelt, bevor sie die Antwort niederschrieb. *Weil es mir gefällt.* Seit der Zeit ihrer Kinderspiele bis zur schwierigen Arbeit als Ermittlerin hatte sie nie den Spaß daran verloren, Ganoven und Diebe zu jagen, kleine Betrüger, später dann Schwerverbrecher und Mörder. Sie liebte ihren Beruf, und sie liebte ihr Leben, obwohl es von außen betrachtet beängstigend wirken konnte. Ihre Schwester hielt sie für eine Irre, die sich nach und nach selbst zerstörte.

Was sie hingegen auf einem Holzregal in Alvarez' Büro gesehen hatte, liebte sie überhaupt nicht. Nach der Mittagspause, als die Jungs losgegangen waren, um sich einen Kaffee aus der Maschine zu ziehen, war Rhonda allein in der kleinen Mansardenwohnung im fünften Stock zurückgeblieben. Sie hatte das kleine gelbe Post-it bemerkt, auf dem mit Leuchtstift der Name Robert Müller geschrieben stand. Dieser Name war ihr wohlbekannt, und er hatte sofort ihre Aufmerksamkeit erregt. Dort lagen ein Stapel Erfassungsbögen, überwiegend zur Spurensicherung, ein paar Vernehmungsprotokolle und eine Tatortbeschreibung. Aber es gab auch einen versiegelten Kunststoffbeutel, in dem sich ein kleines Messer mit gekrümmter Klinge befand. Dieses Beweisstück hatte im Büro der Mordkommission nichts zu suchen, sondern hätte in einem speziellen Schrank unter Verschluss gehalten werden müssen, so lautete die Vorschrift. Aber Größe und Form des Messers hatten Rhonda stutzig gemacht, sodass sie die Tüte genommen und den Gegenstand genau betrachtet hatte. Auf dem Griff aus dunklem Holz war ein eingraviertes Symbol zu sehen – ein Stern in einem Kreis. Sie fröstelte, als sie sich in die Akte vertiefte und die Seiten des Berichts überflog, den Alvarez dort zwischengelagert hatte. Robert Müller, rückfälliger Vergewaltiger, tot im Wald von Montmorency aufgefunden, nachdem er zuvor offensichtlich gefoltert worden war. Vom Angreifer keine Spur, abgesehen von dem Messer, das fünf Meter von der Leiche entfernt inmitten von trockenem Laub gefunden worden war, in der Nähe eines frisch ausgehobenen Lochs. Robert Müller. Sie erinnerte sich noch genau, wer ihr von ihm erzählt hatte. Als ein Windzug die Bürotür zuwarf, schrak sie hoch und brachte eilig alles wieder in Ordnung. Dann ging auch sie hinunter und gesellte sich mit einer Tasse Kaffee zu ihren Kollegen. Die Gespräche drehten sich um den Fall im Kindergarten und um Franckys neue Theorie – klar wie Kloßbrühe. Aber Rhonda konnte nicht folgen. Sie konnte an nichts anderes denken als an das Ikea-Regal, den versiegelten Beutel und das Messer mit der Gravur auf dem Holzgriff. Sie wusste, wem das Messer gehörte, und diese Erkenntnis raubte ihr den Schlaf.

32

Das dumpfe Geräusch von Handschuhen, die auf Leder trafen, vermischt mit dem Knirschen der Schuhe auf dem Bodenbelag aus PVC-Polyester-Schaum. Tomars massive Gestalt hob sich vor der Reihe von Boxsäcken ab, die mit dicken Ketten an Stahlträgern befestigt waren. Allein zwischen den von der Decke hängenden finsteren Körpern, griff Tomar seinen reglosen Gegner mit aller Kraft an. Mit schmalen Augen und hoch konzentrierter Miene schlug er zu, als hinge sein Leben davon ab, und lädierte sich an dem abgenutzten Leder die Fäuste. Die Sonne war gerade aufgegangen, und er hatte die Sporthalle als Erster betreten, um sich zu seiner wöchentlichen Verabredung mit Goran einzufinden. Aber sein Bruder war nicht gekommen. Nach dem Streit neulich abends war ihm die Lust auf das Training vergangen. Goran hatte ihn am Vorabend angerufen und ihn davon in Kenntnis gesetzt, dass es in Zukunft nicht mehr ausreichen werde, nur die Fäuste sprechen zu lassen. Und so musste Tomar auf dieses ersehnte Highlight verzichten, eins der wenigen, die er in den letzten Jahren mit seinem kleinen Bruder geteilt hatte. Er biss die Zähne zusammen und verdoppelte seine Anstrengungen. Der Boxsack nahm seine Schläge widerspruchslos hin, ein gefügiger Gegner, der nie zurückschlug.

Auch Tomar konnte gut einstecken. Von Geburt an hatte das Leben ihn wie einen Boxsack behandelt und war immer wieder auf ihn losgegangen. Die Sorglosigkeit einer *normalen* Kindheit hatte er nie kennengelernt. Er hatte sich mit einer dicken Schicht aus Muskeln und Prinzipien gepanzert, um dem Leiden zu entkommen und nie wieder Kälte und Angst ertragen zu müssen. Ein einziger Mensch war daran schuld: sein Vater. Diesen Mann hatte er von Anfang an gefürchtet, und sein Geist hatte sein Gesicht ausgelöscht, um es durch die gierige Fratze der Bestie zu ersetzen. Er war der Sohn eines Monsters, einer Kreatur, die nicht davor zurückschreckte, auf den eigenen Nachwuchs einzuschlagen, ihn in einen Keller zu sperren und ihm Licht und Fürsorge vorzuenthalten. Nicht einmal die Mutter hatte sein Martyrium verhindern können. Kälte und Angst waren sein Erbe und sein Fluch, und er hatte das Unwiderrufliche getan, um dem Labyrinth zu entkommen.

Aber Tomar spürte deutlich, dass seine Mühe umsonst war. Jeffs Rückkehr war der Beweis dafür. Das Gebäude konnte jederzeit einstürzen wie ein Kartenhaus. Die Mauern hatten bereits Risse bekommen.

Der Schweiß zeichnete dunkle Flecken auf sein Sweatshirt, lief ihm in die Augen und zwang ihn zum Blinzeln. Jeff war zurückgekehrt und schickte sich an, alles zu zerstören, was Tomar in jahrelanger Arbeit aufgebaut hatte. Wenn er das Vertrauen seines Bruders verlor, dieses kleinen Jungen, der sich in seiner Haut nie wohlgefühlt hatte und den er seit seiner Geburt beschützte, dann hatte er alles verloren.

Jeff war eine Gefahr, eine Bombe mit Zeitzünder, die dicht vor seiner Nase hochgehen konnte. Er war unberechenbar und würde Gleiches mit Gleichem vergelten, bis er bekam, wonach er verlangte. Ein Gegner, den man mit dem Gesicht am Boden liegen lässt, um sicher zu sein, dass er sich nicht wieder erhebt.

Tomar drehte sich zur Seite, um eine Reihe von Aufwärtshaken zu landen, unter denen der Boxsack sich verformte.

»Nicht schlecht, Meister.«

Berthiers tiefe Stimme wehte durch die Sporthalle und setzte der Attacke ein Ende.

»Wenn du weiter so auf das Ding einprügelst, ruinierst du dir noch die Hände.«

Berthier stand da und beobachtete ihn, den Ellbogen auf den Pfosten der Treppe gestützt, die zum Ring führte. Das senkrecht von oben einfallende Licht verlieh dem faltigen Gesicht und dem in Wirbeln vom Kopf abstehenden weißen Haar einen besonderen Ernst.

»Bist du heute Morgen allein?«

»Goran kommt nicht.«

»Oh … ist der Pfaffe krank?«

Tomar antwortete nicht und machte Anstalten, sich die Handschuhe auszuziehen.

»Also gut … nach deinem Anruf von gestern glaube ich, dass es im Moment nicht viel zu lachen gibt.«

»Nein.«

»Bist du ihm begegnet?«

»Könnte man so sagen«, antwortete Tomar, legte seine Handschuhe auf den Boden und wickelte sich die Bandagen von den Händen.

»Und hast du mit ihm geredet?«

»Er ist nicht gekommen, um zu reden. Er will Kohle, das ist alles.«

Berthier seufzte, löste sich von dem Pfosten und kam auf Tomar zu.

»Wie viel?«

»Fünfzigtausend.«

»Verdammt! Der will's wirklich wissen. Was hat er denn mit so viel Geld vor? In seinem Alter sollte er sich nicht mehr von Nutten ausnehmen lassen.«

»So ist Jeff eben. Damit hätten wir rechnen müssen.«

Tomar erinnerte sich an den Wintertag, an dem Berthier ihm Jeff vorgestellt hatte. Er war gerade sechzehn geworden und begnügte sich damit, die Abmachung anzuhören, die sein Mentor ihm genau darlegte. Er starrte in die durchsichtigen blauen Augen des Mannes, der die Identität der Bestie annehmen würde, wenigstens in den Augen der Welt. Nur Berthier, Ara und er selbst kannten die Wahrheit, und seit einigen Jahren wusste auch Zellale Bescheid. Jeff hatte sich fast dreißig Jahre lang damit zufriedengegeben, Kohle von ihm zu kassieren, bis zu diesem Tag …

Berthier ließ sich neben Tomar nieder und betrachtete ein gerahmtes Poster. Darauf war die Gestalt eines Boxers zu sehen, eines Italieners mit kurz geschnittenem braunem Haar, zweifellos Jake LaMotta, the Raging Bull, der Scorsese als Inspiration für einen Film gedient hatte.

»Nun denn … Dann bleibt uns vermutlich keine andere Wahl.«

»Was willst du damit sagen, Berthier?«

»Die Kohle. Entweder wir geben sie ihm, oder wir müssen Goran alles erzählen.«

Schmerz durchbohrte Tomars Magen, kalt wie die Klinge eines Dolchs. Gestand er seinem Bruder, dass er gelogen hatte, ging er das Risiko ein, seine Liebe zu verlieren und gleichzeitig alle jene in Gefahr zu bringen, die ihm beim Bewahren des Geheimnisses geholfen hatten.

»Das ist unmöglich«, sagte er entschlossen.

»Nun, dann zahlen wir.«

»Und woher kriegen wir den Zaster? Du weißt doch, dass Polizisten keine dicken Sparkonten haben. Und ich glaube kaum, dass du in deinem Garten Goldbarren versteckst.«

»Ich besitze nicht mal einen Garten«, antwortete Berthier und strich sich die weißen Haare seines Ziegenbarts glatt.

»Also haben wir das Geld nicht, Ende der Durchsage.«

»Weiß deine Mutter Bescheid?«

Tomar nickte.

»Natürlich. Ara weiß immer alles«, stellte Berthier fest.

Tomar hatte die Sportsachen in seiner Tasche verstaut und gesellte sich wieder zu ihm.

»Wir regeln das unter uns«, sagte er leise.

»Mach keinen Scheiß, Tomar!«

»Er lässt mir keine andere Wahl. Ich kann nicht einfach herumsitzen und zusehen, wie er die Familie zerstört.«

»Fünfzigtausend Euro, die müssen doch aufzutreiben sein«, murmelte Berthier und seufzte.

»Ach ja? Und wo? Willst du bei der Bank einen Kredit aufnehmen? Oder lieber gleich eine überfallen?«

»Immer noch besser als das, was du da vorhast. Meinst du nicht?«

»Lass das mein Problem sein!«

»Es ist auch meins. Oder gehöre ich etwa nicht zur Familie?«

Tomar sah dem alten Mann in die Augen. Obwohl sie

dunkel waren, erkannte er das wohlwollende Leuchten darin, das seit ihrer ersten Begegnung dreißig Jahre zuvor niemals erloschen war. Er wandte den Blick ab, und Bobs kehlige Stimme klang ihm in den Ohren. Vatermord… Blut auf den Händen und den Ärmeln seines Sweatshirts. Zitternde Beine und Hitze, so intensiv, dass sein Gehirn zu verbrennen drohte. Es gab kein Entkommen. Berthier hatte ihm geholfen und sich um alles gekümmert. Ohne ihn würde er in einer Zelle verfaulen oder hätte vielleicht irgendwann den Mut gefunden, sich eine Kugel in den Kopf zu jagen. Auf jeden Fall verdankte Tomar ihm sein Leben.

»Hast du einen Vorschlag?«

»Ja, vielleicht«, antwortete Berthier und entblößte die Zähne zu einem raubtierhaften Lächeln.

33

Francky stieg die Stufen der Nummer 36 hoch. Er hielt ein mehrseitiges Dokument in Händen, das er aus dem Sekretariat der Zentrale abgeholt hatte. Der schulmedizinische Dienst war bereit gewesen, den kleinen Hadrien zu untersuchen, ohne den üblichen Rechtsweg zu beschreiten. Die Ärzte hatten gute Arbeit geleistet. Praktischerweise hatten Tomars alte Beziehungen zur Brigade für Jugendschutz den Vorgang beschleunigt. Ein schlichtes Telefonat hatte genügt, um ihnen eine Woche Rechtsweg zu ersparen. Dass die Leute der Polizei nach wie vor gern halfen, wenn es um Gewalttaten gegen Kinder ging, war irgendwie beruhigend. Francky war auf halbem Weg zum Büro, als ihm ein heftiger Schmerz durch den Körper fuhr. »Verdammtes Magengeschwür!«, grummelte er vor sich hin und erklomm die letzten Stufen. Er war fast fünfzig, und er war ein Flic, solange er denken konnte, aber allmählich machten sich die Jahre bemerkbar. Sein Kopf funktionierte noch sehr gut, die haarspalterische Arbeit machte ihm großen Spaß, aber sein Körper schwächelte. Zuerst waren es nur leichte Schmerzen in den Gelenken und zwischen den Schulterblättern gewesen, und jetzt war es der Magen, der nach jeder Mahlzeit brannte. »Du bist echt im Arsch, Francky«, war sein morgendliches Mantra vor dem Spiegel geworden. Seine Methode, die Angst vor dem Vergehen der Zeit zu bannen, die ihn nach und nach in den Untergang trieb. Vielleicht sollte er die Ratschläge in den Illustrierten befolgen. Ein bisschen Sport treiben, Bioprodukte essen, nicht mehr saufen wie ein Loch und auf die tägliche Dosis Nikotin verzichten. Aber Francky war das völlig egal. An irgendetwas würde er ohnehin sterben, warum also sollte er sich die Freuden des Lebens versagen? Um ein paar Jahre mehr auf der guten alten Mutter Erde zu verbringen? Um *was* genau damit anzufangen? Manche Menschen hatten Freunde oder Familie, Menschen jedenfalls, die ihnen nahestanden und sie liebten. Darum hatten sie Gründe, sich an ihre Existenz zu klammern wie eine Miesmuschel an den Fels. Francky gehörte nicht zu diesen Menschen. Es war ihm nie gelungen, ein wie auch immer geartetes Sozialleben zu pflegen, abgesehen von seiner Arbeit, die ihn viel zu sehr mit Beschlag belegte. Seine einzige Leidenschaft war der Modellbau. Er interessierte sich brennend für Modelle, besonders für Flugzeuge, und verbrachte seine Wochenenden damit, sich seine eigene Miniaturwelt zu bauen. Diese Arbeit verlangte Geduld, Genauigkeit und eine gute Portion Gelassenheit. Genau die Eigenschaften, die ihn auch zu einem hervorragenden Polizisten machten. Sobald ein Modell fertig war, stellte er es in eine der Vitrinen, die die Wände seiner kleinen Wohnung bedeckten. Einige Flugzeuge, die ältesten, waren die einzige Deko auf den Möbelstücken. Und dann gab es noch das Modell der Spitfire Mk1, das über seinem Bett hing. Den Bausatz hatte ihm sein Vater zum sechzehnten Geburtstag geschenkt, und er hatte sich nie von dem Modell getrennt. Manchmal fragte sich Francky, warum er ausgerechnet Flugzeuge sammelte. Vielleicht deshalb, weil sie ihn weit von seinem kleinen Leben eines Pariser Flics forttrugen. Über riesige

Ozeane, in denen kleine Inseln mit türkisblauen Lagunen lagen. Der Schmerz stieg ihm aus dem Magen brennend in die Kehle. Mechanisch schluckte er den Speichel hinunter, um das Feuer zu löschen. Der Schmerz aber flackerte nur wieder auf. Verdammtes Magengeschwür!, dachte er wieder und stieß die Tür zur Gruppe Khan auf. Sämtliche Kollegen saßen an ihren Plätzen. Dino verfasste die Protokolle und blickte konzentriert auf den Bildschirm, Tomar betrachtete geistesabwesend die Fotos an der Pinnwand. Nur Rhonda bemerkte, dass er hereinkam, und blickte von ihrer Tastatur auf. Sie schien einen schlechten Tag zu haben. Ihr Gesicht wirkte müde. Tiefe Ringe lagen unter ihren Augen, und der sorgfältig frisierte neue Haarschnitt hatte sich in einen winzigen Chignon verwandelt, den sie auf dem Kopf festgesteckt hatte, um sich nicht kämmen zu müssen. Francky nahm all diese Einzelheiten wahr, das war sein Job. Er wusste zum Beispiel, dass Rhonda und Tomar seit einiger Zeit miteinander schliefen. Und ihren Wortwechseln im Büro nach zu urteilen war ihre Beziehung nicht gerade entspannt. Francky hatte es nie geschafft, einen Menschen dauerhaft in seinem Leben zu behalten. Frauen hatte er genug kennengelernt, aber die richtige war nicht dabei gewesen. Also war nach und nach dieser von Modellen umgebene Junggeselle aus ihm geworden, der ansonsten nur noch an seinem Beruf als Polizist hing. Tatsächlich hatte er sich selbst nie eine Chance gegeben, etwas daran zu ändern. Die Liebe, das Leben zu zweit, Urlaub als Liebespaar, Pläne für die Familie … all das war nichts für ihn.

»Was ist los, Francky?«, fragte Rhonda und runzelte die Stirn.

»Ach, ewig dieser Magen!«

»Du solltest wirklich mal zum Arzt gehen.«

»Ja, ja, ich weiß.«

Francky entfaltete das Blatt Papier, das er in der Hand hielt, und hob es vor das Gesicht.

»Das hier ist von den Schulärzten. Der kleine Hadrien Jacob hat einen beträchtlichen Bluterguss am linken Arm. Der Farbe nach zu urteilen ist er eine Woche alt, höchstens zwei Wochen. Das passt zu dem, was uns die Aushilfserzieherin erzählt hat.«

Tomar hatte sich zu Francky umgedreht und musterte ihn gedankenverloren.

»Nun, dann müssen wir dir heute Abend wohl einen ausgeben«, antwortete Dino.

»Ja, es ist tatsächlich so, wie ich vermutet habe. Gilles Lebrun schlägt den Kleinen, er kriegt den Laufpass, und *zack* – schreitet er zur Tat.«

»Und die Rabengestalt in der Metro?«

Tomars Frage versetzte der übertriebenen Begeisterung der anderen einen Dämpfer.

»Ich glaube, dass Gilles sich auf die Gleise geworfen hat. Er hat fünf Tage gebraucht, um es zu kapieren, und dann konnte er es nicht ertragen. Deinen Raben gibt es vielleicht gar nicht. Das ist vielleicht nur ein Irrer, der ihm was ins Ohr flüstern wollte. Oder er ist einfach gestolpert. Letztendlich haben wir keine Ahnung, was passiert ist«, antwortete Francky.

Daraufhin folgte ein unbehagliches Schweigen. Niemand wollte Tomars Bauchgefühl widersprechen, aber dieser Fall war leicht zu durchschauen. Und alle wussten, dass ihr Chef gern nach dem Haar in der Suppe suchte.

»Ich weiß nicht …«, sagte er mit ausdrucksloser Stimme.

»Also, was jetzt? Wenn ich den Bericht in die Akte aufnehmen soll, brauchen wir ein offizielles Gutachten.«

»Ich rufe den Richter an«, antwortete Tomar. »Habt ihr Marie-Thomas Petits Akte?«

»Ja, aber da steht nichts drin. Bei uns nicht und auch sonst nirgendwo. Nur die Personendaten, eine Adresse und ihr beruflicher Werdegang. Basta.«

»Übrigens, hast du dir die Frau angesehen? Die sieht nicht gerade nach einem genialen Verbrecherhirn aus«, warf Dino ein, um die Stimmung zu lockern.

»Mail mir die Daten!«, fiel Tomar ihm ins Wort.

»Alles klar. Und was mache ich mit Hadrien Jacob? Wollen wir ein Gutachten anfordern, und ich bereite schon mal die Akte für den Richter vor?«

Tomar stand vom Schreibtisch auf, öffnete das Velux-Fenster und atmete ein wenig frische Luft. Seine Männer kannten dieses kleine Ritual. Er führte es ihnen immer dann vor, wenn er von einer Sache nicht überzeugt war.

»Lasst uns noch ein bisschen warten!«

Francky verzog das Gesicht. Er hasste es, wenn sein Chef die offensichtlichen Fakten eines Falls leugnete. Zweifellos machte ihn genau das zu einem guten Ermittler. Trotzdem fragte er sich, wie sich jemand so lange der Wahrheit verweigern konnte. Als er sich wieder zu seinem Schreibtisch umdrehte, fing Francky, der König des Details, den merkwürdig besorgten Blick auf, mit dem Rhonda Tomar betrachtete. Die Affäre setzte ihr offensichtlich zu, oder die Beziehung der beiden ging bereits in die Brüche. Irgendwann hauen sie alle ab, dachte Francky und fuhr seinen Rechner hoch.

34

»On voit la dèche au Bangladesh«, trällerte Marie-Thomas vor sich hin, während sie einige dünne Arbeitshefte in ein Ablagefach aus Plastik stapelte. »Jeu d'roumains, jeux d'vilains, il est mort l'assassin«, sang sie und setzte den billigen Kopfhörer wieder auf, der für ihren breiten Wuschelkopf offensichtlich zu klein war. Hadriens Gruppenraum war in ein schönes Licht getaucht, das durch die Fensterfront zum Hof hereinfiel. Die Kinder waren in der Kantine, und ihr blieb eine gute halbe Stunde, um das Zimmer aufzuräumen, bevor die Bataillone kleiner Teufel für den Rest des Tages wieder hereinschneiten.

Als das Ablagefach wieder an seinem Platz stand, setzte Marie-Thomas den Kopfhörer ab, legte sich den Bügel um den Hals und schaltete ihr Handy stumm. Sie musste sich konzentrieren. Sie schob eine Hand in die Tasche ihrer blauen Bluse und holte das gewissenhaft ausgefüllte Formular heraus, um die Einträge noch einmal zu überprüfen. Dieses Versetzungsgesuch stellte sie fast acht Monate früher als vorgesehen. Eigentlich wechselte sie gewohnheitsmäßig alle anderthalb Jahre die Einrichtung. Die jüngsten Ereignisse zwangen sie jedoch zu einer Änderung ihrer Pläne. Es war ein Leichtes für sie, sich auf den emotionalen Schock durch den Tod der Leiterin und Gilles' Verschwinden zu berufen. Sie war nicht die Einzige, die darunter litt, und viele Kollegen argumentierten mit diesen Vorfällen, um den Kindergarten verlassen zu können. Das war der erträumte richtige Moment, um den Antrag zu stellen. Niemand würde Verdacht schöpfen, obwohl das Schuljahr noch nicht zu Ende war. Sie hatte sich für einen Füllfederhalter und türkisfarbene Tinte entschieden, weil ihre Schrift leicht zu lesen wäre, gleichzeitig aber auch etwas Kindliches, Harmloses bekam. Das unterstützte ihr Vorhaben vielleicht. Das arme Mädchen muss wirklich furchtbare Angst haben, würde irgendein Bürohengst auf den langen Gängen des Kultusministeriums denken. *Das arme Mädchen* überprüfte inzwischen jedes Feld des Antragsformulars. Auf keinen Fall durfte sie etwas vergessen, denn das hätte bedeutet, dass sich die weitere Bearbeitung verzögerte. Die Bullen trieben sich immer noch in der Nähe des Kindergartens herum, und obwohl Marie-Thomas sie mit ihrem Bericht über Hadriens Misshandlung verwirrt hatte, stellten die Beamten auch weiterhin eine mögliche Gefahr dar. Wie hatte es nur dazu kommen können? Gewöhnlich ließen sich ihre Pläne reibungslos in die Tat umsetzen. Millimetergenaue Perfektion, die nichts dem Zufall überließ. Es ging um *Matière grasse contre matière grise*, Fett gegen Verstand, so hieß es in dem Song von MC Solaar. Und das beschrieb recht gut die Art, wie Marie-Thomas andere Menschen betrachtete. Sie waren ihrer überlegenen Intelligenz einfach nicht gewachsen. Die Natur hatte die meisten nicht mit den notwendigen Werkzeugen ausgestattet. »Gilles, mein kleiner Gilles«, flüsterte sie, faltete das Formular zusammen und schob es in den Umschlag. Vor ziemlich genau sieben Monaten hatte sie ihn kennengelernt, um den 15. August herum. Wenige Wochen vor Schuljahresbeginn war das Betreuungspersonal zu einer vorbereitenden Besprechung einberufen worden, an der er als leitender Horterzieher teilgenommen hatte. Marie-Thomas hatte ihn sofort gemocht. Sie fand ihn attraktiv mit seinem kurz geschnittenen blonden Haar, dem leicht geröteten Teint und den großen grünen Augen. Das Auffälligste an ihm war sein breites Lächeln. Es entblößte die kleine Lücke zwischen seinen Vorderzähnen, mit der er wie eine menschliche Ausgabe von Pluto aussah. Gilles liebte Verkleidungen, führte den Kindern gern Zauberkunststücke vor und erhob niemals die Stimme, um sich Respekt zu verschaffen. *Ein barmherziger Samariter voller Sanftheit und Freundlichkeit,* hatte sie nach der Besprechung auf einem Zettel notiert. Marie-Thomas hatte nur eine halbe Stunde gebraucht, um mit ihm in Kontakt zu treten. Sie hatte sich auf dem Flur herumgetrieben, der zur Kantine führte, und ihn angesehen wie ein Rehkitz in höchster Bedrängnis oder als hätte sie sich im Wald der sieben Zwerge verirrt. Schließlich war er der Typ, der Bambi retten würde. »Kann ich Ihnen helfen?«, hatte er mit diesem einfältigen Lächeln gefragt und seine Zahnlücken entblößt. Ja, er hatte ihr geholfen, indem er zum zentralen Bestandteil ihres Plans geworden war. Ihn würde sie benutzen, um Unfrieden zwischen dem unwürdigen Paar zu stiften, das sich um Hadrien kümmerte, diesen vom Himmel gefallenen kleinen Engel. Mühelos hatte sie sich mit ihm angefreundet. Gilles hatte ein nahezu zwanghaftes Bedürfnis, ihr seine Ängste anzuvertrauen. Die kurz bevorstehende Geburt seines zweiten Kindes versetzte ihn in große Aufregung, und die harmlose Marie-Thomas schien die ideale Vertraute zu sein. Dass sie aussah wie eine asexuelle alte Jungfer, verhinderte jede Zweideutigkeit. Sie war die gute Freundin, die er nie gehabt hatte, die weibliche Sensibilität und das offene Ohr, von dem er träumte. Und so sprach Gilles irgendwann mit ihr über seine Ehe. Dass er seine Frau manchmal einfach nicht verstand, dass ihm die körperliche Beziehung zu ihr fehlte, dass er nur das Glück seiner Familie im Sinn hatte, dies aber nicht immer zum Ausdruck bringen konnte. Langsam, Schritt für Schritt, hatte Marie-Thomas ihre Begabung für geistige Beeinflussung angewendet. Schließlich wollte sie seine Triebe nicht bremsen. Dass ein Mann andere Frauen ansah, war völlig normal… Und Verlangen war ein wundervolles Gefühl. Innerlich jubilierte sie, ausgerechnet sie, die das alles nie kennengelernt hatte. Und dann war es bei einem Tag der offenen Tür im Hort zu dieser Begegnung mit Émeline Jacob gekommen. Die Kinder hatten sich verkleidet, und auch die Erwachsenen trugen ihre üblichen sozialen Masken. Gilles, der Clown mit den hellen Augen, den die Kinder liebten, Émeline, die Ballerina mit dem schlanken Körper und dem Katzenblick. Sie hatte die beiden einander vorgestellt, als ob nichts wäre, und Émeline plauderte drauflos, wie sehr ihr Sohn Gilles liebe. Marie-Thomas ebnete den beiden den Weg, indem sie dafür sorgte, dass sie allein in einem ungenutzten Klassenraum zurückblieben. Sie hatten einige Worte gewechselt, und schon kam die Sache ins Rollen. Eine Woche später erzählte ihr Gilles bereits von Émeline, und Marie-Thomas ermutigte ihn, ihr seine Empfindungen zu offenbaren. Wie wollte er glücklich werden, wenn er ständig seine Gefühle unterdrückte? Sie riet ihm nicht dazu, seine Frau zu betrügen, so plump ging sie nicht vor. Marie-Thomas begnügte sich damit, Zweifel zu säen, und überließ der menschlichen Natur den Rest. Diese so berechenbare Natur, an der es ihr selbst glücklicherweise mangelte. Um ihm angeblich einen Gefallen zu erweisen, suchte sie aus Hadriens Akte Émelines Handynummer für ihn heraus. Sie beruhigte sein Gewissen und erzählte ihm, die junge Mutter stehe kurz vor der Scheidung. Begierig sog er ihre Worte in sich auf, unfähig, seinen Trieben zu widerstehen. Sie manipulierte ihn wie die Schlange im Dschungelbuch: *Vertrau mir…*

Einige Wochen später trafen sich die beiden Turteltäubchen diskret in einem Hotel. Marie-Thomas hatte sich sogar bereit erklärt, Gilles' Frau gegenüber als Alibi zu dienen. Angeblich verbrachte Gilles den Abend mit ihr bei einem Umtrunk unter Kollegen. Und dann hatte der zweite Teil ihres Plans begonnen. Zunächst der anonyme Anruf beim gehörnten Ehemann. Unglaublich, was der Satz *Ihre Frau betrügt Sie* im Kopf eines Mannes alles auszulösen vermag. Selbst wenn der Mann kein eifersüchtiges Naturell besitzt.

Émelines Ehe war sehr bald endgültig in die Brüche gegangen, und sie hatte beschlossen, auch ihre Beziehung zu Gilles zu beenden. Marie-Thomas' erster Sieg über dieses unfähige Miststück von Mutter. Hadrien würde mit geschiedenen Eltern viel glücklicher leben, denn die wären gezwungen, sich nacheinander und einzeln um ihn zu kümmern, statt ihn gemeinsam zu übersehen. Aber damit war ihr Plan noch nicht erfüllt. Schließlich wusste sie genau, dass Hadriens Rettung einzig und allein darin bestand, dieser Familie entrissen und der Obhut einer speziellen Einrichtung übergeben zu werden. Dabei würde er die Zuneigung seiner Mutter verlieren, ein unwichtiges Detail, dafür aber in den Genuss der Wirksamkeit und Strenge einer Erziehung frei von jeglichem Gefühl kommen. Marie-Thomas war überzeugt, dass sie selbst einst von einer solchen Einrichtung gerettet worden wäre. Und genau das wünschte sie den kleinen Engeln, die ihren Weg kreuzten. Unglücklicherweise war ihre Planung aus dem Ruder gelaufen, als der dämliche Gilles beschlossen hatte, die Chefin zu erwürgen. Warum hatte er das getan? Zweifellos war der Grund in der Tatsache zu suchen, dass sowohl Marie-Thomas als auch Émeline ihn verlassen hatten. Sie verstand nicht, was ihn dazu getrieben hatte, sein Leben auf diese Art zu zerstören. Gilles war nur ein Werkzeug. Sie hatte ihn nach Gebrauch entsorgt, aber er hätte auch einfach als Werkzeug weiterleben können, anstatt einen solchen Schlamassel zu hinterlassen. Jetzt war sie gezwungen, ihre Versetzung zu beantragen, ohne die letzte Phase des Plans in die Tat umsetzen zu können. Aufgeregtes Geschrei drang von den Fluren des Kindergartens zu ihr herauf. Die Kinder kamen aus der Kantine. Bald würden sie sich alle auf dem Spielplatz eine halbe Stunde lang austoben, bevor sie wieder in ihre Gruppenräume zurückkehrten. Hadriens hübscher Blondschopf würde gleich auftauchen und ihren Tag erhellen. Sie musste einen Weg finden, ihn seiner Mutter zu entreißen, mochte es kosten, was es wollte.

35

GODIN. Fünf orangefarbene Leuchtbuchstaben, oben auf einem Turm befestigt, durchbrachen die Mauer der Nacht. Tomar war früher in seine Wohnung zurückgekehrt, um an der Akte von Marie-Thomas Petit zu arbeiten und über die Ereignisse nachzudenken, die sein Leben so durcheinandergebracht hatten. Plötzlich war der Winter über die Hauptstadt hereingebrochen. Nasse, eisige Kälte kroch den Menschen in die Knochen, sosehr sie sich auch warm zu halten versuchten. Tomar hasste Kälte. Zusätzlich zur Zentralheizung des Gebäudes hatte er drei Elektroheizkörper angeschlossen. Über diese krankhafte Kälteempfindlichkeit musste Ara immer schmunzeln, und sie machte sich einen Spaß daraus, ihn an seine Herkunft zu erinnern. »Du bist ein Wüstenkind, mein Sohn, du gehörst zum Volk der Karawanen.« Dieses Volk von Staatenlosen, das seit einer Ewigkeit um die Anerkennung als Nation kämpfte, hatte er immer für einen exotischen, weit entfernten Ursprung gehalten, der ihn letztendlich nichts mehr anging. Mit ungefähr dreißig war in ihm der Wunsch erwacht, mehr über seine Wurzeln zu erfahren. Aus Büchern hatte er sich Kenntnisse über die Geschichte der Kurden angeeignet. Und wenn sie in der Stimmung war, die Vergangenheit heraufzubeschwören, hatte er auch einiges aus dem Mund seiner Mutter erfahren. Als er in die Kultur und den Kampf seiner Vorfahren eingetaucht war, begriff er, dass ohne Hoffnung kein Kampf zu gewinnen war. Eine Zeit lang hatte ihm das geholfen, seine eigenen Kämpfe auszufechten. Während sich die Nacht auf die Stadt herabsenkte, erinnerte er sich an die Worte des Schlaflieds, das Ara ihm als Kind vorgesungen hatte.

Mögen deine Augen niemals traurig werden.
Schlaf, mein Kind, schlaf ein!
Mögen Wüste und Ebenen ein sanftes Kissen dir sein.
Schlaf, mein Kind, schlaf ein!
Schließ die Augen vor der Welt ein Weilchen.
Licht meiner Seele, Zauber meines Lebens,
wirst stets wertvoll für mich sein.
Schlaf ein, mein Kind, geh auf die Reise,
schmieg dich an der Engel goldene Schwingen.
Schlaf, mein Kind, es ist schon spät.
Die Nacht ist dunkel und die Welt so hart wie Stein.

Diese schlichten Worte, gesungen von einer liebenden Mutter, waren sein einziger Rückhalt inmitten der Dunkelheit und Kälte des Labyrinths. Aber vor der Bestie hatten sie ihn nicht beschützen können. Wer oder was wäre dazu je in der Lage gewesen?

Die Wohnung war in Dunkelheit getaucht. Nur vom Bildschirm des Laptops herüber zuckte kaltes Licht über sein Gesicht. Abermals las Tomar den von Francky verfassten Bericht durch. Ziemlich seltsame Frau, diese Marie-Thomas Petit. Auf den ersten Blick wirkte sie wie eine x-beliebige kleine Angestellte ohne Vorgeschichte, die ein normales, geregeltes Leben führte. Bei genauerem Hinsehen fiel Tomar aber auf, dass der Kindergarten in Fontenay die dritte Einrichtung war, in der sie innerhalb von vier Jahren arbeitete. Zwischen den beiden Versetzungsanträgen lagen exakt achtzehn Monate. Diese Gesuche waren eigentlich nichts Ungewöhnliches, sie waren das Schicksal vieler Behörden. Im Fall von Marie-Thomas Petit datierten die Anträge jedoch jeweils vom gleichen Tag des gleichen Monats. Ob es sich dabei um schlichten Zufall oder um Kalkül handelte – es machte Marie-Thomas jedenfalls auffälliger, als es ihr wahrscheinlich recht gewesen wäre. Und dann war da noch ihre Anhörung im Büro der Gruppe Alvarez. Abgesehen von ihrer seltsamen Aufmachung und der Statur einer Catcherin strahlte sie etwas merkwürdig Unechtes aus. Tomar hatte ein ausgeprägtes Talent zum Erahnen verborgener Gefühle. Vielleicht war es der sechste Sinn des Polizisten oder übersteigerte Sensibilität. Wie auch immer, jedenfalls war ihm diese Gabe bei Vernehmungen überaus nützlich. Im Fall von Marie-Thomas hatte er *nichts* empfunden. Es war nicht das übliche Nichts wie bei einem Zeugen, der sich nicht das Geringste vorzuwerfen hatte. Nein, hier spürte er ein abgründiges Nichts! Diese Frau strahlte absolut nichts aus. Weder Schmerz noch Mitgefühl, weder Angst noch Ruhelosigkeit – einfach gar nichts. Sie war so ruhig wie eine Leiche auf dem Tisch des Gerichtsmediziners. Dieses unangenehme Bild hatte sich ihm während der Anhörung unentwegt aufgedrängt. Marie-Thomas Petit schien eine wandelnde Leiche zu sein, ein Körper ohne Wärme. Es war nur ein Eindruck, aber er musste sich damit beschäftigen.

Tomar erhoffte sich zwar wenig davon, hatte aber trotzdem Termine mit den Leiterinnen der Kindergärten vereinbart, bei denen sie zuvor beschäftigt gewesen war. Sobald er dem seltsamen Gefühl auf den Grund gegangen war, konnte er den Fall zu den Akten legen und sich um den nächsten kümmern. Und genau das wünschten sich Francky und der Rest der Truppe. Zweifellos würde der Fall auch so sein Ende finden.

Jemand klingelte und klopfte mehrmals an die Tür. Tomar schloss seinen Laptop, durchquerte das Wohnzimmer und beugte sich vor, um durch den Spion zu blicken, dann öffnete er. Rhonda stand im Halbdunkel des Flurs, ihr kantig geschnittenes Haar war zerzaust und nass vom Regen. Ihr Gesicht wirkte angespannt, das Lächeln bereitete ihr sichtlich Mühe.

»Alles in Ordnung mit dir? Störe ich dich?«, fragte sie leise.

»Überhaupt nicht«, antwortete Tomar und forderte sie mit einer Geste zum Eintreten auf.

Lautlos durchquerten sie den Raum, und Tomar betrat die offene Küche, die sich an das Wohnzimmer anschloss. Auf der Arbeitsfläche aus Resopal standen ein großer schwarzer Plastikeimer mit ISO-Proteinpulver, das Tomar nach jedem Training einnahm, ein üppiger Obstkorb und ein Träger mit Wasserflaschen. All diese Dinge zeugten von seiner täglichen Diät. Tomar nahm zwei Kaffeebecher von Metallhaken über der Spüle und deutete mit einem Kopfnicken auf die Espressomaschine.

»Willst du einen?«

»Nein danke, ich habe meine Dosis schon im Büro eingenommen.«

Rhonda beobachtete das Hin und Her der Autos auf der Ringautobahn. Es war fast neunzehn Uhr, die alltägliche Hölle für jeden Pariser Autofahrer, der nach Hause fahren will.

»Hast du geschlafen?«, fragte sie schließlich verlegen.

»Nein, ich habe die Akte Petit durchgearbeitet. Und plötzlich war es dunkel.«

»Willst du gar nicht wissen, warum ich gekommen bin?«

»Das wirst du mir sicher gleich sagen.«

Dass Rhonda so herumdruckste, war ungewöhnlich. Tomar hatte keine Ahnung, was ihr zu schaffen machte, aber er spürte, dass es etwas Ernstes war. Wenn es um ihre Beziehung ging, war er auf das Schlimmste gefasst. Vielleicht hatte sie die Nase voll von seiner Unfähigkeit, die Situation zu klären.

Tomar goss sich heißen Kaffee in die Tasse und stellte sich zu ihr ans Wohnzimmerfenster. Noch immer blickte sie auf die Stadt und ergriff nun das Wort, ohne ihn anzusehen.

»Robert Müller. Sagt dir der Name etwas?«

Ihm stockte der Atem. Mit dieser Geraden hatte er nicht gerechnet.

»Das ist das Arschloch, das wir geschnappt haben und das der Richter laufen lassen musste«, antwortete er, um ihre Gedanken in eine andere Richtung zu lenken.

»Es ist die Akte, mit der Alvarez sich zurzeit beschäftigt. Der Mec, den wir mit ausgekugeltem Kiefergelenk im Wald von Montmorency gefunden haben.«

»Na und? Soll ich jetzt weinen?«

Rhonda wandte sich plötzlich um und sah Tomar unverwandt in die Augen. Er entdeckte Zorn in ihrem Blick.

Sie wusste also von Bob und seinem kleinen Ausflug in den Wald. Aber woher?

»Verarsch mich nicht, Tomar!«

Er starrte sie an, ohne zu antworten. Wozu leugnen angesichts dieser Augen von der Farbe gehärteten Stahls? Rhonda gehörte nicht zu den Menschen, die sich von Ausflüchten verwirren ließ. Sie verbaute ihm jeden Ausweg, zog nicht einmal in Betracht, dass er auch unschuldig sein konnte. Und noch hatte sie nicht alle Karten auf den Tisch gelegt.

»Neulich blieb ich ein bisschen länger in den Büroräumen im fünften Stock, und weißt du, was ich da in einem versiegelten Plastikbeutel gefunden habe? Dein Messer, Tomar, dein verdammtes Messer mit dem Kreis und dem Stern auf dem Griff.«

Bingo! Das war also der Grund für Rhondas Selbstsicherheit. Tomar warf sich insgeheim größte Unvorsichtigkeit vor. Warum hatte er bei der Rückkehr von seiner kleinen Expedition seinen Gürtel nicht überprüft? Wollte er etwa erwischt werden?

»Solche Messer gibt es jede Menge.«

»Aber nicht mit dem Symbol von Kurdistan auf dem Griff. Was hast du nur getan, verdammt? Warst du etwa derjenige, der Müller fertiggemacht hat?«

Tomar senkte den Blick und schwieg. Wenn sie gleich noch von ihm verlangte, dass er ihr sein Messer zeigte, war er endgültig überführt. Und genau das hatte sie vermutlich vor. Vielleicht konnte sie es ja einfach nicht glauben …

Er dachte an Bobs zerstörtes Gesicht. Daran, wie jener mehrmals gedroht hatte, dass Tomar noch von ihm hören werde. Das hatte dieses Arschloch mit seinen Worten also gemeint.

»Nun sag schon, was ist los? Der Richter lässt uns hängen, und du richtest den Kerl einfach selbst? Weißt du, welches Risiko du damit eingehst? Es handelt sich um vorsätzlichen Mord. Du sollst ihn sogar gefoltert haben.«

Es folgte ein langes Schweigen. Tomar starrte noch immer auf den Boden und biss die Zähne aufeinander.

»Jetzt sag doch mal was, verdammter Mist! Du stehst nicht über dem Gesetz und kannst nicht nach eigenem Gutdünken handeln. Wir sollen die Scheißkerle erwischen, aber nicht umbringen. Was soll ich denn jetzt tun?«

Am Ende des Satzes klang ihre Stimme verzweifelt, und Tomar empfand heftige Rührung angesichts dieses Liebesbeweises. Rhonda war nicht nur gekommen, um ihn zu warnen. Sie war aus Liebe gekommen. Am liebsten hätte er ihr alles erzählt, aber die Worte blieben ihm im Hals stecken. Wenn er sie ins Vertrauen zog, machte er sie zur Komplizin.

»Tu, was du tun musst«, sagte er und blickte ihr ins Gesicht.

Rhonda kam näher und berührte ihn zärtlich an der Schulter. Er glaubte, ihre Augen im Mondlicht glänzen zu sehen.

»Wenn ich rede, lassen sie dich fallen. Du weißt, dass Richter keine korrupten Flics mögen. Die Presse wird dich lynchen, und es gibt das reinste Gemetzel.«

»Ich bin nicht korrupt.«

»Du hast einen Menschen getötet, Tomar, du hast ihn totgeschlagen. Das ist noch schlimmer.«

»Ich habe ihn nicht getötet«, beteuerte er und löste sich von ihr.

Einige Minuten lang saß Rhonda nur da, mit blassem Gesicht und zusammengebissenen Zähnen. Tomar fand sie schön. Diese Frau bedeutete ihm etwas, aber er schaffte es nicht, ihr in seinem Herzen den verdienten Platz einzuräumen. Und jetzt verstrickte er sich in Lügen und stürzte in einen Abgrund, aus dem er nie wieder herauskäme. Neben allem anderen würde er auch sie verlieren.

»Erklär das mal dem Richter!«, sagte sie und ging zur Wohnungstür.

Bevor sie die Tür hinter sich schloss, blickte sie ihren Liebhaber ein letztes Mal an. Im Halbdunkel ähnelte er einem gehetzten, unendlich traurigen Tier.

36

Tomar saß im Saal des Cafés Le Marly in Neuilly-sur-Seine und wartete. In diesem piekfeinen Vorort gleich neben dem siebzehnten Arrondissement von Paris war Marie-Thomas Petit zuvor tätig gewesen. Die Leiterin des Kindergartens Roule hatte keinen Hehl daraus gemacht, wie sehr es sie erstaunte, dass ein Commandant der Polizei sie zu einer ehemaligen Kollegin befragen wollte. Die wenigen Einzelheiten, die sie über die Frau wusste, hatte sie an Tomar weitergegeben. Dabei wurde deutlich, dass sie Marie-Thomas aufgrund ihres Verhaltens und ihrer beruflichen Qualifikationen als ausgezeichnete Assistentin betrachtete. Angesichts seiner Hartnäckigkeit hatte sie sich bereit erklärt, seine Kontaktdaten an ihre Kollegen weiterzugeben. Das Ergebnis ließ nicht lange auf sich warten, denn noch am selben Tag bekam Tomar einen Anruf von einer gewissen Élodie Katz, Erzieherin in der Gruppe der Vier- bis Sechsjährigen. Am Klang ihrer Stimme bemerkte Tomar sofort, dass sie sich unbehaglich fühlte, und schlug ihr ein Treffen außerhalb der Einrichtung vor. »Hat sie etwas Schlimmes getan?«, fragte Élodie zögernd. Tomar beruhigte sie und behauptete, es handele sich nur um eine Routinebefragung, damit eine Akte geschlossen werden könne, die Marie-Thomas Petit nicht direkt betraf. Als sie verstanden hatte, dass ihre Zeugenaussage in keinem offiziellen Verfahren verwendet werden sollte, entspannte sich die junge

Erzieherin und war bereit, sich mit ihm in einem Café im Stadtzentrum zu treffen. Élodie Katz war ungefähr dreißig Jahre alt. Sie hatte langes kastanienbraunes Haar, das ihr in lockigen Strähnen über die Schultern fiel. Mit ihrer runden Brille sah sie wie ein strebsamer Teenager aus. Sie trug verwaschene Jeans, eine hellblaue Jacke und einen breiten Wollschal, der ihre Schultern bedeckte. Es war gerade zwölf Uhr, als sie die Tür zum Café aufstieß. Die ersten Mittagsgäste trafen ein und wollten das Aligot kosten. Das Käse-Kartoffel-Püree stand auf der Tageskarte. Tomar gab Élodie ein Zeichen, und mit geschmeidigen Schritten näherte sie sich seinem Tisch.

»Guten Tag, ich bin Élodie«, sagte sie und begrüßte ihn mit erstaunlich festem Händedruck.

»Tomar Khan. Ich hoffe, unser Treffen bringt Ihren Tagesablauf nicht allzu sehr durcheinander.«

Sie antwortete nicht sofort, sondern setzte sich ihm schräg gegenüber auf einen Stuhl und musterte ihn prüfend aus den Augenwinkeln.

»Überhaupt nicht, ich habe gerade Pause.«

»Wollen Sie etwas essen oder trinken?«

»Ja, ein grüner Tee wäre jetzt gut.«

Im Saal roch es intensiv nach Bratfett. Tomar drehte sich nach einem Kellner in schwarzem Anzug um und gab die Bestellung auf. Angesichts von Gästen, die nur wenig konsumierten, um die Mittagszeit aber einen Tisch blockierten, verzog der Mann genervt das Gesicht. Tomar registrierte es kaum, denn solche Mienen waren feste Bestandteile des Pariser Lebens.

»Danke erst mal, dass Sie bereit sind, mit mir zu reden«, fuhr er mit beruhigender Stimme fort.

»Das ist doch selbstverständlich, schließlich sind Sie von der Polizei.«

Das sagte sie einfach so, ohne etwas damit anzudeuten.

»Und ich versichere Ihnen nochmals, dass Ihre Zeugenaussage in keinem Protokoll auftauchen wird. Ich werde mich bei meinen Ermittlungen auch nicht auf Sie berufen.«

»Ach, wissen Sie, mir ist das ziemlich egal. Aber meine Chefin will nicht, dass die Polizei die Einrichtung betritt. Jeder Skandal soll vermieden werden.«

»Und warum sollte es einen Skandal geben?«

Élodie blickte eine Weile auf die Tischplatte, dann antwortete sie. »Nun ja, letztes Jahr hatten wir einen Riesenskandal.«

Erneut leuchtete irgendwo in Tomars Schädel das kleine rote Lämpchen auf. Seit ihrer Begegnung in Alvarez' Büroräumen war er überzeugt, dass Marie-Thomas ihnen etwas verheimlichte. Hatte er sich also nicht getäuscht?

»Erzählen Sie mir davon!«

»Da gibt es nicht viel zu erzählen. Die Mutter eines Kindes in meiner Gruppe hat sich umgebracht. Sie hat sich in der Toilette des Kindergartens erhängt.

»Und ist in der Sache ermittelt worden?«

»Die Polizei war da, aber dann ist nichts weiter passiert. Sie hinterließ einen Abschiedsbrief, in dem sie ihre Tat erklärte. Wir sind zwar nicht vollständig ins Bild gesetzt worden, aber es gab da so Gerüchte ...«

»Gerüchte?«, fragte Tomar nach und schrieb im Geist jedes Wort der jungen Erzieherin mit.

»Wie es scheint, war ihr Ehemann in einen Fall von Pädophilie verstrickt. Als seine Frau davon erfuhr, konnte sie es nicht ertragen.«

»Aber warum im Kindergarten? Inmitten so vieler Kinder?«

»Sie wollte ihren Sohn abholen, Timéo … Sie ging zur Toilette und …«

Der Kellner unterbrach sie, indem er ihnen lieblos und ohne jedes Taktgefühl Getränke und Rechnung servierte und sich gleich darauf lohnenderen Gästen zuwandte. Tomar trank einen Schluck und wartete, bis Élodie sich eine Tasse Tee eingegossen hatte.

»Aber was hat das mit Marie-Thomas Petit zu tun?«

»Bitte denken Sie nicht, dass ich sie beschuldigen will! Ich möchte Ihnen nur erklären, warum die Leiterin keine Polizei in unserem Kindergarten haben will. Die Einrichtung hat fast ein Jahr gebraucht, um sich von dieser Tragödie zu erholen.«

»Natürlich. Und was ist aus dem kleinen Timéo geworden?«

»Ich glaube, er wurde vorübergehend in einer Pflegefamilie untergebracht. Genau weiß ich es nicht.«

»Kannte Marie-Thomas Petit den Jungen?«

»Sie war der Gruppe als Assistentin zugeteilt worden. Sie kannte Timéo und seine Mutter sehr gut. Wissen Sie, wir mögen das eine oder andere Kind oft lieber als die anderen. Und so, wie Marie-Thomas mit Timéo sprach, sah sie ihn wohl als ihren Liebling an.«

»Das heißt?«

»Ich erinnere mich, dass sie ihn mehrmals *mein Engel* nannte. Nun ja, jeder Erzieherin kann es passieren, dass sie ein Kind so nennt, so was kommt häufiger vor. Aber Marie-Thomas hat nur Timéo so genannt.«

»Und deswegen haben Sie mich angerufen?«

Élodies Blick trübte sich. Ein schmerzhaftes Verlangen pochte irgendwo in ihr und wollte herausgelassen werden.

»Nein«, antwortete sie mit bewegter Stimme. »Ich habe Sie angerufen, weil ich … weil ich mich mit ihr gestritten habe.«

Tomar schwieg und wartete, bis Élodie ihre Fassung zurückgewonnen hatte. Was sie ihm erzählen wollte, hatte ein starkes emotionales Erlebnis wieder zum Leben erweckt.

»Also … ich habe in ihrer Gruppe gearbeitet, um eine Kollegin zu ersetzen. Die war krank und fehlte jede Woche mehrere Tage, weil sie sich einer Behandlung unterziehen musste. Mehr als zwanzig Kinder waren zu betreuen, und es gab nicht genug Assistentinnen, um jeder Erzieherin eine zur Seite zu stellen. Darum schlug ich der Chefin vor, Marie-Thomas in eine andere, vollere Gruppe zu versetzen. Und damit fing es an.«

Ihre Augen wurden feucht. Der Klang ihrer Stimme veränderte sich leicht, während ihr Tränen über die Wangen liefen.

»Was hat angefangen, Élodie?«

»Die Belästigungen. Zuerst nur auf dem Handy. Dutzende von Anrufen, Tag und Nacht, aber immer ohne Nachricht.«

»Und haben Sie die Anrufe angenommen?«

»Ja, aber der Anrufer hat nie etwas gesagt … ich habe nur jemanden atmen hören, aber es fiel kein einziges Wort.«

Sie zog die Papierserviette unter ihrer Tasse hervor und trocknete sich die Augen. Das rote Lämpchen in Tomars Kopf hatte sich in wildes Geflacker verwandelt, während sich die Einzelheiten in seinem Geist zu einem Ganzen formten. Marie-Thomas Petit, die in jeder Beziehung so anständig wirkende alte Jungfer, ähnelte immer mehr dem Raubtier, das er während der Anhörung in ihr zu erkennen geglaubt hatte. Eine Menschenfresserin, die auf jeden losging, der sich ihr in den Weg stellte, und Elodie war eines ihrer Opfer gewesen.

»Dann hatte ich abends das Gefühl, dass mir jemand folgt.«

»Haben Sie jemanden gesehen?«

»Nein, nie. Nur so ein unbehagliches Gefühl, als würde ich ständig beobachtet. Und dann war da dieses Klopfen …«

»Sind Sie angegriffen worden?«

»Nein, aber sie hat mitten in der Nacht bei mir geklingelt, und eines Abends ist sie sogar hochgekommen und hat an meine Tür geklopft.«

»Sie sagen *sie*. Heißt das, Sie tippen auf Marie-Thomas Petit?«

»Ich bin mir sogar sicher.«

»Und das alles wegen dieser Sache mit dem Gruppentausch? Das kommt mir übertrieben vor.«

Er musste Élodie unbedingt dazu bringen, dass sie ihren Verdacht begründete und ihm alles bis ins Detail erzählte.

»Ja, es ging um Timéo … ihren Timéo, den makellosen Engel. Indem ich dafür gesorgt hatte, dass sie eine andere Gruppe betreute, hatte ich ihn ihr quasi weggenommen. Und das wollte sie mir heimzahlen.«

Élodie fiel die Tasse aus der Hand. Sie landete hart auf dem Tisch, die Flüssigkeit tropfte auf den Boden.

»Ich … es tut mir leid.«

»Das macht nichts«, sagte Tomar und lächelte sie an.

»Halten Sie mich für verrückt? Glauben Sie, dass ich mir das alles nur einbilde?«

»Ich glaube, dass Sie große Angst hatten und diese Geschichte Ihnen immer noch nachgeht. Aber vielleicht war sie gar nicht diejenige, die ...«

Élodie beugte sich vor, ergriff Tomars Hand und schnitt ihm mit plötzlich energischer Stimme das Wort ab.

»Sie war es! Diese Frau ist böse. Wenn ich morgens in die Gruppe kam, habe ich es jedes Mal in ihren Augen gesehen. Sie hat mir den Tod gewünscht.«

Tomar schwieg. Noch immer tropfte der heiße Tee auf den Boden des Lokals. Für den Bruchteil einer Sekunde stellte er sich vor, wie Blutstropfen über einen Bahnsteig rollten. Er fragte sich, ob auch Gilles Lebrun Marie-Thomas für böse gehalten hatte, bevor er sich auf die Schienen warf. Élodies Aussage bestätigte seine Intuition – Marie-Thomas Petit war seine Hauptverdächtige geworden. Noch gab es keine konkreten Hinweise, die sie mit dem Mord an Madame Seydoux in Verbindung brachten. Trotzdem wusste er, dass sie auf irgendeine Weise damit zu tun hatte. Er hatte den Stein angehoben und eine weitere Todesspur entdeckt. Vielleicht war diese Spur hier noch nicht zu Ende ... In der Tasche seines Militärparkas vibrierte es, und er holte sein Handy heraus. Auf dem Startdisplay war eine SMS-Blase zu sehen.

Berthier: Jetzt oder nie!

37

Plattenbauten, zehnstöckige Gebäude aus Beton, verteilten sich längs der Alleen und bildeten die Form eines Spinnennetzes. Die begrünte Siedlung in dem kleinen Vorort namens Seine-Saint-Denis war weder die hässlichste noch die baufälligste der Gegend. Der Bereich mit den Einfamilienhäusern im Mittelpunkt des Netzes vermittelte sogar die Illusion einer Oase des Friedens, in der es sich gut leben ließ. Doch während Tomar die ungefähr zwanzig Kilometer zurücklegte, die das großbürgerliche Neuilly von diesem Bezirk in unmittelbarer Nähe von Stains trennten, war ihm bewusst, dass er sich auf ein völlig anderes Terrain begab. Der Norden von Paris war historisch gesehen die Wiege aller Machenschaften, die den Anwohnern und der Polizei das Leben schwer machten. Dieser Stadtteil war fruchtbarer Boden für jede Art von Kleinkriminalität, die sich später zu echten Verbrechen auswachsen und auf größere Gebiete ausdehnen konnte. Berthier hatte sich mit Tomar vor einem Hochhaus des sozialen Wohnungsbaus verabredet und wartete in seinem Wagen auf ihn, einem eckigen 700er Volvo, Baujahr 1980, den er hingebungsvoll pflegte. Tomar hatte seine Triumph unter einer kahlen alten Eiche abgestellt. Normalerweise hätte er sich die Zeit genommen, das u-förmige Schloss zwischen die Speichen zu stecken, aber an diesem Tag war es besser, das Motorrad nicht abzuschließen. Nur für den Fall, dass sie überstürzt aufbrechen mussten. Er rückte sich die große schwarze Stofftasche auf der Schulter zurecht und legte die zehn Meter, die ihn noch von Berthiers Auto trennten, zu Fuß zurück.

»Hast du dabei, worum ich dich gebeten habe?«, schnauzte Berthier ihn in tiefem Bariton an.

Tomar öffnete den Reißverschluss der Stofftasche, und zwei Pumpguns Kaliber 12 sowie eine Brechstange kamen zum Vorschein.

»Wo hast du die her?«

»Aus dem Schrank der Zivilen Einsatzgruppe.«

»In Ordnung.«

Berthier trug einen schwarzen Kampfanzug, einen Rollkragenpulli und seinen Wollmantel, dessen Kragen er hochgestellt hatte. Der perfekte Aufzug für einen bewaffneten Überfall.

»Was hast du vor, Berthier? Was soll der Quatsch?«, fragte Tomar und sah zu, wie sein Mentor sich ein Dockercap aufsetzte.

»Wir brauchen das Geld. Es darf einfach nicht passieren, dass dieses Arschloch uns in der Hand hat, und umlegen werden wir ihn auch nicht. Alles klar?«

Tomar nickte nur. Er hätte durchaus Lust verspürt, diesem Dreckskerl Jeff endgültig das Maul zu stopfen.

»Also habe ich etwas ausgesucht, wo wir uns bedienen können, ohne dass jemand etwas vermisst – das Warenlager eines Drogenrings«, erklärte er und strich sich den Ziegenbart glatt, während er Tomar schief anlächelte.

»Bist du verrückt geworden? Hast du deshalb von mir verlangt, dass ich mit solchen Geschützen anrücke? Mann, Berthier, das gibt richtig Ärger!«

»Nicht, wenn wir es geschickt anstellen. Du weißt doch, ich habe noch Kumpels bei der Drogenfahndung. Hier ist es schön ruhig. Ein richtiges kleines Paradies für Gangster, die sich absetzen wollen. Keine Wachhunde, niemand, der rumschnüffelt. Wir müssen nur reingehen, einpacken und wieder rauskommen.«

»Was genau ist der Plan?«

»Siehst du das Gebäude gegenüber?«, fragte Berthier und deutete auf einen zweihundert Meter langen Betonklotz, bis zu den Grundmauern mit Graffiti besprüht. Darüber erhoben sich zehn Etagen mit Sozialwohnungen, in denen Familien ohne große Hoffnung für die Zukunft zusammengepfercht waren. »Es gibt dort einen Keller mit einer Einzelgarage, die als Depot dient. Da lagern die Bosse gemeinschaftlich ihr Zeug.«

»Ist bestimmt nur Munition. Interessiert mich nicht.«

»Nein, es gibt auch eine Kasse. Daraus bezahlen die Jungs die Trinkgelder. Und fünfzigtausend sind für die genau das – Trinkgelder.«

Tomar schwieg. Er wusste, dass Berthier recht hatte. Bei Geld aus Waffen- oder Drogengeschäften wurden die anständigsten Beamten schwach. So viel von diesem Geld befand sich im Umlauf, dass alle den Überblick verloren hatten.

»Wir beklauen einen Scheißkerl, um einem anderen Scheißkerl Geld zu geben. Ich bin zwar kein Buddhist, aber das ist garantiert gut für unser Karma«, sagte Berthier und grinste verschlagen.

»Kann schon sein. Aber was machen wir, wenn die Sache nach hinten losgeht? Wir können doch nicht einfach drauflosballern«, entgegnete Tomar, noch immer nicht überzeugt.

»Wir müssen keinen einzigen Schuss abgeben. Schlimmstenfalls verlieren wir ein paar Zähne, aber das ist im Grunde egal … die kann man ersetzen.«

Berthier wirkte vollkommen selbstsicher. Jetzt starrte er Tomar mit diesem durchdringenden Blick an, den er in entscheidenden Momenten immer hatte.

Tomar stieß einen tiefen Seufzer aus. Der Plan war riskant. Bei der kleinsten Komplikation säße ihnen das ganze Viertel im Nacken. Andererseits wusste er, dass Jeff vor nichts zurückschreckte, um an sein Geld zu kommen. Und im Augenblick musste er ihn von Goran fernhalten. Um Jeff würde er sich später kümmern, auf seine Art. Er wechselte einen langen Blick mit Berthier, dessen dunkle Augen intensiver zu funkeln schienen als je zuvor.

»Also gut, ich bin dabei«, sagte er und zog den Reißverschluss seiner Tasche zu.

38

»Dort entlang, nach rechts!«

Berthier hielt ein Stück Papier in der Hand. Darauf hatte er den Weg skizziert, der sie zu dem Versteck führen sollte. Der Keller der Wohnanlage bestand aus einem Netz enger Flure. Sie zweigten von einem großen Mittelgang ab, von dem aus man Zugang zu den Treppenhäusern der verschiedenen Wohnblocks hatte. Der Boden und die Wände aus Beton sahen aus, als führten sie zu einem stillgelegten, verfallenen Gefängnis. Tomar und Berthier waren durch einen Teil des Gebäudes eingetreten, zu dem Berthier einen Schlüssel und einen Transponder besaß. Noch ein Geschenk seines Kumpels bei der Drogenfahndung. Solche Verstecke waren den Polizeirevieren vor Ort meistens bekannt. Irgendein Nachbar oder Konkurrent war immer bereit zu singen, und Keller voller Waffen oder Drogen gab es zu Dutzenden im Großraum Paris. Sie ausfindig zu machen war nicht das Problem. Vielmehr bedurfte es rechtlicher und praktischer Mittel, um den Inhalt zu beschlagnahmen. Der nach den Anschlägen im November verhängte Ausnahmezustand verkürzte zwar manche Verfahrenswege, aber der größte Teil der Mittel wurde für die Terrorbekämpfung eingesetzt. Und so besaßen Bandenführer nach wie vor ziemlich viel Handlungsfreiheit.

»Bist du sicher, dass die ihr Zeug nicht inzwischen

anderswo untergebracht haben?«, fragte Tomar und studierte aufmerksam die Skizze.

»Die Info soll ganz frisch sein. Dort vorn biegen wir ab.« Sie waren an einem Knotenpunkt im Netz der Flure angekommen. Sie nahmen den Gang, der nach rechts führte, und landeten in einer Sackgasse, an deren Ende sich auf beiden Seiten je eine Tür befand.

»Es ist die rechte«, sagte Berthier und wies auf eine dicke Stahltür.

»Mist, die ist gepanzert!«

»Keine Sorge.«

Berthier stützte ein Knie auf den Boden und öffnete den schwarzen Rucksack, den er seit Beginn ihrer Expedition über der Schulter getragen hatte. Er holte einen Plastikkasten heraus, in dem ein Akkuschrauber und drei Ersatzbatterien lagen.

»Ich fürchte, damit veranstalten wir einen Mordslärm.«

»Kann uns egal sein. Bisher ist uns niemand begegnet.«

Berthier hatte recht. Die Hausbewohner waren beunruhigt über gewisse Vorgänge, die sich hier unten abspielten, und betraten den Bereich wahrscheinlich nur selten. Tomar postierte sich an der Ecke zum Flur, um Schmiere zu stehen, während Berthier ein Bit in den Aufsatz schraubte. Es dauerte keine fünf Minuten, den Schlosszylinder zu durchbohren und ihn herauszusprengen. Das Licht ging aus, und Tomar musste seinen Posten verlassen, um einen Schalter zu finden. Klirrend landete das Schloss mit der Rückseite auf dem Kellerboden, und die Tür schwang auf.

»Genialer Drogenboss! Von Sicherheit hat der nicht die blasseste Ahnung. Kein Schild, kein Zylinderschutz – ist überhaupt kein Problem, so was aufzubohren.«

»Wo hast du das gelernt?«

»Was glaubst du denn? In der Präfektur natürlich.«

Lachend kehrte Tomar zu Berthier zurück, der sein Werkzeug schon wieder einpackte. Er hielt den Kolben seiner gesicherten Pumpgun an die Brust gedrückt, den Finger verkrampft am Abzug, gegen jede Überraschung gefeit. In dem Kellerraum hatte jemand Stapel von Kartons und Holzkisten eingelagert. Tomar benutzte die Brechstange, um das Vorhängeschloss an einer der Kisten zu öffnen, und entdeckte eine komplette Ladung Kriegswaffen – Kalaschnikows, Pumpguns und eine Unmenge 9-mm-Pistolen. Dieser Raum diente einem ganzen Dealerring als Lager, und die Waffen wurden vermutlich bei Auseinandersetzungen zwischen Banden eingesetzt. Sie hatten es mit einem dicken Fisch zu tun. Irgendwie kommt mir das alles zu einfach vor, dachte Tomar.

»Auf jeden Fall müssen wir den Jungs von der Brigade zur Bekämpfung der Bandenkriminalität Bescheid sagen, damit die hier alles noch mal durchkämmen. Allmählich riecht das nach was Größerem«, brummte Berthier und schob einen Stapel Kartons beiseite, um in eine Ecke des Kellers zu gelangen. Und dort fand er, wonach sie suchten.

Er stand vor einem Gitterschrank aus Metall, der mit einem Zahlenschloss gesichert war.

»Gib mir die Stange!«

Tomar leistete Berthiers Bitte Folge, und das Schloss explodierte unter der Gewalt des Kuhfußes. Berthier öffnete die Tür und entdeckte eine lange Reihe gebündelter Fünfzigeuroscheine.

»Das sind mindestens hunderttausend Euro.«

Er öffnete seine Tasche und stapelte die Bündel aufeinander.

Die Waffen, das Geld, alles befand sich in ihrer Reichweite wie Spielzeuge unter einem Weihnachtsbaum. Tomar konnte nicht glauben, dass diese Schatzkammer, die ihn an Ali Baba und die vierzig Räuber erinnerte, nicht im Geringsten gesichert war. In jedem Winkel suchte er nach dem Detail, das dieses Märchen in einen Albtraum verwandeln würde. Plötzlich stieß er mit dem Fuß gegen eine kleine Plastikleiste gleich neben der Tür. Als er sich bückte, bemerkte er, dass zwei Befestigungsschrauben herausgefallen waren, und schob die Finger hinter die Leiste, um sie von der Wand zu lösen. Von der Leiste verdeckt, lief ein dickes Elektrokabel über den Boden. In Tomars Kopf ging der Alarm los, und er verschob die Kartons, um dem Verlauf der Abdeckung bis zur gegenüberliegenden Ecke zu folgen, in der sich Berthier aufhielt. Genau dort knickte die Leiste rechtwinklig ab und verlief an der Wand entlang bis unter die Decke. Und jetzt bemerkte Tomar auch eine Holzkiste, die sich knapp unterhalb der Decke über die gesamte Länge der Wand erstreckte. Sie war grau angestrichen, damit sie optisch mit dem Stahlbeton verschmolz. Er stieg auf eine kleinere Kiste, um sie zu erreichen, und stemmte mit der Brechstange ein Brett heraus, in das ein Loch von wenigen Zentimetern Durchmesser gebohrt worden war. Befestigt an zwei Metallhaken, befand sich eine Kamera in der Kiste. Das schwarze Auge war auf ihn gerichtet.

»Ich glaube, wir kriegen gleich Besuch«, sagte Tomar und riss das Kabel heraus.

39

Berthier stopfte seinen Rucksack bis oben hin voll, dann gesellte er sich wieder zu Tomar, der an der Ecke zum Flur in die Hocke gegangen war. Seitdem er die Kamera entdeckt hatte, hatten sie kein Wort mehr miteinander gewechselt. Ihre Gesten waren schneller und entschlossener geworden.

»Wenn wir Glück haben, kleben sie gerade nicht am Bildschirm«, sagte Berthier leise.

Als Antwort hörten sie das dumpfe Geräusch einer Tür und Schritte, die sich rasch näherten.

»Gibt es einen zweiten Ausgang?«, fragte Tomar, ohne den Flur aus den Augen zu lassen.

»Nein. Wir müssen auf demselben Weg wieder zurück.«

Darauf folgte Schweigen, und Berthier überprüfte ein letztes Mal die Kammer seiner Pumpgun.

Tomar spürte, wie ihm Adrenalin durchs Rückgrat strömte. Er hatte den Eindruck, dass seine Sinneswahrnehmungen sich intensivierten wie im Ring zu Beginn eines Boxkampfs. Nur dass diesmal sein Leben und das seines Mentors auf dem Spiel standen. Ihre Angreifer hatten reichlich Zeit zur Beobachtung gehabt. Sie wussten, dass die Einbrecher nur zu zweit waren und sich einer Bande schwer bewaffneter Dealer gegenüber in der Unterzahl befanden. Es sah nicht gut für Tomar und Berthier aus.

»Wir schießen nur im äußersten Notfall«, erklärte Berthier und nickte Tomar zu.

Das Licht im Flur erlosch, und sie nutzten die Gelegenheit, um sich in die Dunkelheit zu stürzen. Irgendwo im Gewirr der Gänge verstummten die Schritte ganz plötzlich, doch die Verfolger suchten bereits nach einem Lichtschalter. Tomar rannte so dicht wie möglich auf die Stelle zu, an der er den Zugang zum Hauptflur vermutete. Von dort aus waren es nur noch zwanzig Meter bis zur nächsten Tür. Der Keller war in tiefe Dunkelheit getaucht. Nur schwache Lichtstrahlen drangen durch die kurz über dem Boden verlaufenden Lüftungsschlitze herein. Tomar spürte, dass Berthier ihm auf den Fersen blieb und niemals den Kontakt zu ihm verlor. Ein Knirschen war zu hören, und er blieb stehen, versuchte, die Gefahr einzuschätzen. Er hatte das Gefühl, nicht dicht genug herangekommen zu sein, um gleich in den Nahkampf einzusteigen. Ungefähr zehn Meter links von ihm ging von der Decke ein bläuliches Licht aus, zweifellos das Ende eines der quer verlaufenden Gänge, an denen sie vorbeigerannt waren. Wie hypnotisiert starrte Tomar den merkwürdigen blauen Lichthof an. Die Zeit blieb stehen, als er beobachtete, wie sich die Gestalt des Jungen allmählich im Licht abzeichnete. Regungslos stand er da und starrte ihn aus funkelnden Augen an. Tomar wurde schwindelig. Träumte er? Hielt er sich wirklich in diesem Keller in einem Pariser Vorort auf? Oder befand er sich in dem Labyrinth, das ihn in seinen Träumen verfolgte? Der Ort, an dem er seine ganze Kindheit hindurch gepeinigt worden war. Kälte und Angst schlichen sich an, aber er wehrte sich mit aller Kraft dagegen. Er durfte nicht zusammenbrechen. Nicht jetzt.

Plötzlich erstrahlte erneut das Licht der Deckenleuchten, und die Gestalt des Jungen war verschwunden.

»Was tust du da?«, flüsterte Berthier.

Er deutete mit dem Kopf nach vorn, und sie liefen weiter bis zu der Kreuzung, an der sie wieder auf den Hauptgang gelangen würden. Schon nach wenigen Schritten blieben sie stehen und sahen sich gehetzt an. Gerade war ein leises scheuerndes Geräusch auf dem Betonboden des Kellers zu hören. Es kam aus dem Flur, nur wenige Meter von ihnen entfernt, und handelte sich zweifellos um die bewusst gedämpften Schritte der Verfolger. Gleich, auf dem Hauptgang, würden sie ihnen unmittelbar gegenüberstehen. Berthier stieß sich von der Wand ab und ging auf einen der quer verlaufenden Flure zu. Zu zweit schoben sie sich in den Rahmen einer Tür und hielten ihre Waffen in die Richtung, aus der sie gekommen waren. Die Schritte näherten sich. Vier Männer tauchten auf, mindestens zwei von ihnen mit Maschinenpistolen bewaffnet. Kaum hatten sie ihre Verfolger entdeckt, wandte sich einer von ihnen zu Tomar um. Er war höchstens zwanzig, trug ein graues Kapuzenshirt und eine Jogginghose. Sein verzerrtes Grinsen versteinerte in dem Augenblick, als das Flurlicht erneut erlosch. Eine Sekunde lang herrschte Verwirrung, dann drückte der Junge ab. Weiße Flammen zuckten in schnellem Rhythmus aus der Mündung und erhellten den Flur. Der Junge schoss auf gut Glück, ohne genau zu wissen, wo sich sein Ziel befand. Tomar warf sich zu Boden und hoffte, dass Berthier genug Zeit geblieben war, es ihm gleichzutun.

»Sie sind hier, verdammt!«, schrie der Bengel mit der Maschinenpistole, konnte seinen Kumpanen aber nicht die Richtung zeigen. In der Gruppe brach Panik aus, und Tomar hörte die Männer über den Flur trampeln. Dieser ersten Salve hatte er noch ausweichen können. Aber er wusste – wenn das Licht wieder anging, hatten sie keine Chance mehr. Er hievte sich auf die Knie, kam auf die Füße und rannte ohne Zögern auf die Gruppe zu. Der Aufprall war heftig. Auf Magenhöhe stieß er gegen einen anonymen Körper, der im Gang gegen die Wand prallte. Neben ihm bewegte sich eine weitere Gestalt, und in unmittelbarer Nähe explodierte etwas. Ein Mann schrie vor Schmerzen laut auf. Tomar drehte sich in die Richtung, in der er den Zugang zum Hauptflur vermutete, und spürte dicht neben sich einen menschlichen Körper. Ohne nachzudenken, landete er einen kurzen Haken in den Unterleib des anderen und traf auf Stahl. Eine Waffe. Die Gewalt des Schlags riss ihm die Haut an den Fingern auf, die Knarre flog ihrem Besitzer aus der Hand. Tomar versetzte ihm einen Aufwärtshaken und traf den Kiefer, der unter der Wucht des Aufpralls barst.

»Scheiße! Verdammt!«, schrie hinter ihm ein anderer, während der Mann vor ihm in sich zusammensackte. In dem Versuch, Berthiers Gestalt zu erkennen, ging Tomar in die Hocke und spähte in das blaue Licht. Sein Freund war nicht mehr zu sehen. Hatte ihn die erste Salve getroffen?

Unvermittelt ging das Licht wieder an, und Tomar wurde bewusst, dass er mitten in einem von ihm selbst angezettelten Chaos hockte. Der junge Typ in Kapuzenshirt und Jogginghose lehnte an der Wand und hielt sich schreiend das Bein, zwei andere waren k. o. gegangen und lagen ausgestreckt am Boden. Der letzte befand sich drei Meter von Tomar entfernt in der Nähe eines Lichtschalters. Er hielt den Lauf seiner Maschinenpistole auf ihn gerichtet.

»Ich mach dich fertig, Arschloch …«, waren die letzten Worte, die der Typ herausbrachte. Dann tauchte Berthier aus dem Flur auf und stieß ihm den Kolben seines Gewehrs ins Gesicht.

Der Typ flog mit dem Schädel gegen die Betonmauer und sank in sich zusammen. Tomars rechte Hand blutete, in seiner Schulter pulsierte heftiger Schmerz.

»Siehst du? Ich hatte recht – keine einzige Kugel«, sagte Berthier und reichte Tomar die Hand, um ihm beim Aufstehen zu helfen.

40

In den Büroräumen der Nummer 36 herrschte höchste Aufregung. Ein Kommando der belgischen Polizei hatte eine Gruppe von Verdächtigen aufgespürt, die möglicherweise in die Pariser Attentate verwickelt waren. Die Ermittler der Antiterroreinheit waren im Aufbruch begriffen, um ihre Kollegen vor Ort tatkräftig zu unterstützen. Ein Übertragungswagen von BFM TV wartete bereits auf dem Quai des Orfèvres, um Bilder ihres Abmarschs einzufangen. Die Arbeit der Polizei wurde zusehends komplizierter, seitdem ununterbrochene Berichterstattung zur Norm geworden war. Unmöglich, den Nachrichtenstrom zu steuern und im Verborgenen zu arbeiten. In jeder Minute musste jede Einzelheit der Ermittlungen gezeigt werden, selbst auf die Gefahr hin, die Informanten zu gefährden. Aber das gierige Auge der Kamera war auf die Bedrohung durch den Terror gerichtet, und gewöhnliche Gewaltverbrechen interessierten die Journalisten nicht mehr. Mit energischen Schritten stieg Rhonda die Stufen zur vierten Etage und zum Büro der Gruppe Khan hinauf. Seit ihrer Diskussion mit Tomar überschlugen sich die Gedanken in ihrem Kopf. Das Messer mit dem gravierten Griff lag inzwischen im Sicherheitsschrank im obersten Stockwerk, und dort würde es bleiben, solange die Ermittlungen der Gruppe Alvarez noch liefen. Sie kannte die Jungs der Gruppe gut und wusste, dass sie nicht so leicht aufgaben. Natürlich hatten sie Fingerabdrücke vom Griff genommen, und nur die Tatsache, dass er Polizist und damit nicht im Digitalen Fingerabdrucksystem erfasst war, hatte Tomar gerettet. Aber wenn er dumm genug gewesen war, sein Messer zu verlieren, dann hatte er womöglich noch andere Spuren hinterlassen. Irgendwann würden die Jungs darauf stoßen, es war nur eine Frage der Zeit. Rhonda begegnete einem Kollegen, der sie zur Begrüßung küsste. Eine Weile plauderte sie mechanisch mit ihm. Tomar war der Grund, warum sie seit drei Nächten nicht mehr geschlafen hatte. Tiefe Ringe lagen unter ihren Augen, und keine Wundercreme der Welt brachten sie zum Verschwinden. Warum hing sie nur so an dem Typ? Indem sie schwieg, machte sie sich zur Komplizin in einem Mordfall. Mieser Vergewaltiger hin oder her, diesem Robert Müller war der Kiefer ausgerenkt und dann ein Stromstoß mitten in die Visage versetzt worden. Wenn das tatsächlich Tomars Werk war, dann hatte er die rote Linie überschritten und war genauso gefährlich wie die Raubtiere, die er verfolgte. *Wenn* er es getan hatte …

Tief in ihrer Seele hoffte sie, dass sie sich irrte, dass alles nur ein böser Traum war. Aber sie hatte zu viel Erfahrung in diesem Beruf, um sich noch etwas vorzumachen. Sie kannte den Zorn, der in Tomar schlummerte. Bei gemeinsamen Einsätzen hatte sie bereits erlebt, wie er aus ihm herausbrach. Er ist durchgeknallt, er ist gefährlich, du musst ihn melden, flüsterte ihr die leise Stimme der Vernunft zu. Die Stimme ihres Herzens aber wollte die Karriere des Mannes nicht zerstören, den sie bewunderte und liebte.

»Meine Fresse, wie siehst du denn aus?«, fragte Dino, als er sie ins Büro kommen sah. »Das sind keine Augenringe mehr, das sind schon richtige Tränensäcke!«

»Wow! Dino weiß, was Frauen hören wollen«, bemerkte Francky.

»Lasst mich in Ruhe, Jungs! Gibt's was Neues von Tomar?«

»Heute Morgen nicht.«

Über Dinos Wampe spannte sich ein schwarzes Sweatshirt mit dem Aufdruck *Ramones*. Sein Schreibtisch war unter Akten verschwunden, in die er sich offensichtlich seit Stunden vertiefte. Rhonda zog die Jacke aus und setzte sich an ihren Schreibtisch. Tomar ging ihr einfach nicht aus dem Kopf. Sie war dabei, ihre Gefühle und ihr Pflichtbewusstsein zu vermischen. Das Dilemma, in das sie seinetwegen geraten war, würde bald unerträglich werden.

»Also, ich bin seinen Anweisungen gefolgt und habe mir alles geholt, was wir über Marie-Thomas Petit haben. Dieser Kotzbrocken hat echt 'nen guten Riecher«, sagte Dino und starrte sie aus Augen an, die vor Erschöpfung rot waren.

»Ach ja? Was hast du denn gefunden?«

»Nichts Eindeutiges, aber immerhin ein paar interessante Verbindungen.«

»Zum Beispiel?«

»Zum Beispiel wiederholte Familiendramen. Jedes Mal, wenn diese Frau in eine Gruppe kommt, endet irgendein Kind bei der Sozialfürsorge, und seine Eltern trennen sich. 2011 in einem Kindergarten in Courbevoie. 2013 in Suresnes. 2015 in Neuilly und jetzt in Fontenay. Hier gibt's als Zugabe noch den Mord an der Direktorin und Lebruns Tod.«

»Die Tussi bringt also Unglück«, stellte Francky fest und trat an das Velux-Fenster, um sich eine Zigarette anzustecken.

»Ja, kann man so sagen. Hier habe ich die Schulakten, aber ich dehne die Nachforschungen auf die Eltern aus. Mal sehen, was wir herausfinden.«

»Ist sie denn tatsächlich in einen Fall verwickelt?«, wollte Rhonda wissen.

»Nein! In dieser Hinsicht ist sie clever. Sie taucht nirgendwo auf, sie ist nur immer da. Aber im Großen und Ganzen haben wir nichts, keine Beschwerde, einfach nichts. Von außen gesehen wirkt es völlig harmlos. Aber wenn du tiefer gräbst, kommst du zu dem Schluss, dass es für ihre Anwesenheit einen Grund geben muss. Andernfalls müsste es sich um verdammt große Zufälle handeln.«

Beim Reden hatte er mechanisch in der Schreibtischschublade gewühlt und eine Handvoll Bonbons herausgeholt.

»Und was genau heißt das? Sie kommt in einen Kindergarten und beschließt, bei einem Paar für Randale zu sorgen, damit es sich trennt?«, fragte Francky aus einer Nikotinwolke heraus.

»Sieht so aus, ja«, antwortete Dino. Nervös zerkaute er seine Dosis saurer Schweinegelatine.

»Und wie macht sie das?«

»Sie flüstert ihnen was ins Ohr ...«

Rhonda stand vor der Pinnwand. Sie betrachtete das Foto von Gilles Lebrun auf dem Bahnsteig der Metro und die dunkle Gestalt, die sich über seine Schulter beugte. Vielleicht hatte Marie-Thomas Petit genau in diesem Augenblick das Schicksal eines Menschen in der Hand. Und sie hatte sich in voller Kenntnis der Lage dafür entschieden, ihn in den Tod zu schicken. Was für ein Mensch musste man sein, um so etwas zu tun?

41

Émeline Jacob wohnte in einem kleinen Einfamilienhaus in der Nähe des Schulzentrums von Fontenay. Marie-Thomas hatte nicht lockergelassen, bis sie endlich bereit war, sich mit ihr zu treffen und ihren Vorschlag anzuhören. Seit dem Drama und der Trennung seiner Eltern hatte Hadrien sich in sich selbst zurückgezogen. Marie-Thomas wollte nicht, dass er litt. Sie wusste jedoch, dass diese Phase notwendig war, damit er die bevorstehende Trennung akzeptierte. Sobald sie den Kontakt hergestellt hatte, konnte sie Émeline mühelos davon überzeugen, dass es ihrem Sohn zu Hause besser ginge als in der bleiernen Atmosphäre des Horts. Darum schlug sie ihr vor, den Kleinen jeden Tag nach Schließung des Kindergartens um sechzehn Uhr mit nach Hause zu nehmen. Émeline konnte ihre Arbeitsstelle nicht vor achtzehn Uhr dreißig verlassen, und dank dieses segensreichen Angebots musste sie sich keinen Babysitter suchen. Außerdem kannte Hadrien Marie-Thomas gut und mochte sie sehr. Sie würde ihm seinen Nachmittagsimbiss zubereiten, mit ihm spielen und ihn baden lassen. Nach ihrer Heimkehr musste Émeline dann nichts mehr tun, als die Zeit mit ihrem Sohn einfach zu genießen. Der Vorschlag war verlockend, allerdings hatte Émeline sich einen Tag Bedenkzeit erbeten, bevor sie ihn annahm. Marie-Thomas wusste, dass sie bald Antwort auf ihren Versetzungsantrag bekommen würde und die Tage mit Hadrien gezählt waren. In wenigen Monaten würde sie umziehen, sich einem neuen Vorhaben widmen und einen anderen Plan verfolgen. Irgendwo gab es immer ein Engelchen, das gerettet werden musste.

In der ersten Woche war alles gut gelaufen. Marie-Thomas nahm Hadrien mit nach Hause und setzte ihm alles vor, was er gern essen wollte. Crêpes, Kuchen, Bonbons – seine Wünsche waren ihr Befehl. Ihr selbst war solcher *Süßkram* so lange vorenthalten worden, dass sie ihn vollstopfte, bis ihm schlecht wurde. Vor Émelines Eintreffen beseitigte sie dann rasch alle Spuren. Der Kleine hatte beim Abendessen zwar keinen rechten Hunger, aber das war in seinem Alter schließlich normal. Seine Mutter schöpfte keinen Verdacht.

An diesem Spätnachmittag im Winter hatte sich die Dunkelheit einer zu früh hereingebrochenen Nacht über Émelines Haus gelegt. Das Erdgeschoss bestand aus einigen kleinen Zimmern um eine Holztreppe herum, die zu den beiden Schlafzimmern und einem winzigen Bad führte. Marie-Thomas saß friedlich zwischen zwei roten Samtkissen auf dem Sofa im Wohnzimmer, hielt Hadrien in ihren kräftigen Armen und las ihm eine Geschichte vor. Dabei betrachtete sie im Licht der Leselampe sein Gesicht. Hin und wieder hielt sie inne, um ihn zu küssen und ihm zuzuflüstern, wie schön er sei, ein vollkommenes Kind, ein vom Himmel gefallener Engel. Und dann blickte sie auf ihre Armbanduhr und stellte fest, dass es Zeit für das Bad war. Sie nahm ihn bei der Hand und führte ihn in den ersten Stock. Unterwegs sammelte sie liegen gebliebenes Spielzeug auf. Im Badezimmer ließ sie angenehm warmes Wasser ein, damit sich ihr Herzchen aufwärmen konnte. Sie zog den Kleinen aus und setzte ihn in die Wanne. Wasserdampf umhüllte den Spiegel mit einem weißlichen Mantel. Im gespenstischen Lichtschein stieg plötzlich eine Kindheitserinnerung in ihr auf. Sie badete mit ihrem kleinen Bruder. Thomas, oh, mein Thomas, dachte sie und musste vor Freude weinen. Sie war damals ungefähr sechs Jahre alt, er gerade drei. Zu zweit saßen sie im warmen Wasser und hatten ihren Spaß daran, sich gegenseitig nass zu spritzen und vor Freude zu kreischen. Sie dachte nicht weiter nach, als sie die Kleidung auszog und sich zu Hadrien in die Wanne gesellte. So lagen sie da, die nackten Körper aneinandergeschmiegt, während die Erinnerungen in ihr aufstiegen wie eine nie versiegende, nicht einzudämmende Flut.

Tränen liefen ihr über die Wangen, als sie die Lippen ihres Bruders erneut ein Wort formen sah, das sie nicht verstand. Sie erinnerte sich an den Tag, an dem seine Bronchiolitis ausgebrochen war. Sein engelhaftes Gesicht hatte sich in eine Maske des Schmerzes verwandelt, fiebrig und flehend. »Maman, Maman!«, keuchte er, unfähig, das Bett zu verlassen. Sein Körper wurde von Krämpfen geschüttelt, während sich seine Lungen von Schleim und Eiter zu befreien versuchten. Aber Maman war nicht da, sie war mit Papa ausgegangen, hatte die Kinder trotz der Bronchiolitis und der Asthmaanfälle sich selbst überlassen. Thomas hielt die halbe Nacht durch, dann tat er seinen letzten Atemzug. Hatte er vielleicht gehofft, ein letztes Mal das Gesicht seiner Mutter zu sehen? Diese Nutte war im Morgengrauen sturzbetrunken nach Hause gekommen. Thomas, oh, mein Thomas! Sie hatte ihn in seinen letzten Augenblicken in den Armen gehalten. Sie hatte seinen Geist bis an die Pforten des Todes geleitet. Marie-Thomas rief sich sein Gesicht im Augenblick des Erstickens in Erinnerung. Zuerst Überraschung, dann Angst, und schließlich hatten sich seine Züge entspannt. Der kleine Engel hatte die Welt der Menschen verlassen. Er war jetzt weit von ihrer Dummheit entfernt, befand sich für immer jenseits allen Leidens. Das war der Augenblick gewesen, in dem Marie-Thomas beschlossen hatte, nichts mehr zu fühlen. Jedes Mal, wenn Gefühle in ihr erwachten, sah sie ihren Bruder vor sich, der an seinem Schleim erstickte.

Völlig niedergeschlagen saß Hadrien am anderen Ende der Badewanne. Er musterte Marie-Thomas' nackten Körper, sah, wie sie sich mit den Fingern die Nase abwischte. »Du… ja, du bist mein kleiner Engel«, sagte sie und lächelte ihn mit ihrem riesigen Mund an.

In diesem Moment öffnete sich die Badezimmertür, und Émeline trat ein. Sie war früher von der Arbeit zurückgekommen und hatte Pizza bestellt, um nicht einkaufen zu müssen. Als sie Marie-Thomas nackt mit ihrem Sohn in der Wanne sah, machte etwas in ihr klick. Die zierliche, hübsch zurechtgemachte Frau verwandelte sich in eine Wölfin und wollte nur noch zubeißen, um ihren Nachwuchs zu retten. Sie fasste Hadrien mit einem schnellen Griff um die Taille, hob ihn aus dem Wasser und presste den nassen Körper an die Brust.

»Sind Sie wahnsinnig geworden?«, knurrte sie mit gebleckten Zähnen.

Marie-Thomas stand auf und zeigte sich in ihrer ganzen Nacktheit. Angewidert ließ Émeline den Blick über ihren Körper wandern. Sie sah die Narben zahlloser Verbrennungen durch Zigaretten, die von Ringen aus chirurgischem Stahl durchbohrten schweren Brüste, die dicht behaarte Scham, über der ein Streifen vernarbten weißen Fleisches verlief. Sie sah auch die ungewöhnlich kleinen Füße, an denen einige Zehen fehlten. Was sie sah, war ein Monster.

»Hinaus!«, schrie sie und drückte ihren Sohn fest an sich.

Marie-Thomas hatte nicht den Mut, die Frau einfach im Nacken zu packen und ihr das kleine Tänzerinnengenick zu brechen. Bei ihrer Statur wäre ihr dies ein Leichtes gewesen. Aber Hadrien war da, und sie wollte ihn auf keinen Fall unnötig leiden lassen. Also zog Marie-Thomas sich in aller Ruhe an und verließ das Haus. Ein letztes Mal blickte sie in Émelines wutverzerrtes Gesicht. Sie wusste, dass ihr Plan noch nicht aufgegangen war.

42

Er hatte sich mit Jeff auf der Terrasse eines Cafés an einem der großen Boulevards verabredet, an der Ecke der Rue Faubourg-Montmartre. Es war fast neunzehn Uhr, dicht gedrängt standen die Passanten auf dem Boulevard Saint-Martin. Sie schoben sich in die Eingänge der Metro oder wollten noch das eine oder andere Geschäft abklappern, bevor sie nach Hause fuhren. Einige trafen sich mit Kollegen, um die günstigen Preise während der Happy Hour auszunutzen, die die meisten Bars in der Gegend anboten. Jeff hatte sich einen Mojito bestellt – »Ein bisschen mehr Rum, Junge!« – und trank seinen Cocktail langsam und mit Genuss, während er überlegte, was er mit der vielen Kohle anfangen sollte. Natürlich musste er zuerst seine Schulden begleichen, zehn- oder fünfzehntausend höchstens, aber die Spanne war immer noch ordentlich. Er hatte daran gedacht, zurückzukehren und seine Kumpels vom Club de l'Étoile zu besuchen. Vielleicht war sein schlechter Ruf inzwischen in Vergessenheit geraten, und er konnte sich erneut in Szene setzen und das Geld verzocken. Er war alt, aber noch nicht verreckt und durchaus in der Lage, einen netten Ausflug zu unternehmen. Mithilfe einer Handvoll blauer Pillen könnte er sich sogar von einem halben Dutzend Escortgirls helfen lassen, die biologische Uhr zu vergessen, die in seinem Hintern tickte. Ja, aber das war der alte Jeff, der Typ, der auf alles pfiff, in erster Linie auf sich selbst. Der neue Jeff war viel korrekter. Er dachte langfristig und ließ sich seine Pläne nicht mehr von seinen Trieben durcheinanderbringen. Meine Begegnung mit Gott hat mich verändert, dachte er und lachte hämisch in sich hinein. Gott war ein guter Vorwand, denn tatsächlich zügelte ihn vor allem die Aussicht auf noch mehr Geld, und er musste die Kohle nicht mehr verjuxen wie ein Anfänger. Den Brüdern Khan gegenüber riss er sich zusammen, aber das lohnte sich. Wenn er seinen Coup sorgfältig plante, konnte er genügend Geld beiseiteschaffen, um für den Rest seines Lebens zu verduften und in der Sonne zu liegen. Und zwar auf Staatskosten. Nach Jahren des Scheiterns wäre das sein größter Coup, sein Jubiläum als Trockenarschficker. Diese Typen waren seine Rente auf Lebenszeit. Das Beste daran war, dass er einen Polizisten ausnahm, noch dazu einen ziemlich unangenehmen. Jeff trank einen großen Schluck Mojito und prostete einer jungen Frau zu, die auf dem Boulevard vorüberging. *Wenn ich erst mal ein feiner Herr bin, stehst du Schlange, um mir einen zu blasen,* sagte der geile Blick, mit dem er dem Arsch des Mädchens folgte. In diesem Augenblick sah er, wie Tomar das Café betrat und das Lokal absuchte, bevor er auf die Terrasse heraustrat. Hier saß er, Jeff, unter einem großen Heizstrahler in Form eines Pilzes und schlürfte genüsslich seinen Cocktail. Der Flic trug schwarze Klamotten, seine rechte Hand war verbunden, und er hatte eine Stofftasche dabei. Die Kohle, dachte Jeff und leerte sein Glas.

Tomar nahm ihm gegenüber Platz und stellte die Tasche neben sich auf den Boden.

»Junge, freut mich, dich zu sehen!«

Jeff machte sich nicht die Mühe, ihm die Hand zu geben, und Tomar blieb einfach sitzen.

»An dem Abend neulich dachte ich echt, du willst mir endgültig den Hals umdrehen«, sagte Jeff und nippte an seinem Glas.

»Schade, dass ich es nicht getan habe«, antwortete Tomar mit heiserer Stimme.

»Wie reizend! Ein Vater und sein Sohn sollten sich doch eigentlich verstehen, oder? Liebe, Zuneigung und so …«

»Halt's Maul!«

Tomar deutete mit einem Kopfnicken auf die Tasche und schob sie mit dem Fuß in Jeffs Richtung.

»Da hast du die Kohle. Und jetzt verschwinde, und zwar endgültig!«

Jeff bückte sich und zog den Reißverschluss auf. Zwischen den Stoffschichten erblickte er die beruhigende Farbe gebündelter Geldscheine. Seine Augen leuchteten auf wie die eines Kindes vor einer großen Tüte mit Süßigkeiten.

»Ich hoffe, die sind nicht gekennzeichnet. Wenn du mich verarschen willst …«

»Schon klar. Einem alten Arschloch wie dir macht keiner was vor.«

Jeff fand, dass alles ziemlich korrekt aussah. Tomar Khan, der Pitbull der Kripo, hatte sich in einen kleinen Pinscher verwandelt, der ihm bis in alle Ewigkeit aus der Hand fressen würde …

»Na endlich, jetzt verstehen wir uns!«

Einige Tische weiter lehnten zwei blonde Frauen an einer schwarz-weiß tapezierten Wand, auf der ein stilisierter Pinienwald zu sehen war, und leerten ihre Weißweingläser. Jeff stellte sich die beiden nackt und ihm zu Diensten vor, mit weit gespreizten Beinen, den Hintern im Gras. Bei so viel Kohle kriegte er einen Harten, und er fühlte sich wieder so frisch wie an einem Tag im Frühling. Er nahm ein Bündel Fünfzigeuroscheine aus der Tasche, schloss sie wieder und gab dem Kellner ein Zeichen.

»Bring uns noch zwei Gläser Schampus!«, forderte er im Ton eines Sklavenhalters.

»Ich habe keinen Durst«, lehnte Tomar ab.

»Ach komm, jetzt reiß dich zusammen! Geschäfte muss man feiern, vor allem, wenn's mit Papa ist.«

Ein Augenblick des Schweigens entstand, und Jeff beobachtete, wie das Gesicht des Polizisten versteinerte. Vielleicht sollte er doch besser aufhören, den Vollidioten zu geben. Tomar starrte ihm aus schwarzen Augen unverwandt in die Seele. Die Erregung, die Jeff wenige Sekunden zuvor empfunden hatte, fiel in sich zusammen.

»Jetzt hör mir mal gut zu! Du hast dein Geld bekommen, und ich will nicht, dass du dich meiner Familie je wieder näherst. Kapiert?«

»Ja, das ist der Deal«, antwortete Jeff ohne jede Überzeugung.

»Wenn ich also von diesem Tisch aufstehe, habe ich zum letzten Mal etwas von dir gehört oder gesehen. Wie lange hast du noch zu leben? Zehn Jahre vielleicht, fünfzehn im Höchstfall ...«

»*Inschallah!*«

»Bei dem Leben, das du geführt hast, kannst du dich nicht beklagen. Sagen wir, zehn Jahre. Nimm die Kohle und verschwinde, wohin du willst! Aber lass dich nie wieder bei uns blicken.«

»Klar, genau das habe ich vor.«

Der Kellner kam mit zwei Champagnerkelchen auf einem Tablett zurück. Zusammen mit einem Schälchen Erdnüssen und der Rechnung über dreißig Euro platzierte er sie auf dem Tisch. *Verdammt, die Jungs hier nehmen's von den Lebendigen!* Jeff zog einen Schein aus dem Bündel und reichte ihn dem Kellner.

»Wenn du Verbrecher einlochen willst, solltest du bei dem da anfangen«, sagte Jeff und deutete mit einem Kopfnicken auf den Ober.

Tomar antwortete nicht. Wortlos erhob er sich, schloss den Reißverschluss seines Parkas, machte auf dem Absatz kehrt und verschwand.

»Adieu, mein Junge«, sagte Jeff und sah zu, wie Tomar auf dem Boulevard verschwand.

Fünfzigtausend Euro, um zehn Jahre lang Ruhe zu haben? Kein hoher Preis. Tomar müsste noch sehr viel mehr rausrücken. Jeff trank beide Gläser auf ex und gab dem Kellner ein Zeichen, ihm die ganze Flasche zu bringen. Am nächsten Tag würde er sich eine Strategie zurechtlegen. Vorläufig begnügte er sich damit, sich gegen ein königliches Trinkgeld hofieren zu lassen.

43

Tomar saß in seinem Büro auf der Fensterbank und blies Trübsal. Die Begegnung mit Jeff hatte ihn verwirrt. Der alte Halsabschneider hatte die Tasche mit dem Geld genommen und dem Deal ohne weitere Bedingungen zugestimmt. Dennoch hatte Tomar ihm von Anfang an nicht geglaubt. Seit nunmehr fast dreißig Jahren drückte er jedes Jahr zehntausend Euro an ihn ab, damit er schwieg und weiterhin seine Rolle als abwesender Vater spielte. Eine Summe, für die Tomar sich regelmäßig verschulden musste. Die magere Rente seiner Mutter dafür anzuzapfen kam nicht infrage. Dennoch hatte Jeff die Vertragsbestimmungen gebrochen, indem er drohte, Goran die Wahrheit zu sagen. Er wollte Schulden begleichen, nun gut. Aber Tomar spürte, dass die Sache damit noch nicht beendet war. Je älter Jeff wurde, desto gieriger wurde er auch.

Tomar sah Francky vor der Pinnwand stehen und sich aufregen. Er hatte alle Fotos aus der Metrostation abgenommen und konzentrierte sich nun auf die vergrößerte Abbildung der Gestalt, die sich von hinten über Gilles Lebrun beugte. Francky hielt eine Schachtel Heftzwecken in der Hand. Gerade hatte er das letzte Teil des neuen Puzzles befestigt, das sie nun zusammensetzen mussten. Immer mehr Gesichter tauchten auf. Einige Bilder stammten aus Schulakten, andere waren Ausdrucke von Dateien, die betroffene Familien ihnen zur Verfügung gestellt hatten. Und notfalls hatte Dino die Bilder in sozialen Netzwerken aufgetrieben. Nun bedeckte ein großes Spinnennetz die Wand, in dessen Mitte die Gestalt zu sehen war, die Lebrun etwas ins Ohr flüsterte. Etwa ein Dutzend Familien, die Gesichter einiger Erzieher oder einfach von Freunden … all diese Menschen waren mit Marie-Thomas Petit in Berührung gekommen, und auf die eine oder andere Art hatte jeder von ihnen dafür bezahlen müssen. Einige Gesichter erkannte Tomar, zum Beispiel die von Émeline und Thomas Jacob, von Gilles und Anaïs Lebrun oder das Gesicht der Leiterin des Kindergartens, Madame Seydoux. Aber vor allem waren da noch etwa fünfzig unbekannte Personen, deren Leben aus den Fugen geraten war. Trennungen, Therapien wegen Depressionen, verlorene Arbeitsplätze, ein Suizid und in dem Fall aus Fontenay mindestens ein Mord. Tomar betrachtete das verhängnisvolle Kaleidoskop und konzentrierte sich auf die Reihe von Kindergesichtern, die von den anderen Bildern getrennt waren und alle auf einer Seite hingen.

Aurélien Droux – 2011 – Kindergarten in Courbevoie.

Maxime Laforge – 2013 – Kindergarten in Suresnes.

Timéo Beja – 2015 – Kindergarten Roule in Neuilly-sur-Seine.

Hadrien Jacob – 2016 – Schulzentrum Ost, Fontenay-sous-Bois.

Alle hatten das gleiche Lächeln und bis in den Nacken reichendes langes blondes Haar.

»Verdammt, da kann man ja richtig Schiss kriegen«, entschlüpfte es Francky, als er zurücktrat und sein Werk betrachtete.

Im Büro wurde es still, nur Dino seufzte angewidert.

»Wie kann sie innerhalb von fünf Jahren so einen verdammten Schlamassel anrichten?«

»Indem sie sich mit nichts anderem befasst«, bemerkte Tomar und ließ die Wand nicht aus den Augen.

Von ihrem Platz hinter dem Schreibtisch aus betrachtete auch Rhonda den seltsamen Stammbaum. Sie sagte kein Wort, und Tomar fiel auf, dass sie seinen Blicken auswich.

»Ihr habt die Jungs gesehen, sie ähneln sich wie ein Ei dem anderen«, erklärte Francky. »Das kann kein Zufall sein. Und jedes Mal enden sie auf dieselbe Weise.«

Mit schnellen Schritten legte er die wenigen Meter zu seinem Schreibtisch neben dem Dachfenster zurück und griff nach einem Spiralblock.

»Aurélien Droux, Sorgerecht durch richterlichen Beschluss auf den Vater übertragen. Maxime Laforge, lebt bei seiner Großmutter, die Mutter ist in der Psychiatrie, der Vater spurlos verschwunden. Um Timéo Beja kümmert sich nach dem Suizid seiner Mutter die Jugendfürsorge. Und jetzt Hadrien Jacob … der ist noch am glimpflichsten davongekommen, obwohl seine Eltern sich getrennt haben.«

»Das liegt daran, dass ihr keine Zeit blieb, die Sache zu Ende zu bringen«, sagte Tomar und zupfte an dem Verband, der um seine Hand gewickelt war. Alle starrten ihn an. Alle bis auf Rhonda.

»Der Tod der Chefin. Das war so nicht geplant – Gilles Lebrun ist zu früh durchgedreht. Vielleicht hat sie seine Belastbarkeit überschätzt. Jedenfalls ist er das schwächste Glied in ihrer Kette.«

Waren all diese Gesichter also nur Teile einer langen Kette, die stückweise abreißen sollte?

Allmählich verstanden sie die kriminelle Logik, die sich hinter dem Bild auf der Pinnwand abzeichnete. Nur auf den ersten Blick schienen seine Bestandteile keinerlei Verbindung miteinander zu haben.

»Willst du damit sagen, dass wir es mit einer Spielerin zu tun haben?«

»Sie folgt immer dem gleichen Muster, fängt in einem neuen Kindergarten an und spielt die Coole wie am Tag der Anhörung. Dann entdeckt sie einen Jungen, auf den sie sich konzentriert – vom Aussehen her ähneln sie sich alle. Und Schritt für Schritt baut sie Verbindungen zwischen den Bezugspersonen auf. Sobald alles steht, *peng!* Sie stößt einen der Bausteine an, und das ganze Gebäude stürzt in sich zusammen.«

»Eine verdammte Psychopathin also«, konstatierte Dino.

»Das weiß ich nicht. Bisher hat sie nie körperliche Gewalt angewendet. Es sieht nicht so aus, als ob sie zur Tat geschritten wäre«, entgegnete Tomar.

»Ja, genau das macht ihre Stärke aus. Sie wendet nur psychische Gewalt an«, sagte Francky und seufzte.

»Verdammt, wie sollen wir das einordnen? Wie sollen wir sie festnageln? Der Richter jagt uns zum Teufel.«

Tomar antwortete nicht. Er stand von seinem Stuhl auf und ging zur Bürotür.

»Wir erledigen jetzt weiterhin ganz normal unsere Arbeit. Wir sammeln Zeugenaussagen und schnüffeln ein bisschen herum. Dino, sieh alles durch, was du über diese Frau findest! Ihre Vergangenheit, ihre Familie, die Menschen, mit denen sie Umgang hatte … einfach alles.«

Dino nickte. Als Tomar gegangen war, folgte ihm Rhonda und schnitt ihm auf dem Flur den Weg ab. Sie wartete, bis die Tür ins Schloss gefallen war und sie allein waren. »Was ist mit deiner Hand passiert?«, fragte sie so barsch, dass er sie überrascht ansah.

»Ich habe geboxt.«

»Bist du deswegen gestern nicht gekommen?«

Sie war wütend. Es war dieselbe kalte Wut wie neulich abends, als sie ihn in seiner Wohnung aufgesucht hatte.

»Bist du Polizistin oder nicht?«, fragte Tomar ohne große Hoffnung, die Lage entspannen zu können.

Rhondas Gesicht erstarrte und nahm einen todernsten Ausdruck an, der nichts Gutes verhieß.

»Hast du darüber nachgedacht, was ich dir neulich abends gesagt habe?«

»Was willst du hören?«

»Dass du nicht derjenige bist, der diesen Mec umgebracht hat, und dass das Messer in der Tasche einem anderen gehört.«

Tomar blickte sich rasch um, dann beugte er sich vor und starrte Rhonda ins Gesicht.

»Ich habe den Typ nicht umgebracht, das habe ich dir bereits gesagt.«

»Aber du warst dort, verdammt! Auf seinem Ärmel sind deine Fingerabdrücke. Das weißt du genau.«

Er senkte den Blick wie ein Kind, das ein Glas Marmelade klauen will und auf frischer Tat ertappt wird. Francky kam aus dem Büro und verzog das Gesicht, als er sich auf dem engen Flur an ihnen vorbeizwängte. Vermutlich war ihm klar, dass er ein streitendes Paar vor sich hatte. »Jeder hat das Recht, pissen zu gehen«, rechtfertigte er sein Erscheinen. Seine Schritte hallten noch eine Weile auf dem knarrenden alten Parkett des Flurs wider, dann verschwand er im Treppenaufgang. Die kurze Unterbrechung hatte die Spannung zwischen ihnen gelöst, und Rhonda sprach nahezu flehentlich weiter. »Was soll ich denn damit anfangen?«

Tomar blickte auf und nahm ihr Gesicht in beide Hände. Er sah ihr tief in die Augen, und plötzlich fühlte er sich wie im Fieber. All seine Ängste verschwanden in den dunklen Pupillen dieser Frau, die er liebte, ohne den Mut zum Eingeständnis dieser Tatsache zu haben.

»Tu, was du tun musst, um dich zu schützen. Aber ich schwöre dir, ich wollte den Typ nicht umbringen. Glaubst du mir?«

»Ja«, antwortete sie ohne Zögern.

Er beugte sich vor und bedeckte ihren Mund mit seinen Lippen. Sie küssten sich so sanft, wie sie es seit dem Beginn ihrer Beziehung nicht mehr getan hatten. Diesmal schmeckte er weder Blut noch Metall, sondern spürte nur Wärme, die seinen Körper durchströmte. Ihre Lippen lösten sich voneinander. Tomar lächelte sie an, dann ging er auf die Eingangshalle zu.

44

Der Markt auf der Rue Alibert erstreckte sich längs der Ringmauer, die um das alte Hôpital Saint-Louis verläuft. Gerade einmal zehn Stände hielten eine Auswahl frischer Waren für die Anwohner bereit. Ihre Einkaufskörbe in den Händen, grüßten sie sich freundlich und wechselten inmitten von Biogemüse, sündhaft teurem Käse und Landbrot einige Worte miteinander. Dabei versicherten sie sich gegenseitig, dass das Leben trotz der tragischen Ereignisse wenige Monate zuvor weiterging. Ara ließ keine Gelegenheit aus, ihre Einkäufe auf diese Art zu erledigen. Der kleine Markt erinnerte sie an ihre Kindheit in Syrien, als ihre Mutter sie Gewürze kaufen schickte, Kreuzkümmel, Thymian und Paprika und den berühmte Kaschkawal, den Kuhmilchkäse mit dem ganz besonderen Geschmack. Sie hatte die Aromen ihrer Kindheit nie wiedergefunden. Der Zufall aber wollte, dass ein Franzose mit armenischen Wurzeln einen Spezialitätenstand auf dem Markt eröffnet hatte. Kurden und Armenier hatten eine gemeinsame Geschichte, in der es um Genozid ging, um Revisionismus und den unaufhörlichen Kampf um die Anerkennung ihrer Rechte und ihrer Geschichte. Ara hatte den bewaffneten Kampf aufgegeben, als sie in das Flugzeug nach Frankreich stieg, aber der Krieg selbst war noch nicht zu Ende. Im Januar 2013 wurden mitten in Paris drei militante kurdische Aktivistinnen getötet, und die Gemeinschaft zweifelte nicht im Geringsten daran, dass dies das Werk der Henker des MIT war, des türkischen Geheimdienstes. Drei Jahre später war der Fall noch immer nicht aufgeklärt. Schließlich interessierte sich niemand für den Konflikt zwischen dem Volk der Kurden und der allmächtigen türkischen Nation. Nicht mehr, als man sich für jene Männer und Frauen interessierte, die genau in diesem Augenblick zu den Waffen griffen, um gegen die Fanatiker des IS zu kämpfen und im Sand der syrischen Wüste zu sterben. Doch der Krieg kannte keine Grenzen. Die geschlossenen Rollläden vor dem Schaufenster des Petit Cambodge auf dem Bürgersteig gegenüber waren der Beweis.

»Madame Khan?«

Irgendwie kam ihr die Stimme bekannt vor. Sie wandte den Blick von der Gemüseauslage ab und sah einer jungen Frau mit kurzem Haar ins Gesicht.

»Kennen wir uns?«

»Ja. Ich bin Rhonda Lamarck. Ich arbeite mit Ihrem Sohn zusammen. Wir sind uns vor einigen Jahren schon einmal begegnet.«

»Aha. Ist alles in Ordnung?«, fragte Ara mit dünner Stimme.

»Ja, natürlich, entschuldigen Sie. Tomar geht es gut.«

Aras Gesicht entspannte sich, während sie ihren Einkaufstrolley vor sich abstellte, damit die anderen Kunden ungehindert an ihr vorbeigehen konnten.

»Kann ich Ihnen helfen, Mademoiselle?«

»Also … ehrlich gesagt, bin ich hier, weil ich mir Sorgen mache … um Ihren Sohn.«

Die beiden Frauen musterten sich lange, ohne etwas zu sagen. Dann nahm Ara Rhonda am Arm und zog sie auf den Bürgersteig. Sie gingen die zwanzig oder dreißig Meter bis zu einem Café am Ufer des Canal Saint-Martin und ließen sich an einem Tisch dicht vor dem Fenster nieder. Der Kellner, ein ungefähr dreißigjähriger Marokkaner, der im Viertel dafür bekannt war, dass er den Schüssen der Terroristen mit knapper Not entkommen war, servierte ihnen zwei Tassen dampfend heißen Kaffee.

»Darf ich?«, fragte Ara und deutete auf Rhondas Zuckerpäckchen. Sie leerte sie in ihre Tasse und rührte alles mit einem kleinen Löffel um. Rhonda betrachtete sie. Ihre feinen, anmutigen Züge, das lange graue Haar und die grünen Augen, die an eine Perserkatze erinnerten. Sie war schön und unglaublich charismatisch. Sie strahlte etwas Geheimnisvolles aus, genau wie ihr Sohn.

»Wissen Sie, Tomar ist ein sehr verschlossener Mensch.«

»Es tut mir wirklich leid, dass ich einfach herkomme und Sie mit meinen Fragen belästige. Aber ich möchte ihn so gern verstehen. Im Augenblick wirkt er sehr angespannt. Ist in Ihrer Familie irgendetwas vorgefallen?«

»Er hat mir schon von Ihnen erzählt, Rhonda. Ich glaube, er mag Sie sehr«, sagte Ara und legte den Löffel ab, bevor sie ihre Kaffeetasse in einem Zug leerte. Dann berührte sie Rhondas Hände mit sanfter Geste.

»Sie sind ein guter Mensch, Mademoiselle. So etwas spüre ich, müssen Sie wissen. Auch meine Mutter konnte das. Diese Gabe habe ich von ihr.«

Wie ein schüchternes kleines Mädchen senkte Rhonda den Blick. In jeder anderen Situation hätte sie sich im Stillen über diese Worte amüsiert. Ara indes strahlte solche Aufrichtigkeit aus, dass sich die junge Frau bis ins Herz getroffen fühlte.

»Mein Tomar ist auch ein guter Mensch, aber er hatte keine leichte Kindheit.«

»Glauben Sie mir, ich möchte Sie nicht ausfragen. Ich bin einfach nur beunruhigt.«

»Ich weiß, aber um die Form eines Baums zu begreifen, muss man seine Wurzeln sehen. Unser aller Wachstum hängt von unseren Wurzeln ab.«

Rhonda schwieg. Sie wusste nur zu gut, wie recht Ara hatte.

»Als ich nach Frankreich kam, glaubte ich, das Schlimmste schon hinter mir zu haben. Ich habe mein Leben lang gekämpft … ich meine … ich habe die Menschen sterben sehen, die ich liebte.«

Einige Sekunden lang wirkten die Augen der alten Frau müde und trüb.

»Aber tatsächlich stand mir das Schlimmste noch bevor …«

»Sie reden von Tomars Vater. Er hat Sie beide verlassen, nicht wahr?«

»Das wäre das Beste für uns gewesen, aber so war es leider nicht. Ich bin ihm wenige Monate nach meiner Ankunft in Frankreich begegnet. Ich war fremd hier, ich kannte mich in diesem Land nicht aus. Er hatte eine gute Arbeit, und er half mir, meine Papiere zu bekommen.«

Ara verstummte und trank den Bodensatz, der sich noch in der Tasse befand.

»Am Anfang war er ein guter Ehemann. Bald kündigte sich Tomar an, dann sein Bruder Goran. Aber während meiner zweiten Schwangerschaft veränderte er sich. Er wurde gewalttätig … vor allem Tomar gegenüber.«

»Er hat Sie geschlagen?«

»Ja, oft. Und Tomar …«

Schmerz blitzte in den Augen der alten Frau auf. Es schien sie zutiefst zu erschüttern, diese Erinnerungen wieder hervorzuholen.

»Tomar hat gelitten … sehr. Glücklicherweise hat die Polizei dem Schrecken ein Ende gesetzt.«

»Haben Sie rechtliche Schritte unternommen?«

»Ja, Tomar war noch klein, erst acht Jahre alt. Die Polizei leitete ein Näherungsverbot in die Wege. Sein Vater darf keinen Kontakt zu uns aufnehmen, das gilt noch heute. Anfangs versuchte er, uns aufzuspüren. Oft tauchte er unvermittelt auf und drohte mir. Aber im Lauf der Zeit hat er uns aus den Augen verloren.«

Auf einmal wirkte Ara sehr viel älter. Ihr strahlendes Gesicht hatte seinen Glanz verloren, die hellen Augen wirkten matt. Sie war nur noch eine müde alte Frau, erdrückt vom Gewicht der Schrecken, die ihr Leben geprägt hatten.

»Als Tomar aufwuchs, zogen wir von einer Wohnung zur nächsten, ohne seinen Vater jemals wiederzusehen. Es war besser so«, beendete sie ihre Erklärungen mit erstickter Stimme.

»Und haben Sie ihn vor Kurzem wiedergesehen? Ich meine … ist er wieder aufgetaucht?«

Rhonda wusste nicht genau, warum sie Ara diese Frage stellte. Wie in ihrem Job als Ermittlerin folgte sie einfach ihrem Instinkt. Tomar lief in letzter Zeit nicht rund. Die Fehlzeiten im Büro, die regelmäßigen Anrufe bei seiner Mutter … Sie spürte, dass etwas im Gang war. Etwas, das ihm schwer zu schaffen machte, obwohl er immensen Druck aushalten konnte. Rhonda hatte zwar nur geblufft, aber Aras Antwort ließ nicht lange auf sich warten.

»Nein. Wir haben ihn nie wiedergesehen. Aufgrund des Näherungsverbots kreuzt er regelmäßig in der Präfektur auf. So lautet die Vorschrift, und nur auf diesem Weg hören wir von ihm.«

Während Ara sprach, verfinsterte sich ihr Gesicht. Rhonda merkte, dass die Erklärung eine Lüge war, bohrte aber nicht weiter nach.

»Und Tomar … ich meine … ist er von Spezialisten behandelt worden?«

»Ja, von mehreren … Aber mein Sohn ist nicht sonderlich gesprächig. Er flüchtet sich in den Sport, das hat ihn gerettet. Und dann die Polizei. Die Arbeit dort hilft ihm auch.«

Rhonda starrte Ara an, ohne sich zu bewegen. Ihren Kaffee hatte sie nicht einmal angerührt. Sie war zutiefst erschüttert, dass der Mann, den sie liebte, als Kind misshandelt worden war und umherirren musste, um dem gewalttätigen Vater zu entkommen. Tränen stiegen in ihr auf. Und gleichzeitig nahm sie die Wärme wahr, die die Hände der alten Frau ausstrahlten.

»Wissen Sie, Mademoiselle, eins hat das Leben mir beigebracht: Wenn man jemanden liebt, muss man es ihm sagen. Sonst ist es irgendwann zu spät.«

Rhonda war in Tomar verliebt, und darum musste sie Licht in das Dunkel bringen, das ihn umgab und so sehr quälte …

45

»Warum ausgerechnet ich?«

Die Frage hing in der Luft, aber Tomar antwortete nicht. In seinem dreiteiligen hellgrauen Anzug saß Benoît Mathis kerzengerade auf dem Stuhl, die kleinen Augen hinter den Brillengläsern zu Schlitzen verengt. Einige Tage zuvor hatte Tomar ihm die komplette Akte von Marie-Thomas Petit zugeschickt, und der Psychologe hatte sehr bald reagiert. Bereits am Morgen hatte er Tomar angerufen, um sich in einer Bar in der Nähe seiner Praxis – in der Rue de Bretagne – mit ihm zu verabreden. »Warum ausgerechnet ich?« Die Frage war durchaus berechtigt, denn die Kriminalpolizei konnte auf ein beeindruckendes Kontingent an Experten der Psychiatrie und Kriminologie zurückgreifen. Warum also schlug er dem zukünftigen Ehemann seiner Exfrau vor, gemeinsam an einem Fall zu arbeiten? Das war zumindest eine Überlegung wert.

»Weil Sie klinischer Psychologe sind und ich zeitnah eine Meinung zur Akte von Marie-Thomas Petit brauche«, antwortete Tomar, ohne die Fragen anzudeuten, die ihn selbst beschäftigten.

»Selbstverständlich. Aber Sie haben mich doch sehr gut verstanden – warum ich und nicht einer meiner Kollegen? Ich kenne die Antwort, aber ich würde sie gern aus Ihrem Mund hören.«

Tomar starrte den Mann an, seinen hageren Körper, den

stechenden Blick. Eigentlich müsste er ihn hassen, denn er nahm ihm die Frau seines Lebens. Trotzdem fand er ihn sympathisch. Sein Polizisteninstinkt sagte ihm, dass der Typ gutmütig war, und das beruhigte ihn.

»Zellale behauptet, Sie seien überaus kompetent.«

»Aha, darum geht es also. Sie wollen mit mir arbeiten, um Ihrer ehemaligen Lebensgefährtin wieder näherzukommen. Ich bin mir nicht sicher, ob das hilfreich für Sie ist.«

»Darüber will ich nicht mit Ihnen reden.«

»Ich bitte Sie, ich habe nur deshalb in ein Treffen eingewilligt, damit wir uns ein bisschen annähern … damit sich die Lage allmählich entspannt und für uns alle gesünder wird. Also, ich schlage Ihnen einen Deal vor. Ich helfe Ihnen bei Ihren Ermittlungen, und Sie erklären sich bereit, mit mir zu reden.«

Tomar spürte heftigen Zorn in sich aufsteigen. Er fragte sich, ob das ein Vorschlag seiner Exfrau gewesen war. Sein nächtlicher Besuch und die wenigen, sinnlosen Anrufe bei ihr in der Zeit nach der Trennung – rechtfertigte das Mathis' Vorschlag? Wusste er über Jeff Bescheid? Zellale wusste, dass Jeff die Identität seines leiblichen Vaters angenommen hatte. Hatte sie mit dem Onkel Doktor darüber geredet?

»Soll ich mich etwa bei Ihnen in Behandlung begeben?«

Nur mühsam unterdrückte Tomar seine Aggressionen.

»Ich möchte es anders ausdrücken. Sie sind ein Sportler und wohnen in der Gegend von Vincennes. Wir könnten doch zusammen mal einen Waldlauf unternehmen. Dabei hätten wir Gelegenheit zur Unterhaltung.«

Das Ganze roch zwar nach einer Falle, aber im Grunde hatte Mathis recht. Tomar war derjenige, der die Begegnung herbeigeführt hatte. Und er war sich nicht sicher, ob er selbst den Grund dafür kannte. Jedenfalls konnte er sich zum Schein auf den Deal einlassen, dem Treffen dann aber ausweichen. Der Psycho beugte sich zur Seite, legte eine Aktentasche aus schwarzem Leder auf den Knien ab und wühlte darin herum.

»Ich habe sämtliche Unterlagen gelesen, die Sie mir zukommen ließen. Zugegeben, auch meine Neugier auf diese Madame Petit trägt zu meinem Entschluss bei, und ich möchte mit Ihnen zusammenarbeiten«, erklärte er und nahm eine Akte, dick wie ein Telefonbuch, und eine kleine Stiftschachtel aus seiner Tasche.

»Marie-Thomas Petit ist eine faszinierende Persönlichkeit. Nach allem, was Sie über sie zutage fördern konnten, handelt es sich um eine gefährliche Soziopathin. Sie kennen das Prinzip der Soziopathie, nehme ich an.«

»Wir haben bei unseren Ermittlungen häufig mit gefühllosen Menschen zu tun, aber die meisten begehen konkrete Taten.«

»Ja, das sind eher Psychopathen, aber im Fall von Madame Petit ist die Kriminalität eher geistig als handgreiflich. Obwohl das schnell kippen kann.«

»Sie halten sie also für gefährlich.«

»Aber ja! Wie jeden, der andere manipuliert. Wissen Sie, so ein Mensch will herausfinden, welcher geheime Traum den anderen antreibt. Er bindet sein Opfer, indem er ihm suggeriert, durch ihn werde sich sein Traum erfüllen. Bis zu dem Tag, an dem die Maske fällt.«

Eine Gruppe von ungefähr zehn Studenten stieß die Tür zur Bar auf und nahm lärmend hinten im Saal Platz. Mathis unterbrach seine Erläuterungen für einige Sekunden, dann sprach er weiter. »Diesen Menschen ist vollkommen bewusst, dass sie Unrecht begehen, aber das berührt sie innerlich nicht. Die Soziopathie lässt sich als eine Art ewiger Unreife verstehen. Es handelt sich um Erwachsene, die dieselben Reaktionen an den Tag legen wie fünfjährige Kinder. Sie reißen den Fliegen gern die Flügel aus, ohne sich Gedanken um den Schmerz der Tiere zu machen. Sie sind nicht in der Lage, das Leid anderer zu erkennen, und sie respektieren es auch nicht. Und vor allem wollen sie um jeden Preis die eigenen Bedürfnisse befriedigen.«

»Dennoch ist diese Frau der Polizei nicht bekannt. Niemand hat sie wegen irgendeines Vergehens jemals angezeigt.«

»Aber natürlich! Das beweist, dass sie ihr Handwerk versteht. Als geschickte Manipulatorin greift sie nur selten auf Lügen zurück. Höchstens verschweigt sie etwas. Sie droht nicht, wendet keinen Zwang an und übt vor allem keine körperliche Gewalt aus. In den Augen der anderen verhält sie sich mustergültig. Ihre Kunst besteht darin, die Schwächen ihrer Opfer zu erkennen und sie rücksichtslos auszunutzen. Den Begriff Schuld kennt sie nicht, und ihre einzige Grenze ist das Gesetz. In Gesellschaft können Soziopathen sehr charmant sein. Sie sind soziale Raubtiere, die jede Menge zerstörte Hoffnungen zurücklassen.«

Mathis drehte sich um und blickte zu dem Tisch hinüber, an dem die Neuankömmlinge Platz genommen hatten.

»Wussten Sie, dass einer amerikanischen Studie zufolge eine von fünfundzwanzig Personen Merkmale von Soziopathie aufweist? Einer davon könnte zum Beispiel an diesem Tisch dort drüben sitzen oder auch in Ihrer ehrwürdigen Institution beschäftigt sein.«

»Das klingt ja, als gebe es einen Geheimbund.«

»Nein, Soziopathen sind einsame Jäger. Ihr Ego ist ihnen so wichtig, dass sie sich nicht mit anderen zusammentun. Es sei denn, es handelt sich um eine offizielle Organisation von Soziopathen.«

Tomar musste über den schrägen Humor des Psychologen lächeln. Tatsächlich, er mochte diesen Benoît Mathis.

»Welche Organisationen meinen Sie?«

»Die Welt der Unternehmen, multinationale Konzerne vor allem. Die meisten Personalvermittler haben eine Liste von Kriterien, mit deren Hilfe sie ein Persönlichkeitsprofil erstellen. Meine amerikanischen Kollegen haben bewiesen, dass ein Großteil dieser Kriterien den klinischen Ergebnissen entspricht, die man in Arbeiten zur Soziopathie findet.«

»Oder anders ausgedrückt – wir sind von Leuten umgeben, die uns möglicherweise Böses wollen.«

»Ja. In den Medien ist manchmal von giftigen Menschen die Rede. Wie Gas oder Gift üben sie ihre negative Wirkung aus und kontaminieren alles, was sie berühren. Ich glaube, jeder findet in seiner Umgebung ein Beispiel für einen solchen Zeitgenossen.«

Tomar erwiderte nichts. Er wusste sehr gut, dass der Psychologe recht hatte.

»Kurz und gut, der Fall von Madame Petit geht weit über schlichte Feindseligkeit hinaus. Ihre krankhafte Fixierung auf ein Kind, die Besessenheit, mit der sie Paarbeziehungen zerstört, indem sie vor allem die Mütter angreift … das alles ist höchst besorgniserregend.«

»Das heißt also, sie wird wieder von vorn anfangen.«

»Mit Sicherheit. Sie befindet sich in einer Endlosschleife, aus der sie nicht herauskommt.«

»Und wie heilt man solche Menschen?«

»Das ist sehr schwierig. Natürlich versuchen spezialisierte Einrichtungen, in einen Dialog einzutreten, und forschen nach den Ursachen. Aber die Erfolgsquote ist gering. Manche Forscher glauben, dass die Erklärung im Stoffwechsel der Betroffenen begründet liegt. Vielleicht ein Defekt im Gehirn.«

Wieder öffnete Mathis seine Aktentasche, nahm ein bedrucktes Blatt Papier heraus und überflog es kurz.

»Soziopathie gibt es nicht erst seit gestern, und sie ist auch kein Privileg westlicher Gesellschaften. Ich habe eine anthropologische Studie aus dem Jahr 1976 gefunden. Darin ist die Rede von ›Menschen, die leben, ohne sich um andere zu kümmern, die die Gemeinschaft ablehnen und boshafte Verhaltensmuster an den Tag legen‹. Die Stämme in Niger nennen sie *arankan*: kalte Seelen. Man findet sie auch bei den Inuit, die ihre Asozialen *kunlangeta* nennen. Offensichtlich ist es ihnen nicht gelungen, diese Menschen in die Gesellschaft zu integrieren. Aber schließlich wurde doch eine Lösung für das Problem gefunden.«

»Und welche Lösung war das?«

»Sie haben sie vom Packeis gestoßen, ›wenn gerade niemand hinsah‹. Ein radikales Konzept, das mir nicht gerade demokratisch vorkommt.«

Hitze pulsierte in Tomars Brust. Auch er war gezwungen gewesen, sich von den *kunlangeta* zu befreien, die seinen Weg gekreuzt hatten. Zuerst sein Vater, dieser Schweinehund, der sich daran aufgeilte, sein eigen Fleisch und Blut zu verprügeln … und dann Bob … zwei Gräber am Ende des Labyrinths unter dem Astwerk eines Kirschbaums.

»Gibt es Mittel und Wege, solchen Menschen auf die

Spur zu kommen?«, fragte er und konzentrierte sich auf die Worte seines Gesprächspartners.

»Das wichtigste Werkzeug ist die PCL-R, ein Bewertungsraster für Psychopathie ... ein bisschen wie in dem Film *Blade Runner*. Das ist eine Reihe von scheinbar harmlosen, aber erschreckend aufschlussreichen Fragen, wenn es um die Diagnose von Grenzfällen geht.«

»Ich meine ... Kann man solche Menschen an ihrem Verhalten erkennen?«

»Der Vergleich mit einem Hai ist oft treffend. Ein Soziopath wird Sie immer mit ausdruckslosem Blick anstarren, und er ist zu extremen Wutanfällen jenseits aller Vernunft fähig. Gefahren nimmt er kaum wahr, weder für andere noch für sich selbst. Zum Beispiel kann er einen sehr riskanten Fahrstil haben, geht in Alltagssituationen unangemessene Risiken ein ...«

Tomar hörte, dass Mathis weiterredete, doch seine Gedanken schweiften bereits ab. Er erinnerte sich an den Tag, als er Marie-Thomas angehört hatte. Die totale Abwesenheit von Gefühlen, die sie ausstrahlte, ihr ungelenker Gang, die ausbleibende Reaktion, als sie sich den Kopf an der Decke stieß. Wie sie den Boulevard überquerte, ohne auf den Verkehr zu achten. Alles passte perfekt zusammen.

46

Fünf Uhr morgens. Die komplette Gruppe Khan in Begleitung eines halben Dutzends Männer im Kampfanzug der Such- und Eingreifbrigade stand sich im Treppenhaus eines kleinen Gebäudes in Levallois-Perret die Beine in den Bauch. Nach seiner Unterredung mit dem Psychologen hatte Tomar beim Richter einen Eilantrag gestellt, um einen Durchsuchungsbeschluss für Marie-Thomas Petits Wohnung zu bekommen und die Frau vorsorglich in Gewahrsam zu nehmen. Er hatte persönlich beim Richter erscheinen und ihm den Dominoeffekt erklären müssen, der diese angeblich unbescholtene Frau zu einer gefährlichen Kriminellen machte. Der Richter hatte ihm aufmerksam zugehört und ihn um einige Erklärungen gebeten, ohne seine Ausführungen jedoch zu unterbrechen. Schließlich hatte er sich bereit erklärt, das Verfahren einzuleiten. In der Tat ermöglichte der Ausnahmezustand eine Wohnungsdurchsuchung ohne vorgeschriebene Wartezeit. Da sich die Männer der Truppe aber erst einmal versammeln und den Einsatz planen mussten, hatten sie beschlossen, erst im Morgengrauen zuzuschlagen. Der leitende Beamte blickte auf seine Uhr und gab Tomar, der sich mit Rhonda und Dino im Hintergrund hielt, das verabredete Zeichen. Alle trugen kugelsichere Westen und hielten den Griff ihrer Pistolen umklammert. Marie-Thomas Petit stellte zwar auf den ersten Blick keine konkrete Bedrohung dar, dennoch durfte nichts dem Zufall überlassen werden. Tomar antwortete dem Kollegen mit einem Kopfnicken, und nach dem üblichen ergebnislosen Klingelversuch wurde die Tür mit einem Rammbock eingeschlagen. Mit dem lauten Ruf »Achtung, Polizei!« drang die Kolonne in die Wohnung ein. Rhonda hatte die Schwelle als Erste überschritten und verzog angewidert das Gesicht. »Pfui Teufel, stinkt das hier!«

Tatsächlich hing ein merkwürdiger Geruch in der Luft. Eine blumige Mischung überdeckte etwas Organisches, das in den Nasenlöchern brannte. Sie waren an Tatorte gewöhnt und wussten, womit sie zu rechnen hatten.

Fünf Männer im Kampfanzug sicherten die große Wohnung, ein Zimmer nach dem anderen. Tomar nahm sich Zeit, den Flur zu begutachten, durch den er vorrückte. Auf dem Boden schäbiges Parkett, an den Wänden altmodische Tapeten, ein Servierwagen aus dunklem Holz, auf dem Nippesfiguren standen und Staub lag, viel Staub. Ein gerahmtes Bild an der Wand zog seinen Blick an. Darauf war eine Frau zu sehen, die zwei Kinder auf den Knien hielt. Das kleine Mädchen war ungefähr fünf Jahre alt, hatte erstaunlich langes schwarzes Haar und einen fahlen Teint. Der Junge hingegen war nicht älter als zwei und streckte die Arme nach der Mutter aus, die mit erloschenem Blick ins Objektiv starrte. Das Bild erinnerte Tomar an einige post mortem aufgenommene Fotos über dem Schreibtisch eines Pathologen im gerichtsmedizinischen Institut. Der Mann hatte ihm erklärt, dass solche Aufnahmen am Ende des neunzehnten Jahrhunderts in der amerikanischen und europäischen Kultur sehr beliebt waren, weil sie Hinterbliebenen die Trauerphase erleichterten.

»*Clear!*«, rief einer der Männer an der Spitze, kam aus dem Zimmer heraus und betrat den schmalen Flur, der zu den letzten drei Türen in der Wohnung führte.

Tomar drang in ein langes, dunkles Wohnzimmer ein. Jemand hatte die Läden der beiden großen Fenster geschlossen. Die dicken Vorhänge aus grünem Samt waren zugezogen. Das Wohnzimmer war überladen mit Möbeln, auf denen Gegenstände jeder Art standen und lagen. »Eine Seniorenwohnung«, sagte Dino und beugte sich vor, um eine Sammlung von Kristalltieren zu betrachten. Zwei schmale Sofas mit pissgelbem Stoffbezug standen sich gegenüber und rahmten einen niedrigen Tisch ein, auf dem mehrere Illustrierte lagen. Tomar trat näher und erkannte das Titelblatt des *Paris Match*, auf dem vor blauem Hintergrund Johnny Hallyday mit einem kleinen Mädchen auf dem Arm zu sehen war. *Schockierendes Interview! Ich fühle mich im Moment so verletzlich*, lautete der Text am Rand. »Die ist nicht neu«, murmelte Rhonda. Die Illustrierte stammte aus dem Jahr 1987, genau wie zahlreiche weitere Zeitschriften auf dem Tisch. Der dicken Staubschicht nach zu urteilen, die fast die ganze Wohnung überzog, hatte hier schon lange niemand mehr geputzt.

»Commandant, sehen Sie mal hier …«

Es war die Stimme eines Beamten der Eingreiftruppe, der sich an die Spitze der Kolonne gesetzt hatte. Tomar betrat den Flur und ging den Männern entgegen, die sich bereits in entgegengesetzter Richtung wieder aus der Wohnung zurückzogen. Einer von ihnen blickte Tomar an und verzog angewidert das Gesicht. Offenbar wollte er ihn darauf vorbereiten, was er als Nächstes zu sehen bekäme. Rhonda blieb hinter ihm und hielt sich die Nase zu, um den Geruch zu mildern. Je weiter sie vordrangen, desto weniger gelang es den Blütendüften, die Ausdünstungen des Todes zu überdecken, von denen die Wohnung erfüllt war. Tomar kam an einer Tür vorbei, die in ein kleines Badezimmer führte, dann an der Tür zu einer Gästetoilette, und schließlich betrat er das einzige Schlafzimmer. Es war höchstens sechs oder sieben Quadratmeter groß. Den größten Teil des Raums beanspruchte ein riesiges Bett, dessen Massivholzrahmen angesichts der Zimmergröße schier unwahrscheinliche Ausmaße aufwies. Ein blasser Lichtschein drang zwischen den Lamellen der Fensterläden herein und verwandelte den Raum in ein Mausoleum. Der Boden war mit Hunderten von Rosen in verschiedenen Stadien der Zersetzung bedeckt. Selbst auf dem Bett lagen Blüten rings um eine mumifizierte Leiche. Es war eine tote Frau von etwa siebzig Jahren mit weißem Haar, die ein kurzes Nachthemd mit dunklen Flecken trug. Die Haut spannte sich über ihre Knochen, bereit zu explodieren wie ein zu straff gespanntes Gummiband.

»Verdammt, ist das ekelhaft!«, stieß Dino hervor und betrat das Zimmer. Jemand hatte der Toten ein Kissen unter Kopf und Schultern geschoben, sodass sich ihr Gesicht genau gegenüber der Eingangstür befand. Das Haar war der Frau in die Stirn gefallen, die gegerbt war wie bei einer Mumie. Die weit geöffneten Augen gaben den Blick auf zwei schwarze Löcher frei. Ihre Nase wirkte verkümmert, wie ausgetrocknet, und hing merkwürdig auf den abgezehrten Mund herunter, dessen Lippen nach innen geschrumpft waren. Rhonda wandte den Blick ab und verließ wortlos den Raum. Tomar wusste, dass dieses Bild des Todes sie nachts noch lange heimsuchen würde. Er hingegen betrachtete weiterhin die Frau, deren Leben inmitten von Rosen sein Ende gefunden hatte. Sie ist einsam und allein gestorben, dachte er, als er in die dunklen Augenhöhlen des Leichnams starrte.

Marie-Thomas Petit war alles andere als harmlos.

47

Die Sonne tauchte den Triumphbogen auf dem Vorplatz von La Défense in strahlendes Licht. Marie-Thomas war in die Linie 1 der Metro gestiegen, um pünktlich zur Öffnungszeit die Seniorenresidenz San Francisco zu erreichen. Bevor sie ihre kleine Einzimmer-Mietwohnung in Fontenay verließ, hatte sie ihre sonstige altjüngferliche Kleidung durch einen schwarzen Mantel und eine Dockercap ersetzt. Jeden Morgen um Punkt acht Uhr – das hatte sie in der Woche zuvor überprüft – räumte der Nachtportier seinen Platz und überließ ihn der Rezeptionistin. Von diesem Zeitpunkt an trafen nacheinander mehrere Dienstleistungsunternehmen ein, die die Cafeteria mit frischen Produkten versorgten und den Medikamentenvorrat der Apotheke aufstockten. Eine Zeit lang eilten die Lieferanten zwischen den Küchen und dem Lager hin und her, sodass die Empfangsdame ihren Posten an der Rezeption unbeaufsichtigt lassen musste. Marie-Thomas hatte beschlossen, diesen Augenblick zu nutzen. Mit raschen, sicheren Schritten durchquerte sie die Empfangshalle und tippte den Nummerncode der Tür ein, die zum Flügel mit den Patienten *unter Aufsicht* führte. Die Chancen standen fifty-fifty, dass sie im Flur zum Zimmer ihrer Mutter einer Nachtschwester oder dem diensthabenden Arzt begegnete, der vermutlich im Ruheraum vor sich hin dämmerte. Das Risiko beunruhigte sie nicht, denn notfalls würde ihr schon etwas einfallen. Auf jeden Fall ist das Glück mit den Wagemutigen, und als sie das Zimmer erreicht hatte, war ihr keine Menschenseele begegnet. Mutter hatte die blickdichten Vorhänge geschlossen und schlief in ihrem Krankenbett. Marie-Thomas durchquerte das dunkle Zimmer und stieß dabei an einen Servierwagen, der losrollte und gegen die Wand fuhr. Mit einer raschen Bewegung öffnete sie die Vorhänge, und das kalte Licht dieses Mittwochs im Februar drang brutal in das Zimmer ein. Die alte Dame lag auf dem Rücken und hielt sich eine Hand vor das Gesicht, um ihre Augen gegen die Sonne zu schützen.

»Aufstehen, Mutter!«, trällerte Marie-Thomas und starrte ihr ins Gesicht.

Ohne jede Spur von Make-up, den Kragen des schwarzen Mantels hochgeschlagen, die Mütze tief in die Stirn gezogen, wirkte sie wie eine furchterregende geschlechtslose Kreatur.

»Ich hoffe, Sie haben gut geschlafen.«

Die alte Dame drehte sich auf die Seite und streckte die Hand nach dem Schalter aus, mit dem sie im Notfall nach einer Schwester rufen konnte. Das hatte Marie-Thomas vorhergesehen und schob das Bett zur Seite. Sie nahm einen Stuhl und schob ihn zwischen Bett und Wand, damit der Notschalter für die alte Dame unerreichbar war.

»Wenn Sie nichts dagegen haben, wäre es mir lieber, heute Morgen mit Ihnen allein zu sein.«

Marie-Thomas schnupperte wie ein Jagdhund, trat einen Schritt auf das Fenster zu und öffnete es.

»Verzeihung, aber hier stinkt es wie die Pest. Kommt denn niemand vorbei und leert Ihren Nachttopf? Bei den Preisen hier ist das ein Skandal!«

Die alte Dame sagte kein Wort. Sie hatte sich aufgerichtet, saß an das Kissen gelehnt in ihrem Bett und beobachtete ihre Besucherin mit ängstlichem Blick. Hin und wieder schien ihr ein Wort über die Lippen kommen zu wollen. Sie verzog den Mund, um einen Ton zu erzeugen, brachte aber keine Silbe heraus.

»Heute ist also der große Tag. Wie lange komme ich Sie jetzt schon besuchen? Seit über einem Jahr?« Marie-Thomas legte eine Pause ein und wartete vergeblich auf eine Antwort. »Ja, seit genau fünfzehn Monaten besuche ich Sie nun schon«, fuhr sie fort. »Immer nur am Montag und Freitag, weil die anderen Tage von gewissen Mitgliedern Ihrer Familie belegt sind. Ich meine natürlich Ihre richtige Familie.«

Die alte Frau drehte den Kopf zur Tür.

»Ziemlich unwahrscheinlich, dass die Krankenschwester hereinkommt. Vor halb zehn Uhr taucht sie eigentlich nie auf. Sie merken, ich bin gut informiert. Darum besuche ich Sie heute auch früher. Ich muss nämlich fortgehen. In Zukunft kann ich Ihnen keine Gesellschaft mehr leisten, und die wird Ihnen sicher fehlen.«

Marie-Thomas stieß ein heiseres Lachen aus, ein krankes Lachen, und die alte Frau drehte sich mit glänzenden Augen wieder zu ihr um.

»Weinen Sie nicht, Mutter! Meine richtige Maman hat nie geweint. Um sie habe ich mich auch gekümmert, monatelang habe ich auf sie aufgepasst. Stundenlang habe ich sie in ihrem Bett beobachtet. Sie hat nie geweint, bis zum Schluss.«

Die alte Frau unternahm einen letzten Versuch, einen verständlichen Satz herauszubringen. »Wer … wer sind Sie?«, stieß sie mühsam hervor.

»Meine arme Mutter, Sie wissen nicht, wer ich bin? Aber genau darum geht es doch. Ihr Gehirn ist so durchlässig wie ein Sieb, und darum bin ich hier. Ich könnte ebenso gut Ihre Tochter wie eine völlig Unbekannte sein. Was meinen Sie, wer ich bin?«

»Sie sind nicht meine Tochter.«

»*Bingo!* Sie machen Fortschritte. Habe ich's doch gewusst! Ich war von jeher für extreme Behandlungsmethoden. Die Pillen, die Untersuchungen und Therapien – das bringt doch alles nichts. Genau wie bei meinen Eltern. Eine Ohrfeige, und schon geht's wieder, hahaha!«

Die alte Frau drückte ihren zarten Körper in die Matratze und schien verschwinden zu wollen.

»Also, wie gesagt, heute ist der Tag des Abschieds. Wir sehen uns zum letzten Mal, und Sie werden mir fehlen. Ob Sie mich auch vermissen werden? Ich glaube nicht. Ich käme gern weiterhin, aber allmählich wird es zu gefährlich. Darum ist es an der Zeit, dass wir als gute Freundinnen auseinandergehen.«

Von unten aus dem Garten drang ein Geräusch herauf. Zwei Männer trugen eine schwere Kiste und versuchten, sie auf eine Sackkarre zu manövrieren.

»Ich war noch nie besonders gut im Abschiednehmen. Ist nicht so mein Ding, *au revoir* zu sagen. Also … bye-bye, Mutter!«

Marie-Thomas erhob sich von ihrem Stuhl und richtete sich auf, bis ihre große Gestalt über dem Bett aufragte. In dem schwarzen Mantel ähnelte sie einem Raben, der zum Sturzflug auf seine Beute ansetzt. Sie beugte sich vor, nahm rasch das Kissen an sich und musterte die alte Frau mit einem breiten Lächeln. Diese lag ausgestreckt auf dem

Bett und stützte sich auf die Ellbogen, um sich zum Bettrand zu hieven. Sie war krank und sehr alt, aber ein heftiger Adrenalinstoß und ihr Überlebenswille gewannen die Oberhand über ihre Schwäche. Marie-Thomas packte sie mit einer behandschuhten großen Hand an der Schulter und warf sie auf den Rücken. Dann drückte sie ihr das Kissen aufs Gesicht. Sie setzte ihr ganzes Gewicht ein, damit ihr Opfer nicht um sich schlagen konnte. Fast zwei Minuten dauerte es, bis die letzten Lebenszeichen verebbten. Schließlich legte sie den leblosen Körper auf das Bett, als schliefe er, schloss das Fenster und die Vorhänge und verließ das Altenheim. Während sie über den Asphalt des Vorplatzes von La Défense lief, wurde ihr klar, dass sie zur Hauptverkehrszeit in die Metro steigen musste. Das war wirklich unangenehm, viel unangenehmer, als das alte Miststück zu ersticken, das sie sich als Muttersatz ausgesucht hatte.

48

Der Leichnam der alten Frau lag ausgestreckt auf dem Bett aus rostfreiem Stahl. Pflichtbewusst hatte der Pathologe sie entkleidet und ihr vertrocknetes Fleisch vor aller Augen entblößt. Die Gruppe Khan hatte sich vollständig im orangefarbenen Saal des Rechtsmedizinischen Instituts rings um Professor Bouvier versammelt. Die Flics wirkten wie eine Ansammlung von Medizinstudenten. Der Professor hatte den Brustkorb der alten Frau mit einer großen Säge geöffnet. Eine stark riechende schwärzliche Wolke war ihren Eingeweiden entwichen und breitete sich nun im Raum aus. Der Pathologe hatte erklärt, dass sich im Fall eines vollständig erhaltenen Leichnams, wie sie ihn vor sich hatten, die bei der Verwesung der inneren Organe entstehenden Gase anstauen konnten wie in einer Granate kurz vor der Explosion. Nach diesem bildhaften Kommentar war Rhonda hinausgegangen und hatte sich übergeben. Erst zehn Minuten später kam sie zurück. Währenddessen hatte Bouvier den Körper der Frau geleert, wie man einen Fisch ausnimmt. Er hatte alle Organe entfernt, gewogen und in Aluminiumschalen gelegt, die auf einem Beistellwagen unter dem Fenster aufbewahrt wurden. Niemand wagte, die Stille zu durchbrechen, solange der Pathologe seine Handgriffe ausführte, und Tomar musste gegen die Müdigkeit ankämpfen, die sich allmählich in seinen Muskeln ausbreitete.

»Eins ist sicher – der Todeszeitpunkt liegt schon verdammt lange zurück«, hatte Bouvier schließlich ohne jede Gefühlsregung erklärt.

»Geht's ein bisschen genauer?«, fragte Tomar.

»Mehrere Jahre, würde ich in Anbetracht des Zustands der inneren Organe sagen.«

Sehr schnell bahnte sich ein Gedanke seinen Weg durch Tomars Synapsen. Der allgemeine Zustand des Leichnams war von Anfang an verdächtig gewesen, aber jetzt gab es keinen Zweifel mehr.

»Ist sie einbalsamiert worden?«

»Nein, jedenfalls nicht im eigentlichen Sinn des Wortes. Aber so was Ähnliches.« Bouvier nahm eine Zange und bog einen Teil des Brustkorbs leicht auf, um den Anwesenden das Innere des Leichnams zu zeigen.

»Sehen Sie, hier … unter den Knochen!«

Er deutete auf eine seifige Substanz, weißlich und grau, die den Polizisten sofort ungewöhnlich vorkam. Zwar hatten sie nicht Medizin studiert. Da sie aber häufig bei Obduktionen anwesend waren, verfügten sie über gewisse Erfahrungswerte und konnten daher erkennen, wenn mit einem Leichnam etwas nicht stimmte.

»Das da nennt man Leichenlipid. Es entsteht durch die Verseifung des Leichenfetts. Eine chemische Reaktion, die nur sehr selten vorkommt. Im Wesentlichen verwandelt sich das Fett in eine Art Seife, die Organe, Muskeln und Haut konserviert.«

»Hat jemand dafür gesorgt, dass das passiert?«

»Diese Reaktion entsteht nur unter bestimmten Bedingungen, nämlich bei Kälte und Feuchtigkeit. Gar nicht so einfach, in einer Wohnung auf Dauer für solche Gegebenheiten zu sorgen. Die Mumie aus dem Ötztal – sagt Ihnen das noch etwas?«

»Mit Mumien kennen wir uns nicht so gut aus, Doc«, erwiderte Francky und verzog das Gesicht.

»Nun, dabei handelt es sich um einen über fünftausend Jahre alten Jäger, der im Eis eines Gletschers in den Alpen in perfekt konserviertem Zustand gefunden wurde. Die Fettverbindungen im Innern des Körpers haben das Gewebe geschützt. Als man ihn aus seiner Eisscholle befreit hatte, hätte man ihn praktisch sofort dem Wachsfigurenmuseum Grévin übergeben können. In unserem Fall ist der Prozess aber nicht zum Ende gekommen, was die Beschädigung einiger Organe und den Geruch erklärt, den der Kadaver ausströmt. Immerhin hat die Leiche sich auf diese Weise einige Jahre lang gehalten. Ich würde sagen … höchstens fünf.«

»Die Badewanne war voll«, flüsterte Rhonda mit ängstlicher Stimme.

Tomar drehte sich zu ihr um und forderte sie mit einer Geste auf, ihre Bemerkung genauer zu erklären.

»Die Wanne im Badezimmer, sie war voll. Und in der ganzen Wohnung waren alle Heizkörper abgestellt.«

»Gut möglich, dass jemand die Leiche mit dieser Methode konservieren wollte … Und dann haben Sie etwas von Rosen gesagt. Sicherlich sollten die den Verwesungsgeruch überdecken und Unannehmlichkeiten mit den Nachbarn verhindern.«

»Wir haben auch ziemlich viel Weihrauch und chemischen Geruchsneutralisator gefunden«, fügte Rhonda hinzu.

Marie-Thomas hatte große Mühe darauf verwendet, die

Leiche zu konservieren. Dabei war sie das Risiko einer Entdeckung eingegangen. Tomar stellte sich ihren großen Körper vor, der sich über die Tote beugte. Ob sie mit ihr gesprochen hatte?

»Eins hingegen ist merkwürdig«, meldete sich Bouvier erneut zu Wort und setzte sich die Brille auf die Nasenspitze.

Der Pathologe näherte sich dem Gesicht der Mumie und führte eine kleine Zange in den Mund ein.

»Sehen Sie das? Ihr Mund wurde mit einem Angelfaden zugenäht.«

»Nach dem Tod?«

»Schwer zu sagen.«

»Und die Todesursache?«, hakte Tomar nach.

»Es gibt keine signifikanten äußeren Verletzungen. Die einzigen Indizien, die ich entdecke, sind metabolischer Art.«

Es folgte ein kurzes Schweigen, bevor der Professor seine Gedanken genauer darlegte. Er liebte es, die Nerven der Polizisten zu strapazieren. Das war sein kleines Vergnügen zwischendurch.

»Abgesehen von dem Fett im Innern der Leiche, das auf die Verseifung zurückzuführen ist, ist diese Frau extrem mager, das ist Ihnen sicher aufgefallen. Sie wog kaum dreißig Kilo bei gut einem Meter fünfundsechzig. Wenn Sie außerdem bedenken, dass ihr Magen und ihre Gedärme zum Zeitpunkt des Todes absolut leer waren, wissen Sie, worauf ich hinauswill.«

»Sie ist verhungert?«, fragte Rhonda.

»Ganz genau, Mademoiselle. Davon müssen wir zumindest ausgehen.«

Tomar erinnerte sich an Dr. Mathis' Worte. Soziopathen sind unfähig, das Leid anderer wahrzunehmen oder es aus ihrem Verhalten abzuleiten. Sie sind wie Kinder, denen es Spaß macht, einer Fliege die Beine auszureißen. Plötzlich konnte er sich alles mühelos erklären.

»Darum hat sie ihr den Mund zugenäht«, stellte er bedrückt fest.

Alle Blicke waren auf ihn gerichtet. Seine Männer waren daran gewöhnt, mit Gewalt konfrontiert zu werden, aber diese Art von Grauen entzog sich jedem Versuch einer logischen Erklärung.

»Sie hat sie ins Bett gelegt, ihr den Mund zugenäht, damit sie nicht reden kann, und dann hat sie die Frau verhungern lassen.«

Erneut breitete sich Stille aus, die nicht einmal der Gerichtsmediziner zu durchbrechen wagte.

Francky zeichnete auf seinem Block das Gesicht der Toten. Rhonda wirkte völlig verkrampft und wandte den Blick ab.

»Verdammt!«, knurrte Dino und verließ den Raum.

»Eins ist sicher, Commandant.« Der Pathologe musterte Tomar. »Sie müssen diese Verrückte finden, und zwar schnell.«

49

Marie-Thomas löste die Handbremse des gemieteten Peugeot, den sie am Morgen abgeholt hatte. Sie hatte einen Parkplatz direkt gegenüber von Émeline Jacobs Haus gefunden, und das würde ihr Vorhaben ungemein erleichtern. Sie nahm sich einige Sekunden Zeit, überprüfte ihr Aussehen im Rückspiegel und wischte sich eine kleine Kruste aus dem Augenwinkel. Sie hatte seit fast vierundzwanzig Stunden nicht mehr geschlafen, und ihre aufgedunsenen Gesichtszüge verliehen ihr das Aussehen einer Boxerin, die nach einem heftigen Kampf aus dem Ring steigt. Hübsches Püppchen, dachte sie und öffnete die Wagentür. Sie blickte in den Himmel und stellte erfreut fest, dass sich zwischen den Wolken ein Stück blauer Himmel zeigte. Ideales Wetter für das Programm, das sie sich vorgenommen hatte. Am Ende der Straße hielt ein uniformierter Polizist die Autofahrer an, damit Kinder die Straße überqueren konnten. Sie hasste weder die Polizei noch die Ordnungskräfte im Allgemeinen. Im Gegenteil, Ordnung war etwas Notwendiges und Beruhigendes. Sie bot einen klar umrissenen Rahmen, innerhalb dessen sie ihre eigenen Regeln aufstellte. Aber im Lauf der Jahre war ihr dieser Rahmen zu eng geworden, und sie hatte sich Freiheiten herausnehmen müssen. Solche wie jene, die die Polizisten entdeckt hatten, als sie die Wohnung ihrer Mutter durchsuchten. Um ein Haar wäre sie ihnen in die Arme gelaufen.

Sie wohnte zwar schon lange nicht mehr dort, ging aber regelmäßig vorbei, um Blumen zu bringen und das Badewasser zu wechseln. Sie erledigte das, sobald die Metro den Betrieb aufnahm, bevor sie zum Kindergarten fuhr. Danach trank sie einen Kaffee in einer Eckkneipe, die ursprünglich einem Wirt aus dem Aveyron gehört hatte, nun aber von einem Chinesen betrieben wurde. Von dort aus hatte sie beobachtet, wie die Polizisten in Zivil das Gebäude betreten hatten. Da war dieser große Typ mit den schwarzen Augen, derselbe, der sie auf dem Revier befragt hatte. Sie trank in Ruhe ihren Kaffee aus und ging zum Gare de l'Est, um das Auto zu mieten. Die Auseinandersetzung mit Émeline und die Entdeckung ihrer toten Ersatzmutter ließen vermuten, dass die Ereignisse sich bald überstürzen würden. Beim abermaligen Aufkreuzen im Kindergarten lief sie Gefahr, im Gefängnis zu landen. Wobei sie diese Vorstellung nicht erschreckte. War sie nicht ohnehin in diesem Körper und in dem Leben gefangen, das ihre Eltern ihr vorgegeben hatten? Vielmehr störte sie die Tatsache, dass sie ihren Plan nicht zu Ende führen konnte. Entschlossenen Schrittes überquerte sie die Straße und schob eine Hand in die Manteltasche. Es beruhigte sie, den Holzgriff unter ihren Fingern zu spüren. Es war acht Uhr zwanzig, und Marie-Thomas wusste, dass Hadrien gleich herauskommen und zu seinen Spielkameraden gebracht würde. In Anbetracht ihrer letzten Begegnung mit seiner Mutter war es zwecklos, zu klingeln und mit ihr zu reden. Sie hätte ihr nicht mal die Tür aufgemacht. Wie auch immer, in wenigen Minuten würde sie ihr ihren vollständig angekleideten Sohn übergeben, bereit für das Programm, das dann folgte. Marie-Thomas postierte sich neben der Tür und atmete tief durch. Musste sie der Polizei letztlich sogar dankbar sein, dass sie die Ereignisse beschleunigt hatte? Wie viele Jahre hätte sie sonst warten müssen, bevor sie an diesen Punkt gelangt wäre? Es war ihr Tag, und das Wetter war traumhaft. Das Schloss klickte, die Haustür öffnete sich. Marie-Thomas trat heftig mit dem Absatz dagegen und zwängte sich ins Innere des Hauses. Nun stand sie im Flur, Hadrien gegenüber, der sie mit ratloser Miene musterte. »Guten Tag, *mon chéri*«, sagte sie, drehte sich zur Seite und erblickte Émeline. Die Wucht des Tritts hatte sie umgeworfen, doch sie hatte sich bereits wieder erhoben und starrte Marie-Thomas feindselig an.

»Was wollen Sie hier? Verlassen Sie sofort mein Haus!«

»Ich verlange nichts von Ihnen. Ich bin nur gekommen, um Hadrien abzuholen. Ich bringe ihn in den Kindergarten. Bleiben Sie zu Hause! Ruhen Sie sich ein bisschen aus!«

Émeline hatte sich vor ihren Sohn gestellt. Trotz ihrer zierlichen Figur und obwohl sie herausgeputzt war wie eine Barbiepuppe, würde sie alles tun, um ihren Nachwuchs zu verteidigen. Die vor der Brust geballten Fäuste und das wutverzerrte Gesicht zeigten ihre Entschlossenheit.

»Sie sind vollkommen verrückt! Verschwinden Sie, oder ich rufe die Polizei!«, schrie sie und blieb schützend vor Hadrien stehen.

»Aber nicht doch … wir wollen uns doch nicht streiten«, antwortete Marie-Thomas und zwinkerte ihr zu. »Nicht vor dem kleinen Engel.«

Émeline drohte von Panik überwältigt zu werden. Sie ergriff einen Regenschirm, den jemand in der Nähe abgestellt hatte, und wollte Marie-Thomas damit ins Gesicht schlagen. Doch die verzog keine Miene und blieb einfach regungslos stehen.

»Raus, du durchgeknalltes Weibsstück! Raus hier!«

Émeline gab ein verblüfftes Murmeln und ein kurzes, pfeifendes Geräusch von sich, als zwanzig Zentimeter Stahl ihren Lungenflügel durchbohrten. Das Küchenmesser noch in der Hand, sah Marie-Thomas zu, wie Hadriens Mutter in sich zusammensackte und zu Boden sank. Ihre Blicke kreuzten sich, und ihr fiel wieder ein, wie sie der Dackel neulich in Vincennes angesehen hatte, bevor sie ihn von der Brücke auf die Ringautobahn fallen ließ. Endlich kapierst du, was los ist, du blöde Kuh, dachte sie und beobachtete, wie Émeline endgültig zu Boden ging. Gekrümmt wie ein Fötus lag sie da, ihre Hände umklammerten den Griff des Messers, das in ihrer Brust steckte. Eine dunkle Blutlache breitete sich auf den Fliesen aus. Marie-Thomas brachte ihre Waffe wieder an sich, bevor sie sich zu Hadrien umdrehte, der mit fahlem Gesicht auf seine Mutter starrte.

»Keine Sorge, mein Engel! Sie ruht sich nur ein bisschen aus«, sagte Marie-Thomas und schloss ihn in ihre mächtigen Arme.

Der Junge wehrte sich. Er prügelte mit den Fäusten auf sie ein und trat nach ihr. Bei einem heftigen Kopfstoß platzte Marie-Thomas' Lippe auf. Aus der fast drei Zentimeter breiten Wunde strömte Blut, lief ihr über das Kinn und durchnässte den Mantelkragen.

»Beruhige dich, mein Baby!«, stieß sie hervor und presste den Jungen fest an sich.

Hadrien kämpfte lange, doch irgendwann ließ die Spannung in seinen Gliedern nach, und er erschlaffte wie eine Puppe.

»Na also, *mon amour!* Endlich kann ich mich um dich kümmern«, sagte Marie Thomas. Sie trat aus dem Haus und lief zum Auto, das Kind auf den Armen.

50

Eine bleierne Atmosphäre lag über dem Büro der Gruppe Khan. Nach der Rückkehr aus dem Rechtsmedizinischen Institut hatte Tomar eine Streife losgeschickt, die die Umgebung des Schulzentrums in Fontenay überwachen und Marie-Thomas Petit an ihrem Arbeitsplatz aufgreifen sollte. Aber sie war nicht dort. Irgendwie hatte sie offenbar mitbekommen, dass man ihr auf den Fersen war, und ihrem Profil entsprechend hatte sie vermutlich sämtliche Spuren zu verwischen versucht. Unglücklicherweise tauchte sie bald wieder auf. Die Nachricht vom Angriff auf Émeline Jacob schlug ein wie eine Bombe. Als das Verschwinden des kleinen Hadrien bekannt wurde, gefror allen das Blut in den Adern. Seit der makabren Entdeckung in Marie-Thomas' Wohnung waren knapp drei Stunden vergangen. Nun wussten sie, wozu diese Frau fähig war. Tomar hatte ihre Personenbeschreibung an alle Polizeidienststellen geschickt, und der Entführungsalarm war ausgelöst worden. Aber konnten sie damit das Schlimmste verhindern? Unter seinem Dachfenster rauchte Francky eine Kippe nach der anderen, während Dino mit Eulenaugen auf den Bildschirm seines PCs starrte. Immer wieder ließ Tomar den Film der Anhörung ablaufen, bei der diese Irre auf einem Stuhl nur einen Meter von ihm entfernt gesessen hatte. Hätte er damals seinem Instinkt vertraut, hätten sie die Ermittlungen auf sie konzentrieren und vielleicht einen weiteren Mord verhindern können. Er dachte an den alten Ganoven Jeff, der erneut in sein Leben getreten war, um ihn zu quälen. Auch er war eine giftige Kreatur, deren Ausdünstungen alles zerstörten, womit sie in Berührung kamen. Er hatte ihm sein Geld gegeben, das würde ihn eine Zeit lang ruhigstellen. Allerdings gab es nur eine Möglichkeit, um ihn endgültig loszuwerden. Die Inuit hatten das genau verstanden – es war sinnlos, sich mit solchen Menschen auseinanderzusetzen. Man musste sie von der Eisscholle stoßen, möglichst ohne Zeugen.

»Wahnsinn!«, sagte Dino laut und hob den Blick vom Bildschirm. »Ich sehe mir gerade den Stammbaum der Familie Petit an. Unsere Mumie hat einen Namen. Hermione Petit, die Mutter unserer Verrückten.«

»Bist du sicher?«

»Kein Zweifel. Du musst dir nur das Foto aus der Datenbank ansehen. Sie ist es. Hermione Petit war mit Roger Petit verheiratet, der vor zehn Jahren bei einem Autounfall ums Leben kam. Aus der Ehe sind zwei Kinder hervorgegangen: Marie und Thomas.«

Francky zog an seiner Zigarette und stieß den Rauch zum Dachfenster hinaus, bevor er es wieder schloss.

»Wie bitte? Marie und Thomas?«, fragte Tomar.

»Ja … so steht es in ihren Geburtsurkunden. Marie Petit, geboren am zweiten Juli 1972 in Clamart, und Thomas Petit, geboren am sechsten April 1976 im selben Ort.«

»Und was ist aus diesem Thomas geworden?«

»Wurde für tot erklärt, soll im März 1979 an einer Lungenentzündung gestorben sein. Sie hat ihren Namen in Marie-Thomas geändert, als sie ihren ersten Reisepass beantragte. Sie muss damals etwa neunzehn gewesen sein.«

»Verdammt, je mehr wir über diese Irre herausfinden, desto eisiger läuft es mir über den Rücken«, sagte Francky mit düsterer Stimme.

»Geht mir genauso. Lässt sich irgendwie ein Foto des kleinen Thomas beschaffen?«

»Da müssten wir die Leichenkartei von damals durchsuchen, aber die Chancen sind gering.«

Tomar erinnerte sich an das Bild im Flur der Wohnung. Der zweijährige Junge, der die Hände nach seiner Mutter ausstreckte, das musste Thomas sein. Er drehte seinen Stuhl zur Wand und betrachtete die Pinnwand mit den Opfern und der langen Reihe von Kindern, die sie als Zielscheiben benutzt hatte.

»Francky, fahr noch mal in die Wohnung und sieh nach, ob die Jungs von der Kriminaltechnik schon fertig sind!«

»Alles klar, Chef. Wonach soll ich suchen?«

»Nach einem Fotoalbum.«

Die Bürotür öffnete sich, und Rhonda kam herein, in der Hand einen Computerausdruck.

»Wir haben jetzt eine zuverlässige Personenbeschreibung.«

Sie legte das Blatt Papier auf Tomars Schreibtisch. Ein Mietvertrag für ein Auto.

»Sie hat heute Morgen am Gare de l'Est einen weißen Peugeot 107 gemietet.«

»Wo hast du das her?«, fragte Francky.

»Der Kollege, der Émeline Jacob fand, hat beobachtet, wie sich ein Mietwagen verdünnisiert hat – mit einem schreienden Jungen auf der Rückbank. Ich habe den Gegencheck gemacht. Und siehe da …«

»Verdammt, das hilft uns endlich mal weiter!«

»Und die Mutter?«, fragte Tomar.

»Ihr Zustand ist kritisch.«

»Gut... wir leiten die Beschreibung des Fahrzeugs an alle Dienststellen weiter. Wie viel Zeit ist vergangen? Eine Stunde? Sie kann noch nicht weit gekommen sein. Jetzt heißt es nur noch Daumen drücken.«

Francky sammelte seine Utensilien ein, um wieder zu der Wohnung zu fahren, während Dino auf seinem Telefon herumtippte. Nun würde die Hetzjagd beginnen, und damit stieg der Adrenalinspiegel und würde bis zur Lösung des Falls nicht mehr sinken. Tomar spürte, dass Marie-Thomas ihnen fast ins Netz gegangen war, und sie ließen sie nicht mehr entkommen. Aber er wusste auch, dass sie Hadrien in ihrer Gewalt hatte und zu schlimmsten Gräueltaten imstande war. Das Leben des Jungen lag in ihrer aller Hand. Der kleinste Fehler, die geringste Verzögerung, und sie würden für den Rest ihres Lebens von Albträumen heimgesucht werden. Tomar sah zu Rhonda hinüber, und sie wechselten verschwörerische Blicke. Ihr Gesicht hatte sich irgendwie verändert. Sie wirkte ruhiger, selbstsicherer. Sie waren voll in Aktion, mitten in der Schlacht. Dennoch hatte er zum ersten Mal das Gefühl, sich in sie verlieben zu können.

51

Der Park. Hier hatte alles angefangen. Hadrien war auf das Turngerüst geklettert und wartete unter dem Holzdach, das als Plattform für die Rutsche diente und die Kinder vor Regen schützte. Dieser Ort hatte sich kaum verändert seit der Zeit, als Marie ihren Bruder begleitet und ihm geholfen hatte, die kleine Leiter zur Plattform hinaufzusteigen. Zwar hatte die Stadt die Spielgeräte aus Plastik inzwischen durch Konstruktionen aus Stahl und Holz ersetzt, aber das große Ganze war unverändert geblieben. Von dem Hügel aus, über den sich die Stadt Clamart ausbreitete, blickte man auf die bunt zusammengewürfelten Gebäude, die die südliche Banlieue von Paris bildeten. Man sah sogar die riesigen Schlote von Issy-les-Moulineaux, die ihren Rauch in den Himmel über der Hauptstadt spuckten. Marie war am späten Vormittag eingetroffen, gerade rechtzeitig, um sich in einer Bäckerei zwei Sandwiches, eine Flasche Wasser und zwei Schokoladen-Eclairs zu kaufen. Alle Kinder liebten Schokolade, ihr Bruder Thomas war verrückt danach gewesen. Den Leihwagen hatte sie neben dem kleinen Park abgestellt. Seitdem saß sie auf einer Bank und sah Hadrien beim Spielen zu. Nun ja, im Grunde spielte er nicht richtig. Nach ihrem leicht überstürzten Aufbruch aus Émelines Haus war er im Auto aufgewacht, und es hatte eine geschlagene halbe Stunde gedauert, bis sie ihn beruhigt hatte. Marie war auf die Ringautobahn gefahren und hatte das Radio auf volle Lautstärke gedreht, um sein Geschrei zu übertönen. Irgendwann war er weggedämmert und hatte die Augen erst wieder geöffnet, als sie ihr Ziel erreicht hatten. Sie betrachtete das als gutes Zeichen. Hadrien hatte die Lage voll erfasst. Er wusste, dass sie ihn geholt hatte, um ihn vor einer verantwortungslosen Mutter zu retten. Nachdem sie die Grünanlage betreten hatten, hatte er das angebotene Sandwich verschmäht und sich sofort auf die Plattform geflüchtet. Von dort aus beobachtete er sie stumm. Vergeblich hatte Marie ihn überreden wollen, sich zu ihr auf die Schaukel zu setzen – sie liebte das. Sie hatte sich aber nur einen finsteren Blick eingefangen. So sind Kinder nun mal, sie haben ihre Launen, die Erwachsene im Allgemeinen nur schwer verstehen können. Also hatte sie sich hingesetzt, ihr Sandwich gegessen und den Blick über die Stadt schweifen lassen. Mit der Zeit war sie müde geworden und hatte ein Nickerchen gemacht. Kindergeschrei hatte sie geweckt. Die Umgebung sah irgendwie verändert aus. Noch immer hielt sie sich in dem kleinen Park auf, war aber um dreißig Jahre zurückversetzt. Thomas kreischte vergnügt und warf sich mit dem Kopf voran auf die Rutsche. »Nicht so herum!«, rief sie, stand auf und wollte nachsehen, ob er sich wehgetan hatte. Obwohl er noch keine drei Jahre alt war, konnte Thomas klettern wie ein Äffchen. Die endlosen Stunden, die er mit seiner Schwester im Park verbrachte, hatten dazu beigetragen. Marie suchte die Umgebung nach ihren Eltern ab, aber sie waren allein. Wieder einmal hatte die Mutter es vorgezogen, nach Hause zu gehen und sich um ihr eigenes Leben zu kümmern, wie sie so oft betonte. Marie hätte ihr gern vorgehalten, dass auch sie zu diesem Leben gehörte. Ein sechsjähriges Kind findet jedoch nicht immer die richtigen Worte, und dann … Dann ist es irgendwann zu spät. Unermüdlich erklomm Thomas immer wieder die Sprossen der kleinen Leiter, um die Plastikröhre hinunterzurutschen und dabei vor Vergnügen zu kreischen. Seine Umgebung nahm er kaum noch wahr. Segensreiche Unbekümmertheit, die ihn vor der Einsicht bewahrte, dass seine eigenen Eltern ihn im Stich ließen.

Marie öffnete die Augen ein zweites Mal, um in die Realität zurückzukehren. Hadrien saß noch immer leise weinend auf dem Klettergerüst. Ja, hier hatte alles begonnen, und hier würde auch alles enden. Sie wühlte in ihrer Handtasche und umfasste den Griff des Messers.

52

Die Fassaden der Häuser rasten an den Fenstern des Zivilstreifenwagens vorbei. Dino saß am Steuer und schlängelte sich mit Blaulicht und heulender Sirene durch den Verkehr. Auf dem Beifahrersitz zog Tomar die Gurte seiner kugelsicheren Weste fest. Vor zehn Minuten war ein Notruf eingegangen. Eine Revierstreife hatte Marie-Thomas Petits Leihwagen in der Nähe eines kleinen Parks in Clamart entdeckt. Man hatte die Meldung überprüft und festgestellt, dass sich die Frau und der kleine Junge tatsächlich dort aufhielten. Tomar hatte den Polizisten jegliches Eingreifen untersagt. Innerhalb von fünf Minuten hatten er und seine Kollegen ihre Ausrüstung zusammengesucht und waren in den erstbesten verfügbaren Wagen gestiegen, der in der Nähe des Blumenmarkts abgestellt war. Dann rasten sie mit Karacho über die Quais einer Konfrontation entgegen, die aller Voraussicht nach ihre Ermittlungen zum Abschluss brächte. Rhonda betrachtete die vorbeisausende Szenerie, während Francky den Kopf hin- und herdrehte wie ein Adler, der nach Beute Ausschau hält.

»Wir kriegen sie, jetzt kriegen wir sie«, murmelte er immer wieder mit nervös zuckenden Beinen.

Es war die Ruhe vor dem Sturm. Jeder von ihnen hatte das Gefühl, am Rand einer Klippe zu stehen, bereit zum Sprung. In wenigen Stunden würde Marie-Thomas Petit sich entweder in ihrer Gewalt oder auf dem Tisch eines

Rechtsmediziners befinden. Allen war bewusst, dass das Leben eines sechsjährigen Jungen davon abhing, ob sie dieser Situation gewachsen waren.

Die Verantwortung lastete schwer auf ihren Schultern, aber sie hatten ihren Beruf genau wegen solcher Augenblicke gewählt, in denen sie sich – abgesehen von den Stunden, die sie mit der Jagd auf Verbrecher verbrachten – wirklich gebraucht fühlten.

Francky war noch einmal in die Wohnung der Mutter zurückgekehrt und hatte hinten in einem Kleiderschrank ein Fotoalbum gefunden. Auf den Bildern waren die Gesichter von Unbekannten zu sehen, ein offenbar glückliches Paar mit zwei Kindern. Außerdem gab es mehrere Fotos des kleinen Thomas, aufgenommen kurz vor seinem Tod. Meistens lag er in den Armen seiner Schwester, die ihn an sich presste wie eine Puppe.

Die Ähnlichkeit zwischen ihm und den Jungen, die mit Marie-Thomas in Berührung gekommen waren, war frappierend. Keiner sagte ein Wort, als Tomar das Porträt des Kleinen schweigend an die Pinnwand aus Korkeiche heftete. Jeder von ihnen versuchte, sich das Trauma vorzustellen, das dieses kleine Mädchen mit dem traurigen Gesicht veranlasst hatte, den Namen des Bruders an den eigenen anzuhängen. Und dann hatte die erwachsene Marie-Thomas eine Serie von grauenhaften Taten begangen, die sie gerade ans Licht brachten. Tomar rief sich Dr. Mathis' Worte in Erinnerung. Diese Menschen, Soziopathen, die die Inuit von der Eisscholle stießen, waren selbst einmal wehrlose Kinder gewesen, die sich mit begrenzten Mitteln gegen die Gewalt der Erwachsenenwelt wehren mussten. Er konnte nur ahnen, welches Schicksal sie so verkrüppelt hatte, und er empfand cinc Spur von Mitgefühl für diese Frau.

»Hau endlich ab, du Idiot!«, schimpfte Dino und starrte auf den Wagen, der ihm die Vorfahrt nahm.

Sie waren jetzt auf der Ringautobahn, kurz vor der Porte d'Issy. Der Februar ging zu Ende, und die beiden Betonschlote der Müllverbrennungsanlage reckten sich in den winterlich grauen Himmel. Tomar dachte an die Gesichter der Opfer, deren Bilder sie an die Wand gepinnt hatten. Wie viele hatten unter ihrer Begegnung mit Marie-Thomas Petit gelitten? Wie viele hatten den Preis für einen Fehler bezahlt, den sie nicht begangen hatten? Das Leiden veränderte die Opfer manchmal so sehr, dass sie brutaler als ihre Henker wurden. Tomar fragte sich, ob das auch sein Schicksal war. War er selbst eines dieser giftigen Wesen, die alles um sich herum zugrunde richteten? Seine Exfrau hatte ihn aus diesem Grund verlassen ... Er drehte sich zu Rhonda um, die sich die Schläfen massierte, als wolle sie Kopfschmerzen vertreiben. Tomar liebte diese Frau, aber würde er am Ende wieder alles vermasseln? Er war ungefähr zehn gewesen, als Berthier ihm die Geschichte von Theseus und dem Minotaurus nahegebracht hatte. Tomar erinnerte sich, dass er rasch das Interesse an dem griechischen Helden verloren und sich auf die Bestie konzentriert hatte, die die Gänge des Labyrinths heimsuchte. Den Armen ihrer Mutter entrissen, vom Vater verflucht, war sie dazu verdammt, umherzuirren bis in alle Ewigkeit, gezwungen, sich von Menschenfleisch zu ernähren, um zu überleben. Sein Schmerz war so groß, dass Theseus beim Kampf gegen die Bestie von Trauer ergriffen wurde. Tatsächlich deutete der Mythos an, dass der Minotaurus den

Tod als Erlösung betrachtete und damit dem Sieg des Helden einen bitteren Beigeschmack verlieh. Tomar kam sich vor wie diese Bestie, gefangen in einer Vergangenheit, die sich unaufhörlich wiederholte. Er musste die Ketten zerreißen und die Mauern niederreißen, selbst wenn er Gefahr lief, im Wahnsinn zu versinken und andere mit sich in den Abgrund zu reißen. War der Geist von Bob nicht ein erstes Anzeichen seines Irrsinns?

Reifen knirschten, als Dino den Wagen hundert Meter vor dem Park zum Stehen brachte. Die uniformierten Polizisten hatten die Straße abgesperrt und deuteten auf die Stelle, an der Marie-Thomas auf einer Bank saß und sie erwartete.

»Ich gehe allein zu ihr«, sagte Tomar und steckte seine Waffe in das Holster am Gürtel.

Niemand wagte die Stille zu durchbrechen, die im Streifenwagen entstand, und die Zeit blieb stehen.

53

Dichte, dunkle Wolken zogen nach und nach am Himmel auf, und leichter Regen setzte ein. Hadrien saß noch immer oben auf der Plattform, die Beine an den Leib gepresst, das Gesicht zwischen den Knien vergraben. Tomar legte die wenigen Schritte bis zum Eingang des kleinen Parks zurück. Ein Schutzmann eilte herbei, um ihm einen zusammenfassenden Bericht der Lage zu geben. Tomar hörte kaum zu, so sehr konzentrierte er sich auf die reglose Gestalt, die auf einer der Bänke saß, die halbkreisförmig rings um den Spielplatz angeordnet waren, damit die Eltern ihre Sprösslinge beaufsichtigen konnten. Er gab dem Polizisten ein Zeichen, er solle sich zurückziehen, und näherte sich der Pforte vor dem Park. Die rostigen Angeln quietschten schrill, als er von der asphaltierten Straße in den splittbestreuten Weg einbog. Das hölzerne Klettergerüst befand sich zwanzig oder dreißig Meter links von ihm. Tomar bewegte sich so leise wie möglich, aber Marie-Thomas hatte zweifellos gehört, dass er die kleine Pforte geöffnet hatte. Dennoch rührte sie sich nicht. Als er die erste Bank erreichte, glaubte er, eine leichte Bewegung wahrzunehmen, vielleicht einen tiefen Atemzug. Er war nur noch wenige Meter von Marie-Thomas entfernt und wollte gerade die Stimme erheben, da hob Hadrien den Kopf und starrte verstört in seine Richtung. Tomar legte einen Finger an die Lippen und signalisierte dem Jungen, still zu sein. Offenbar begriff dieser die Botschaft und blieb wie versteinert sitzen. Sein Gesicht war bleich, sein Blick wirkte verängstigt. Regen rann an dem Klettergerüst hinab und fiel in dicken Tropfen in die Kapuze seiner Jacke.

Tomar näherte sich Marie-Thomas von der Seite und sah sie nun im Profil. An die Rückseite der Bank gelehnt, saß sie seltsam nachlässig da. Die lang ausgestreckten Beine erinnerten an zwei massive Pfosten. Aus halb geöffneten Augen starrte sie Hadrien an. Der Stoff ihres Mantels blähte sich in unregelmäßigen Abständen. Tomar betrachtete ihr derbes Gesicht und dachte an das kleine Mädchen aus dem Fotoalbum. Langsam wandte sie den Kopf zu ihm um, und ihr Mund mit der aufgeplatzten Lippe verzog sich zu einer schmerzerfüllten Grimasse, zu einem grotesken Lächeln. Da entdeckte Tomar den Griff des Messers, der ihr in Höhe des Herzens aus der Brust ragte. Eine lange schwärzliche Spur verlief über den Stoff, endete in einem roten Faden und tropfte langsam zu Boden. Sie öffnete den Mund, um etwas zu sagen, brachte aber keinen Ton hervor. Tomar ging auf sie zu und setzte sich neben sie. Marie-Thomas hatte sich ein Küchenmesser ins Herz gerammt und erlebte ihre letzten Augenblicke unter dem Regenschauer, der immer stärker wurde. Er hätte den Rettungsdienst rufen können, damit man sie in die Notaufnahme des nächstgelegenen Krankenhauses brachte. Vielleicht hätten die Ärzte sie nach langen Stunden am Operationstisch gerettet. Bei der Entlassung aus dem Krankenhaus hätte man sie in ein Gefängnis verlegt und den Ausgang ihres Prozesses abgewartet. In Anbetracht ihrer umfangreichen Akte hätte sie mindestens zwanzig Jahre ohne Strafmilderung bekommen. Aber Tomar ging das

Bild des traurigen kleinen Mädchens nicht aus dem Kopf, das seinen Bruder im Arm hält. Eine Liebe, so tief, so symbiotisch, dass sie sogar seinen Vornamen übernommen hatte. Marie-Thomas war ein Monster, und sie wollte ihr Leiden abkürzen. Nach ihrer Rettung hätte er sie zwingen können, für ihre Verbrechen zu bezahlen und in einem finsteren Labyrinth umherzuirren. Aber er konnte sie einfach nicht verurteilen.

»End…lich«, flüsterte sie, zu schwach, um die Lippen zu bewegen.

Der Regen benetzte ihr Gesicht und sickerte in die Wolle ihres Mantels, wo er sich mit dem Blut vermischte.

»Sie haben… lange gebraucht«, sagte sie und ließ den Kopf sinken.

Ihre Brust hob sich einmal, ein zweites Mal, dann blieb sie still. Marie-Thomas Petit hatte ihren letzten Atemzug getan.

Von seinem Platz auf dem Klettergerüst aus verfolgte Hadrien die Szene, ohne sich zu rühren. Tomar blickte zu ihm auf und lächelte ihn traurig an. Die Toten verlassen unsere Welt und nehmen ihre Sehnsüchte und Enttäuschungen mit. Aber was ist mit den Lebenden? Hadrien musste für immer mit dieser Erinnerung leben. Als Tomar sich von der Bank erhob und zu ihm hinüberging, erblickte er einen Schatten neben dem Jungen. Eine Sekunde lang glaubte er, ein Mädchen mit traurigen Augen zu sehen, das seinen kleinen Bruder umarmte.

54

In den Büros der Kripo lag ein Hauch von Feierlichkeit in der Luft. Das hatte allerdings nichts mit dem Ende der Ermittlungen der Gruppe Khan zu tun. Den Jungs von der Antiterroreinheit waren soeben zwei belgische Dschihadisten-Lehrlinge ins Netz gegangen, Teil einer Zelle, die in die Anschläge in Paris verwickelt war. Sie mussten wieder nach Belgien gebracht werden, und die Ermittler hofften, in den Besitz wertvoller Informationen zu gelangen, die das beunruhigende Bild dessen erhellten, was bereits als *Galaxie des Dschihadismus* durch die Presse geisterte. In ihrem Büro in der vierten Etage hatten sich Dino, Francky und Rhonda trotzdem ein Glas Champagner gegönnt, um die Beendigung ihres Falls zu feiern. Nur Tomar fehlte. Nach dem Vorfall in der Grünanlage war er verschwunden, und Rhonda hatte den Verdacht, dass er mit dem Abschluss seiner *persönlichen Fälle* beschäftigt war. Sie stießen ein zweites Mal an, denn das hatten sie sich wirklich verdient. Dank der Kunst der Chirurgen war Émeline Jacob gerettet worden, und Hadrien würde bald wieder bei seiner Mama sein. Allerdings würde er Jahre brauchen, um sein Trauma zu überwinden. Das war eine der Schwierigkeiten in diesem Beruf – sich emotional nicht zu tief in die Ermittlungen hineinziehen zu lassen. Die Polizisten kümmerten sich nur um den akuten Kriminalfall, während Familien, Angehörige und Opfer häufig ihr ganzes Leben lang litten. Vorsichtig nahm Francky die Porträts der Opfer von Marie-Thomas Petit von der Pinnwand ab, um sie in die Akte zu legen, während Dino den Bericht zu Ende tippte, den sie dem Richter schicken würden. Nachdem sie ihr Glas geleert hatte, verließ Rhonda das Büro und stieg in die oberste Etage hinauf, um das Küchenmesser zu deponieren, mit dem Marie-Thomas sich umgebracht hatte. Es steckte in einem versiegelten Beutel und musste im Sicherheitsschrank lagern, bis es nach dem Richterspruch endgültig in der Asservatenkammer landen würde. Lucien Goux, genannt Lulu, verwaltete die Beweisstücke und verzeichnete sorgfältig jeden Zu- und Abgang. Die Zeiten, in denen man sich an diesen Schränken bedienen konnte wie an Automaten, waren längst vorbei. Der Zugang war inzwischen streng geregelt, denn man wollte jeden Missbrauch verhindern. In diesen Schränken lagerten auch schmutziges Geld und Drogen, die die Fahnder bei ihren Einsätzen beschlagnahmten. Es hatte so viele *Verluste* gegeben, dass der Polizeipräsident eine strenge Verwaltung der Bestände angeordnet hatte. Lucien war in die Betrachtung eines dicken Registers von Namen und Codenummern vertieft.

»*Salut, Madame!*«, rief er augenzwinkernd. »Was haben wir denn heute?«

»Ein Messer. Wir schließen die Akte Petit.«

Lulu warf einen Blick in sein Register und nannte ihr eine Schranknummer. Um die Suche zu erleichtern, wurde jeder Beutel nummeriert und einer bestimmten Kategorie von Objekten zugeordnet.

»Schrank Nummer vier, auf der Empore.«

»Ich bringe es weg, wenn du willst. Kümmere dich ruhig weiter um dein Inventar!«, sagte Rhonda leise.

»Danke, gern, sehr nett von dir. Dann verliere ich hier nicht den Faden.«

Lulu reichte ihr ein Schlüsselbund, und sie ging zu besagtem Schrank. Darin lagen zahlreiche Beutel, zumeist mit Messern, stumpfen Objekten oder Faustfeuerwaffen. Wie viele Verbrecher hatten diese Waffen benutzt? Hinter dem Inhalt jedes Beutels verbarg sich eine Geschichte, ein Geheimnis, das die Wissenschaft und die Arbeit der Ermittler entschlüsseln mussten. Als sie ihren Beutel in den Schrank legen wollte, bemerkte Rhonda das Messer mit dem Holzgriff, das ihr in Alvarez' Büro aufgefallen war. Der eingravierte Stern mit dem Kreis darum hatte bislang nicht zu Tomar geführt, ebenso wenig wie die Fingerabdrücke, die noch in der Nummernkartei schlummerten und nicht zugeordnet werden konnten. Ein Hitzeschauer überlief Rhonda, während sie mit einer Hand in den Schrank griff. Sie warf Lucien einen Blick zu, der aber nach wie vor in sein Register vertieft war. Vorsichtig nahm sie den Beutel an sich, rollte ihn um das Messer herum zusammen und schob ihn unter den Pullover. Ohne diese Waffe käme man Tomar niemals auf die Spur. Wenn er unglücklicherweise anhand seiner Fingerabdrücke identifiziert wurde, konnte er immer noch sagen, dass er die Waffe während der Anhörungen berührt hatte. Schließlich waren Beweisstücke ziemlich häufig verunreinigt. Rhonda wusste, dass sie ein großes Risiko einging. Es gab aber keine andere Lösung, wenn sie den Mann retten wollte, den sie liebte. Sie drehte den Schlüssel im Vorhängeschloss vor dem Schrank und verabschiedete sich im Hinausgehen von Lulu, der kaum von seinem Inventar aufblickte. Im vierten Stock angekommen, ging sie zur Toilette, um den Beutel loszuwerden und die Waffe in die Tasche ihrer Jeans zu stecken. Als sie ins Büro zurückkam, standen Francky und Dino unter dem Velux-Fenster und teilten sich eine Kippe.

»Du fängst wieder an zu rauchen«, stellte sie fest und lächelte Dino an.

»Nur diese eine, dann ist Schluss.«

Das sagte er am Ende jedes Falls, und für gewöhnlich dauerte es mehrere Monate, bis er wieder aufhören konnte. Rhonda gesellte sich zu ihren Kollegen und gab ihnen mit einer Geste zu verstehen, dass sie die Zigarette an sie weitergeben sollten. Sie sog den Rauch tief in ihre Lungen, und obwohl es heftig brannte, fühlte sie sich großartig.

55

In stetem Strom fuhren Wagen in das Parkhaus in der Avenue de Wagram hinein und verließen es wieder. Tomar war eine Stunde vor der verabredeten Zeit gekommen, um die Örtlichkeit zu erkunden und nach einer Stelle möglichst weit entfernt von den Überwachungskameras zu suchen. Er hatte eine Reihe von Neonlichtern abgeschraubt, um den halbdunklen Bereich zu vergrößern. Nun stand er reglos hinter einem Betonpfeiler gegenüber einem Notausgang, der sich im Fall von Komplikationen als hilfreich erweisen konnte. In Anbetracht des Inhalts seiner Tasche, fünftausend Euro in kleinen Scheinen, schien diese Vorsichtsmaßnahme angebracht zu sein. Das Geld war ihm von dem Kellereinbruch geblieben, und er würde es sinnvoll einsetzen. Mit seinem Kontaktmann hatte er sich über den Umweg eines alten Bekannten verabredet, eines ehemaligen Bandenbosses im illegalen Glücksspiel, der sich beruflich umorientiert hatte und mittlerweile Drehbücher für das Fernsehen schrieb. Der Kontaktmann kreuzte pünktlich auf. Er wirkte ungemein massig in seiner schwarzen Jacke und hatte Schultern wie ein Möbelpacker. Über einem Rolli trug er eine Goldkette, die darauf hindeutete, dass er slawischer Herkunft war – ein Kroate oder Slowene, vielleicht ein Albaner. Sein starker Akzent bestätigte den ersten Eindruck.

»Du bist Kumpel von Sam?«

Tomar nickte und öffnete seinen Parka, um ihm zu zeigen, dass er unbewaffnet war.

»Hat er dir Preis gesagt?«

»Fünfzehntausend.«

Tomar reichte ihm die Tasche, und sein Gegenüber überprüfte kurz den Inhalt. Währenddessen tastete Tomar in seiner Jackentasche nach einem großen Umschlag, den er dem Mann ebenfalls übergab.

»Wann soll erledigt sein?«

»So schnell wie möglich.«

Der Typ riss den Briefumschlag auf und betrachtete den Fotoausdruck auf einem Blatt Papier, auf das mehrere Hinweise gekritzelt worden waren. Auf dem Foto sah Jeff aus wie ein uralter Mann.

»Fünftausend sofort und zehntausend, wenn die Arbeit erledigt ist.«

Der Mann nickte, um sein Einverständnis zu bekunden.

Tomar hatte lange gezögert, das kleine Treffen zu vereinbaren. Aber Jeff gehörte zu jenen Mistkerlen, die nie aufgeben. Tomar wusste, dass die fünfzigtausend Euro nicht lange reichen würden, bis das Arschloch wieder aufkreuzen und neue Forderungen stellen würde. Nur wenn die alte Rechnung endgültig beglichen wurde, ließ sich der Teufelskreis durchbrechen, und Goran würde nie die Wahrheit erfahren. Wieder einmal dachte Tomar an die Inuit und ihre Schocktherapie. In Gedanken kehrte er zu jenem Abend zurück, als Berthier ihn mit Jeff bekannt gemacht hatte. Er war sechzehn gewesen, und trotz der vorzeitigen Reife, die seine miese Kindheit mit sich gebracht hatte, hatte er nicht erkannt, was bei dieser Begegnung auf dem Spiel stand. Er hatte gerade seinen Vater getötet, diese Bestie, die ihn unablässig gehetzt hatte, und sehnte sich nur noch nach Ruhe. Allerdings hatte er weder über seine Tat noch über die Konsequenzen nachgedacht, die der Mord für seine Familie nach sich zog. Und dann stand er am Rand eines Abgrunds, aus dem er frühestens nach zwanzig Jahren wieder freikäme. Berthier hatte ihm eine Zukunft gegeben, indem er ihm das Gefängnis erspart und sich um alles Weitere gekümmert hatte. Zuerst hatte er ihm geholfen, die Leiche verschwinden zu lassen. Das verlassene Haus mit den roten Dachziegeln und den altersschwachen Mauern gehörte seinen Großeltern. Aber dass sie die Leiche losgeworden waren, löste ihr Problem nicht. Tomars Vater wurde polizeilich überwacht, und das Gesetz verlangte, dass er sich regelmäßig sehen ließ wie ein Häftling auf Bewährung. An diesem Punkt kam Jeff ins Spiel. Er besaß das Alter, die Statur und die Motivation, die nötig waren, um an die Stelle des Despoten zu treten. Er hielt sich ohne gültige Papiere auf französischem Boden auf, und Berthier hatte ihm einen Ausweis und eine Rente auf Lebenszeit versprochen. Das war der Deal… Geld für sein Schweigen und gelegentlich ein Termin bei der Präfektur. Mit diesem Trick hatten sie alle getäuscht, und Tomar war dem Gefängnis entgangen. Warum hatte Berthier sich selbst in so große Gefahr gebracht und Tomar geholfen? Weil er in Wirklichkeit viel mehr war als nur ein Mentor für den Jungen. Zweifellos auch deshalb, weil er in dessen Mutter verliebt war. Immerhin hatte Jeff Wort gehalten. Die Sache war erst kompliziert geworden, als Goran ihm Briefe schickte, um wieder Kontakt zu seinem Vater aufzunehmen. Als Einziger in der Familie wusste er nicht Bescheid. Er hatte Glück gehabt und war den Schlägen des

Despoten entgangen. Und sofort hatte Jeff begriffen, wo er den Hebel ansetzen musste, um noch mehr Geld herauszuschlagen, immer mehr, und er hatte sich nicht zurückgehalten …

»Macht es dir denn gar nichts aus, einen Menschen von einem Auftragskiller töten zu lassen?«, fragte eine näselnde Stimme hinter Tomar.

Erschrocken zuckte er zusammen. Diesen Bereich des Parkhauses hatte er mindestens zehnmal überprüft. Es gab weder Überwachungskameras noch Ein- oder Ausgänge. Niemand konnte ihn hier überraschen. Er warf sich herum und sah Bobs albtraumhaftes Gesicht vor sich. Der Unterkiefer war verschwunden, und der obere Teil des Gesichts befand sich in noch weiter fortgeschrittenem Stadium der Zersetzung als bei der letzten Begegnung. Der ganze Körper schien sich in widernatürlichen Winkeln zu krümmen, und die Kleidung war vollständig von einer schwärzlichen Substanz bedeckt, die nach Verwesung und verdorbenem Fleisch stank.

»*Monsieur le flic* fackelt nicht lange und sorgt selbst für Recht und Ordnung. Wird allmählich zur Gewohnheit, stimmt's?«

Tomar schwieg. Er taumelte, denn ihm wurde schwindelig. Er hatte das Gefühl, in einen Abgrund zu stürzen. Bob erschien in seinen Träumen, und zwar nur dort. Was also hatte er im Untergeschoss dieses Parkhauses zu suchen?

»Ich glaube, du hast noch nicht ganz verstanden, *Monsieur le flic*«, zischte Bob, und die heraushängende Zunge schwang hin und her.

Tomar machte auf dem Absatz kehrt und rannte auf die Fahrstühle zu. Er war erschöpft von den monatelangen Ermittlungen und den Ereignissen, die ihm immer wieder in die Quere kamen. Natürlich, das musste die Erklärung für diese Erscheinungen sein, so war es. Beim Aufzug angekommen, drückte er auf den Knopf für das Erdgeschoss. Er musste an die frische Luft, die Ausdünstungen der Verwesung loswerden, die das Traumbild in seinen Lungen hinterlassen hatte.

»Tut mir leid, Kumpel. Wirst dich daran gewöhnen müssen. Wir sind nämlich Freunde fürs Leben.«

Bob stand hinter ihm, sein Ghulgesicht war nur Zentimeter von Tomars Nacken entfernt.

»Was willst du von mir?«, fragte er mit zitternder Stimme.

»Weißt du, ich bin nicht einfach gekommen, um dir auf den Geist zu gehen. Irgendeiner muss dir doch helfen, deine Probleme zu lösen, *amigo. Mi casa es tu casa*«, scherzte Bob und stieß sein grauenvolles Gelächter aus.

»Wovon redest du?«

»Von Jeff, dem alten Narren. Seinetwegen hast du doch gerade einen Vertrag abgeschlossen.«

Tomar wandte sich um und starrte in die leeren Augenhöhlen von Bobs Leichnam.

»Rück endlich mit der Sprache heraus! Mach klar Schiff!«

»Verdammt, halt endlich die Klappe!«

»Nein, nein, nein … du musst Goran sagen, dass *er* nicht euer Vater ist.«

Tomar spürte, wie sich seine Brust schmerzhaft zusammenkrampfte. Er bekam einen Herzanfall, hier, im Parkhaus in der Avenue de Wagram. Er würde krepieren in Gesellschaft dieser verwesenden Kreatur namens Bob.

»Irgendwann musst du zugeben, dass du deinen richtigen Alten umgebracht hast wie einen Köter. Du kannst es nicht ewig für dich behalten, Junge … Sonst drehst du noch völlig durch.«

Ein metallisches Geräusch erklang, die Tür des Aufzugs öffnete sich, und ein Schwall frischer Luft wehte herein. Ein Paar stand in der Tür und musterte Tomar, der an der Wand entlang auf den Boden gerutscht war.

»Alles in Ordnung mit Ihnen, Monsieur?«, fragte ihn die ungefähr dreißigjährige blonde Frau und beugte sich bereits zu ihm herab.

Bob stand dicht hinter ihr, den Kopf geneigt und mit speichelnder Zunge. In diesem Augenblick begriff Tomar, dass alles, was er seit seiner Kindheit ständig zu reparieren versuchte, sich in Rauch auflöste, rissig wurde wie eine Mauer kurz vor dem Einsturz, bis nur noch Bruchstücke übrig blieben. Nein, es ging ihm überhaupt nicht gut. Er war Tomar Khan, der Kriminalpolizist, der von seinen Ermittlungen besessen war. Er war Tomar, der kleine Junge, der durch die Dunkelheit rannte, um der Bestie zu entkommen. Er war Tomar, der Vatermörder, von den Göttern verflucht und dazu verdammt, den Toten zu begegnen. Wie lange würde es noch dauern, bis er endgültig den Verstand verlor und selbst zu einem Monster wurde, das mit großen Schritten durch die Gänge des Labyrinths hastete? Er dachte an das Holzkästchen, das er in seinen Albträumen unermüdlich ausgrub. An den zerbrochenen Spiegel und die Waffe, die er sich an die Stirn hielt. Vielleicht war es jetzt so weit … Seine verängstigten Kinderaugen begegneten dem Blick der jungen Frau, die ihm helfen wollte. Einen Augenblick lang glaubte er, Rhondas

Gesicht über sich zu sehen, umgeben von einem strahlenden Lichtkranz. Da begriff er, dass er nicht allein war. Vielleicht konnte er mit ihrer Hilfe dem Labyrinth entkommen … vielleicht.

56

Leichter Regen ging über dem Wohnviertel in Stains nieder. Die verblassten Fassaden einiger alter Häuser am Stadtrand schienen sich dem Vorrücken von Beton und Asphalt widersetzen zu wollen. Tomar hatte sein Motorrad vor einer wild wachsenden Hecke abgestellt, die von einer winzigen Gittertür durchbrochen wurde. Hatte man das dichte Gestrüpp hinter sich gelassen, gelangte man in einen Garten mit hohem Gras, eingefasst von einem Betonmäuerchen, an dem sich Brombeersträucher und Brennnesseln den Platz streitig machten. In der Mitte des Gartens erhob sich ein riesiger Kirschbaum, dessen kahle Äste sich vor dem weißen Himmel abzeichneten. Tomar dachte an das Aderngeflecht im Körper eines Menschen. Trockengelegte Adern, durch die kein Blut mehr floss. Er saß allein am Fuß des Baums, gegenüber dem Haus mit den grauen Mauern und dem roten Ziegeldach. Nach seinem Schwächeanfall hatte er beschlossen, den Mordauftrag gegen Jeff zurückzunehmen. Sein Leben sollte sich nicht mehr auf eine ewige Folge von Fluchten durch die finsteren Gänge des Labyrinths beschränken. Eine leichte Brise wirbelte das welke Laub vom Boden rings um den Kirschbaum hoch.

Im feuchten Gras kniete Tomar nieder und murmelte einige Worte. Zum ersten Mal seit seiner Kindheit ließen Kälte und Angst nach. Es wurde Zeit, dass er das Licht fand.

Dank

Jeder Roman hat eine Vorgeschichte. Im vorliegenden Fall war es die Begegnung mit einem großartigen Kerl namens René Manzor. So etwas wie Liebe auf den ersten Blick zwischen zwei Autoren, die dazu führte, dass ich innerhalb kürzester Zeit die Schlüsselfiguren fand, nach denen ich seit Jahren gesucht hatte. Also, René, vielen Dank für deine Großzügigkeit, und vielen Dank auch dir, Caroline, für das tiefe Vertrauen, das du in mich gesetzt hast, und für alles, was du mir durch die Arbeit an diesem Roman beigebracht hast. Und natürlich danke ich auch dir, Philippe, weil du mir so wohlwollend und großzügig begegnet bist. Wer sich in ein so aufregendes Abenteuer wie den ersten Roman stürzt, kann sich nicht liebevoller umsorgt fühlen.